U0059160

福山福水故鄉情

心水 著

本書作者心水。

一位有福之人的家國民族情懷
——序心水兄《福山福水故鄉情》

何與懷

認識心水兄或讀過他的長篇紀實小說《沉城驚夢》與《怒海驚魂》的人，都知道他以及他的家人早年曾經有過多麼險惡可怕的人生經歷。而所謂「大難不死必有後福」，近日讀了心水兄的散文集《福山福水故鄉情》，深信此言不虛——文集洋溢著親情友情鄉情家國民族情，洋溢著一個有福之人心滿意足的安樂之情。

心水兄現在事業有成，特別在華文文壇上很有聲望。他現為「世界華文作家交流協會」創會名譽秘書長、「世界華文微型小說研究會」理事、「國際潮人文學藝術協會」名譽會長、「中國風雅漢俳學社」名譽社長；他曾獲僑聯總會華文著述獎文藝創作三次首獎等十四類文學獎，並獲澳洲聯邦總理、維州州長及華社團體頒贈十六項服務獎，二〇〇五年獲維州總督頒發多元文化傑出貢獻獎。但對心水兄來說，這些還不足以充分表明他是有福之人。

家有賢妻，當為有福之人的一個重要前提，這正是心水兄美好的家庭狀況。請看集中的〈婉冰賢妻〉。他這篇寫於二〇一五年二月十四日情人節的文章，內中對妻子的描述，可謂讚美有加，而皆發自他的肺腑。心水兄的太太婉冰的確就是賢妻一個。她性格內向，溫柔婉順，人生途上所扮演的不同角色皆極成功，且又立志夫唱婦隨，成為名正言順的作家。兒女們為他們辦慶祝金婚紀念酒會時，心水兄當著二百餘位親朋友好、政要、殷商、傳媒及文友們面前，誠心誠意向賢妻行三鞠躬大禮。他致詞時，以賢妻婉冰為例，說：一位好女人，會影響夫家四代人。滿足之情，溢於言表。而由此也可看出，心水兄亦是一等好丈夫。

心水兄不但妻賢而且子孝。他精心培養子女，現皆已長大成人，事業極其成功，最主要的是滿懷孝心。在〈孝行〉一文，他說出了自己的切身體會：

> 老朽深深感恩上蒼厚待，家有孝子、其行可嘉，撰文感謝兒子外，也盼望老讀者們告知後輩，要善待父母，毋忘養育深恩者，事業必定成功，人生自然幸福美滿。同時、孝行非關金錢物質，重要的是擁有那顆純真的孝心。

這位有福之人極重友情，也很得到各路朋友的幫助。心水兄在本集中談了一些他的「良師益友」（心水兄也把我列入其中，當然很不敢當），其中廖蘊山先生我也熟識。廖老為心水兄的大著《沉城驚夢》與《怒海驚魂》撰序，的確為兩書增光不少。心水兄客廳掛著廖老以他們夫婦名字「玉液」與「錦鴻」嵌入、並親自揮毫的對聯：「玉杵搗長生液露；錦箋著傳世鴻文」。心水兄說，每在客廳看到「著傳世鴻文」時，總有汗顏無地之感，但承廖老鼓勵，唯有撰作文稿時認真嚴肅對待，絕不敢有無病呻吟、無中生有、虛偽作假、胡亂吹噓、欺騙讀者、誹謗或標榜等文字浮現。

關於心水兄的鄉情家國民族情及其人生哲學，本書道出一些真諦，我以為很值得讀者仔細琢磨。

〈福山福水故鄉情〉，與書名同題的這篇文章寫出了作者置身祖籍地廈門同安區時濃濃的鄉情。心水兄說，往昔對於雙親纏結心頭的鄉愁及落葉歸根的思想，總不太理解。現在，在故鄉土地上往來的日子裡，驟然如盲者開眼看清了世界的色彩，剎那間明瞭了父母生前的心結，猛然驚訝於自己深埋腦海那份對故鄉濃烈如火的感情。心水兄不由得這樣表達了鄉情的世代相傳：

> 傳承了雙親生前的望鄉情結，數次往返家鄉後，不知不覺中，血管內自然流竄著的鄉情，午夜夢迴時往往頓湧；猶如先父母的囑咐，有朝一日必要帶兒孫們前去，讓那塊福山福水的鄉土如詩似畫的美麗印入子孫們心靈。

血濃於水。鄉情的擴展與昇華便是血脈相連的民族情懷。在集中〈國殤墓園祭烈士〉一文，心水兄寫他和海內外華裔作家一行向抗日戰爭期間收復雲南騰衝英勇殉國的三千余烈士致祭，充分體現這種情感。這座墓園是一九四五年抗戰勝利後國民政府在當地人民大力支持下花鉅資為烈士們修建的。忠烈祠堂上正中，高懸國父孫中山先生遺像，兩旁掛著「青天白日滿地紅」旗和國民黨黨旗，這令大家感到意外，而意外之後更增強了超乎黨派之爭的民族感情。心水兄寫道：「我瞻仰著這些烈士們一個個簡陋的塚穴，默默向英魂致以最崇高的敬禮，表達一位海外炎黃子孫對抗暴烈士的尊崇。」

本書讀者可能注意到，心水兄原來的國家是越南，他在越南出生，長大。不過，這個國家曾經給他一家帶來幾乎滅頂之災。這是一個戰亂的國家。雖然一九五四年「奠邊府之役」大捷把紅毛兵趕走，抗法戰爭終於結束，但不幸越南又分隔南北，引爆長達二十一年之久的二十世紀著名的「越戰」。關於他對這個國家的記憶與感情，心水兄在〈夢繞湄公河畔〉一文中寫道，稚齡時期他在出生地越南湄公河畔巴川省度過，記憶縹緲如夢幻，那些童年應有的歡笑淚痕彷彿被傾倒的塗改液通通抹掉，殘存的是震撼他幼小心靈的死生輪迴，宛若烙印深深燒焦腦細胞，偶爾回想好像仍有淡淡的煙硝自久遠的歲月裡飄蕩。他離開出生地巴川省後，湄公河的濁水仍然日夜不停地滔滔湧動，流走了歲月。而到了一九七八年心水兄被逼攜眷棄國拋鄉，投奔怒海，至今更已近四十年了。他曾經一直不敢隨著歸鄉人潮回去重溫舊夢，因為一九八八年首部長篇小說《沉城驚夢》出版發行後，竟然接到坎培拉某領館打來的越語恐嚇電話，後來在新加坡參加文學會議，又受到越華作家代表團某文友暗中告誡切莫回越以免招惹麻煩。但多少年來，那塊曾經養育他又讓他在那裡娶妻成家生兒育女的魚米之鄉常常令他午夜夢迴。今年二月，心水兄終於和家人一起回越南看看了。本書收有六篇重返故園的回越散記系列感想。心水兄說，本來總數是八篇，最後兩篇因涉及對時政的批評，恐難被故國當局接受，因而捨棄。儘管如此，這六篇回越散記多少表達了他萬千思緒。

這樣，我們看到一個現象很有意思，而且對解讀心水兄及其作品思想內容至關重要：心水兄是華人，祖籍地是中國廈門翔安區；但他在越南湄公河畔巴川省出生，越南曾經是他的國家；而現在，他在澳大利亞墨爾本定居，從難民變成了澳洲公民。

〈日久新鄉猶吾鄉〉有一個段落回顧他一家怎樣被澳洲接納。心水兄說，在印尼「丹容比娜」難民營，他和妻子帶領著四個未成年子女，接受澳洲移民審查面談時，那位嚴肅的移民官透過傳譯問他，為何要撰擇去澳洲定居？心水兄有點緊張，但指著身旁兒女堅定地回答：是為了讓他們到澳洲接受最好的教育，將來做澳洲的好公民。傳譯轉達了他的話後，移民官頭也不抬地在公文上快速書寫，然後站起來伸手與他相握，恭喜他一家被接納前往澳洲了。心水兄剎那間手足無措，極難相信那麼簡單的一句回答，便過了關，終能如願以償。那晚，孩子們睡著時臉上都掛著幸福的笑意，心水兄自己甚至在夢中也開心地笑個不停。的確，一切的苦難都過去了。

於是，心水兄這位華人，就像命中註定，相繼兩次成為兩個不同于祖籍國更彼此絕然不同的國家的國民。

他對選擇澳洲定居，非常滿意。他們一家順利前往原來一無所知的這塊廣袤新天地重生之後，果然發現，真正的社會主義天堂，甚至書上所描寫的「桃花源」，佛經上所講的「淨土」，竟然就是澳洲這塊和平寧靜的樂土。這裡沒有鬥爭，沒有壓迫，生命財產都有法律保障，人民豐衣足食，素質優良，和諧共處，博愛之心及於所有飛禽走獸。心水兄在許多文章上都說，良禽擇木而棲，好木就是良禽的家。冒險投奔怒海就是為了尋求自由、民主的新生活，與澳洲這片美麗的新天地接觸後，立被深深吸引，他一家人早已視之為故鄉了——居住所在能令身心安寧，生活平安美滿，就是故鄉；而且，子子孫孫也將在這裡綿延下去，不但生於斯也將死於斯。

正如蘇軾《定風波》所云：「此心安處是吾鄉。」我非常讚賞心水兄這種人生哲學，所達致的這種思想境界。一百幾十年來，甚至直到現在，「華僑」這個詞還是錯誤地廣泛使用來統稱居住世界各地的華人，好像他們只不過是暫時在那裡「寄居」，完全無視他們甚至已經好幾代是所在國的公民。有一首詩，堪稱是「華僑文學」的經典之作：「有葉／卻沒有莖／有莖／卻沒有根／有根／卻沒有泥土／那是一種野生植物／名字叫／華僑。」此詩標題是「野生植物」，以這一意象象徵浪跡天涯、無所依歸的華人。但是，就整體來說，特別在今天，這個意象並不準確。現在世界各地華人生存狀況，早就是「落地生根，開花結果」。進而論之，今天是二十一世紀，是全球化的時代，生活在世界各地的華人，更應該具有全球眼光，做一個「世界村裡的世界人」，抱持世界主義，抱持普世價值，使自己當下的生活更具有可信度，更具有充實感。我們華人，熱愛自己的祖國即祖籍國。祖籍國是一個血緣的、地理的、文化的概念，而並非一個政治概念，對祖籍國的愛是一種血脈傳承的永遠無法更變的大愛。同時，我們既然已經成為所在國的公民，享受了這個國家賦予的福利、權利，那就要盡到公民的義務，熱愛這個國家，要對這個國家有所貢獻。在這部書許多篇章中，我們看到，心水兄正是這樣一個人。他深存感恩之心。在他心中，一直不斷地自問：「我們來到了極樂淨土，這個新鄉的人民及政府如此厚待我們，此恩此德，怎生回報呢？」他熱愛澳洲之情時時自然流露，而且在實際生活中有所行動。如本文前面提到，他不但在文學創作上多次獲獎，並且由於服務社會貢獻突出，曾榮獲澳洲聯邦總理、維州州長及華社團體頒贈十六項服務獎，二〇〇五年獲維州總督頒發多元文化傑出貢獻獎。這是非常可貴的。

最後，應該提到本書的〈天無絕人之路〉。這篇散文是應法鼓山墨爾本分會鞠立賢會長之邀前往該分會結文緣，分享人生點滴，是當天演講的主要內容。此文敘述心水兄一家多次萬幸逃過險境，特別是，一九七八年八月他一家投奔怒海，歷經危險卻大難不死。而根據聯合國難民總署的統計，當年印支海上難民乘漁船逃亡的超過一百萬人，實在到達東南亞各國難民營的約七十萬，也就是說，估計有三十餘萬人即總數的三分之一葬身汪洋大海了。他們非常幸運，屬於那三分之二的成功到達者，包括後來心水兄的雙親與兩位弟弟的家庭，都安全抵達馬來西亞，如今二弟一家與兒孫們在瑞士生活，三弟一家則在德國北部安居。他們誤打誤闖，怒海餘生，竟然都來到了人間天堂。文末，心水兄總結說：

> 天無絕人之路，那些走上絕路者，都是因為個人的業障。我們生而為人，是六道輪迴的

上三道，千萬要扮演好自己這難得的肉身。時時存好心做好事，所謂行得正、坐得正，平生不做虧心事，夜半敲門也不驚。我們一旦面臨絕境，諸天菩薩或神佛在冥冥中必然暗中施予援手，也就是天無絕人之路的本義也。

這是心水兄個人感悟。的確，天無絕人之路，而大難不死必有後福。此書顯示一位有福之人的家國民族情懷及人生哲學，相信我們都能從中得到啟發。

二〇一七年六月二十八日於澳洲雪梨。

（序文作者簡介：何與懷博士、現為澳大利亞華文作家協會名譽會長、澳大利亞南溟出版基金會評審、世界華文作家交流協會學術顧問、《澳洲新報‧澳華新文苑》主編、《澳華文學網》榮譽總編、《澳大利亞華人年鑒》編委、澳華文化博物館籌委會召集人、澳大利亞華人文化團體聯合會召集人、著作等身的學者與知名作家。）

自序　書冊幽香滿屋飄

寒舍凌亂皆因書冊頗多、別墅式平房有大客廳及兩間雙人睡房和兩間單人房；十餘年前幼子成婚離巢獨立後，將多餘的雙人房保留，用作招待親友留宿的客房及長女歸寧時臥室，平時權當閱讀書報的所在。兩間小房改成書齋，一間上網另一間專為敲鍵創作。

家中最多的就是書冊、走廊兩個書架外，除了客廳，餘者都亂放著書本與雜誌，同是作家的內子婉冰身兼主婦，經常抗議我這一丈之夫對書籍情有獨鍾？家居收拾好不久又恢復原樣，書生身外物不多，可卻少不了要擁有離不開的書籍，喜歡閱讀也愛那陣陣滿屋飄香的書冊。

編輯好《福山福水故鄉情》這部散文集，是我文學作品出版成為實體書本的第十一部；卻是第三冊散文，首冊是一九九五年由美國新大陸詩社發行的《我用寫作驅魔》，第二本是二〇一三年由臺灣秀威資訊公司出版的《柳絮飛來片片紅》，兩本散文集前後相距長達十八年。所幸此次只隔了四年又再有散文集發行，感覺上是很開心喲！

因為除了創作散文外，那十八年漫長歲月中，我相繼出版了幾本微型小說與詩集、更重新修訂《沉城驚夢》與《怒海驚魂》，這兩部當年榮獲華文著述獎首獎的長篇小說，都交由秀威資訊公司再版。

海外中文書籍市場低迷，尤其是西方國家的新生代多融入主流社會，也即已洋化了，能講華語或中國方言的新生代已算父母教導有方，會讀寫方塊字的卻少之又少。因此、別說是售賣、縱然贈閱也難有新生代的讀者了。

仍然執著結集出版書冊，是不忍歷年創作的文字完全煙滅，將之重新整理發行，非但無利可圖，甚且是收不回印刷成本呢。拙書全靠社團眾熱心弘揚中華文化的僑領們、親朋友好們的支持，拙作始得以面世。在此容老朽向諸位購買拙著者，致以衷心的謝意！

此書收錄了七十篇作品，不再按照前兩冊的分類編排，改以題目的字數多寡為次序，兩個字打題的排最前、至到八個字長題目的押後。訂下次序並無優劣好壞的分別，每篇文章對於作者都會有敝帚自珍的感情，編輯過程在尚未結集的篇章中取捨，頗為難決。

此書中收有兩輯遊記，一為雲南采風的十篇觀光文字，因為多達十篇故押放最後；另一輯六篇是今年二月重返故園的回越散記系列感想。本來總數是八篇，最後兩篇因涉及對時政的批評，恐難被故國當局接受，因而捨棄。

其餘篇章皆是生活上有感而發的組合，過日子中好與壞的印象及回憶，散文作品無論字數長短，貴在情真意切，無病呻吟或濫情做作皆不可取。收錄此書的全部文字雖非精鍊上乘，卻通順易懂，散文能被讀者們接受首要是讀來通順，老朽極少沿用生冷而深奧文字或難懂的詞語、更沒有引經據典，祈望拙文能被普羅大眾都讀懂。

全書收錄七十篇粗淺文字，加上兩篇序文總共是七十二篇；是參考前書《柳絮飛來片片紅》的編輯方針而成。唯一有別的是如上述，不再分類而已。

感恩內子婉冰無怨無悔的照顧我的生活起居，讓我安心每日在書房獨對電腦敲鍵成章，更為拙文充當首位讀者點出錯漏，算是一字之師呢。另位老師是遠在臺灣的靜霓女史，近年來經常花費時間為拙文修正錯字，讓拙作減少出醜，謝謝。

最後、衷心感恩亦師亦友的何與懷博士，百忙中為拙書撰序；有這位著名學者作家暨《澳洲新報・澳華新文苑版》大編輯的序文，拙書必更受讀者青睞是所必然。是為序。

二〇一七年五月十四日 母親節 於墨爾本無相齋。

目次

婚禮

世間的婚禮無論隆重或簡單和採取何種形式，基本上與日後婚姻生活是否幸福、能否白頭偕老，是完全扯不上關係。

當代最為轟動的世紀式大婚禮，自然非英國查理斯王子與戴安娜莫屬；但卻演變成悲劇收場，足證營造兩性婚姻美滿與否，和婚禮的大小繁簡無關。

想起我二弟玉湖當年的婚禮，恰好是另類證明；流走了歲月，記憶卻常在腦內迴旋，彷彿不肯就此罷休似的，非要把它掀出來見見光不可。

六十年代越南兵燹連綿，幾百萬生活在那兒的華裔，命運早已和魚米之鄉的印支半島榮辱與共；因為被迫成了「越籍」公民，中青年男丁自要被強拉去「當炮灰」，參與一場由美國導演的荒謬戰爭。

不甘於為異國充當戰爭工具的華人子弟，能偷渡到臺港的都想方設法出走。無條件的只剩兩條路：一是乖乖就範入伍，成為共和國軍人到前線與越共決生死，或花錢變成影子兵，在後方從事較安全的任務；二是躲藏起來逃役。

體質瘦弱的二弟、多次偷渡不成，唯有選擇了逃役這條路，在店內負責培烘咖啡豆的專業工作。與父母同住，由木匠精心設計了可躲藏的機關；午夜狗吠、擔驚的雙親必趕緊起身喚醒夢中的老二，促他在睡眼惺忪中匆匆躲進密室，避過入屋搜捕壯丁的軍警。

白天只能待在屋後的工場，指揮幾個工人操作培烘咖啡的機器，天天與火爐為伍，過著不見天日的囚徒式非人生活。自然無法外出，又何來女朋友交往呢？那份苦悶悲觀心情，像落單旅人走在沙漠寒夜中、前方只是漫漫無盡的黑暗。

當時我婚後逃到了中部山明水秀的芽莊市、在一所小學內任教。一九六七年中，母親老遠乘了十多個小時的大巴士來探我，陪行的是年輕的陳秋麗小姐；原來是媽媽同鄉姐妹的大女兒，已介紹給二弟認識。雙方都有好感，一拍即合，媽媽高興之餘特遠道帶來給我這個未來大伯見面。沒想到「父母之命媒妁之言」的婚姻居然會發生在弟弟身上？生逢亂世，一切身不由己，夫復何言呢？

家庭經營的咖啡生意蒸蒸日上，我年底回到當時南越首都華埠堤岸ChoLon，協助父親業務；始知悉二弟的婚禮已訂於翌歲農曆戊申年大年初二日、在亞東酒樓舉行。當時二弟花錢買了一張別人的低齡報生紙，冒充十七歲，作為婚禮時可前往酒樓途中之用。

越南人的新年，過的就是農曆年，習俗全和華人一樣，雖然戰爭不斷，但也興高采烈的大事慶祝。尤其交戰雙方早已訂下過年停火八天，前線無戰事，目的給軍人休假回家團圓。

二弟婚禮之所以訂為大年初二，也是為了在喜氣洋洋的新年佳節期間，軍警人員多要紅包而暫時不會為難那些逃役壯丁們；遇到檢查，往往笑著以紅包替代證件過關。

初一夜到天亮，鞭炮聲轟響不停熱鬧非凡；大年初二清早我趕到店中，司機本來說好八時必到，可九時多了仍不見蹤影，父親心急，要我去找。我騎上機動車駛往跑馬場富壽和區，當轉入新馬路，驚見路旁橫躺著幾具衣服光鮮屍體，若是車禍為何如此？心中雖訝異，還是繼續前往，記掛著若找不到司機，弟弟如何去迎接新娘呢？

再走不遠，驟見路上橫七疊八的都躺著死屍，心中越來越怕；才發現街頭早已無車無人，耳聞的是零星的鞭炮聲和單響的槍聲，細聆還有串串重機關槍的子彈呼嘯聲。當轉入富基調街角時，十幾個軍人守衛著路口在驗查證件；我也被截止，當看過我合法的身分證後，要我立即回家，並告知到處都在巷戰。他們是南方陣線的「解放部隊」，原來是越共冒充的軍警，看來那些躺屍必是政府職員或休假的軍警了。

我心驚膽戰的匆匆回到店中，把實情告知父母和二弟，他們已從收音機中知悉戒嚴消息，憂慮的對我說，越共背信利用春節停火竟然攻城掠地，已打入了華埠。整晚的鞭炮聲其實過半是越共的槍炮聲，他們用過節鞭炮聲掩護策劃了這次「總進攻」，妄想一舉攻克南越。

看來二弟晚上的婚宴是無法舉辦了，我趕緊經由小路前往亞東大酒樓，到達時那位經理面色蒼白的要我快走，他明白是戰火影響，已經全國戒嚴、取消宴席真是無法度，不會追究，我才安心回去。

吉日已擇好，縱然宴席取消，但婚禮還是要進行。於是、在沒有司機駕花車的情況下，改由人力三輪車把居住於平泰區的新娘送到我們店中來，那一大堆新娘的陪嫁友伴們，也因戒嚴令被困家中無法參加了。

新娘到達時，場面的冷清可以想像得到，只聞零星槍聲而無鞭炮，更無大批送嫁隊伍，幾乎是偷偷摸摸般的進門；當然也少了新郎前往迎親擋門時雙方討價還價的熱鬧氣氛啦。別說有多少客人觀禮，連至親也因槍炮和流彈聲阻嚇而不敢前來。

新人上香拜過祖先，向父母叩跪敬茶，再朝我這個大哥鞠躬後，最簡單的婚禮儀式在連串美軍直昇機發放火箭的轟鳴呼嘯中總算完成了。祝賀婚禮的鞭炮聲已由密集的機關槍聲替代，亂世人的婚禮草草完畢，說無奈就有多無奈啊。

二弟婚後直至一九七八年逃亡，十年內育下三男一女，定居德國後，再生下了幼兒明志。明志小侄前年聖誕節到廈門迎娶了當地一位地產商的千金，舉行了千人宴的婚禮，我代表二弟致詞時，憶起他當年的婚禮，真是感慨良深呢。

如今二弟一家在瑞士安居，有兩位德國媳婦、兩位中國媳婦，五位孫男女，考了律師學位的掌上明珠仍未于歸；一家三代同堂，十多口共住一屋（自建三層樓宇共有九個睡房），享盡天倫之樂。他們夫妻恩愛真是如膠似漆，早歲最簡陋的婚禮，卻有如此美滿幸福的家庭，悠悠數十載，也已證明了他們情比金堅。

查理斯王子和戴安娜王妃兩人極其奢華隆重的婚禮卻變成了悲劇。我二弟和弟婦在戰火中結合，沒有花車又無賓客的婚禮、不成體統的匆促恐慌，再是簡單不過，他們卻相敬如賓恩愛不渝、能夠白頭偕老。

時下大陸青年男女對婚禮的過度奢侈舖張、往往為了結婚而要欠下大筆債務，實無必要啊。只要想想再豪華的婚禮也無法和查理斯王子和戴安娜王妃那場世紀大婚相比，比得上又如何呢？

要知道婚禮的隆重豪華或簡單平常真的一點都不重要，男女婚姻最重要的是如何經營婚後美滿幸福的生活啊！

二〇〇五年六月十八日於墨爾本。

孝行

去年聖誕節翌日、還是公眾假期，叫做Boxing Day，華人稱做節禮日，就是將客廳聖誕樹下擺放的禮物、各人領取後即時拆開，是其樂融融的家庭歡樂日。

小兒子明仁（John Wong）預先約好、要載我們前往選購新床墊，補送節日禮物給父母。他說我們那張舊床早已沒了彈性，不該再用？也不知道他何時進入雙親睡房、測試眠床而發現？

到了售賣床墊專門店，頗大的展示廳擺著無數大小床墊，從幾百元的到五、六千元的床墊，真令人眼花撩亂。為免兒子太破費，我們測試中等價格近三千元的床墊，躺好後售貨員還按床頭兩邊的電腦素描，得出結果打印數據及圖像，顧客只能按合適的那類選購了。

除夕收到送來的新床墊、果然軟硬合適、十分舒服；老懷高興，感激兒子的孝行，兒女孝順，是家山有福，豈能不感恩呢。

十幾年前某日午後，明仁忽來電話要帶我們去參觀車展，我說沒錢買新車，不去也罷。可沒多久門鈴響，么兒已現眼前，只好隨他去墨爾本車展中心。

大開眼界之餘，么兒說三萬元以內的轎車、看上那一部都可以要，我告訴他正在駕駛的舊車也才七年車齡，沒必要更換。他極認真的說，是在新加坡工作的老三明哲所送，三哥出錢他出力，為我們選購新車。

原來不是開玩笑，意外之喜盈溢心頭，兒子要表達孝行，若堅持不受那反倒是父母不領情了。於是、開心歡樂的選了車展時、特價優惠的兩萬餘元的銀色轎車，數週後如約去把新汽車開回家，心中的高興都洋溢在臉上呢。

那部老三送的新車用了八年，就在五年前，某日么兒來電話相約共進晚餐；奇怪的聲明，要老朽付餐費請客？心想父子之間何必計較？幾個人的餐飲花費再多也還能支付，於是如約赴會。

餐後回到老么住處停車場，想取車回家；沒想到兒子交出電子汽車鑰匙，帶我到一輛黑色豐田新車旁，說是禮物？我半信半疑，試用電子鑰匙一按，車門開了，果然是真的呢。

當晚回去、不熟悉新車性能、戰戰兢兢的開到家；幾天後歡迎從美國來探望兒孫的岳母大人及歸寧的長女。新車駕駛了一個月、等女兒陪同外婆返回舊金山後，我再去老么住處，換回那輛老三贈送的銀色轎車（幸好尚沒有出售）。

原因是、老么送車給我時，居然訂明條件：無論何時如果他母親要外出，我都要接送？哈！原來我自作多情啦？新車是送給婉冰，我無非是司機吧了？其實他不該聲明、以前內子去力士門市粵劇社唱歌、去看醫生、商場購物、游泳或應酬、探友，那一次不是我接送？

此外，老朽杯葛日貨，討厭用鬼子生產的豐田車，也不喜歡黑色，幾種原因讓我婉拒兒子的孝行。新車只用了一個月後就退回，讓老么損失了五千澳元。

婉冰說以後看誰還敢再送車給你？父子沒隔夜仇，事業有成的老么，當時自然不開心、但也知道自己犯錯，一是那多餘的聲明、二是不清楚老父曾撰文呼籲杯葛日本貨。

世事沒絕對，三年前、老么再約兩老去車行，到達時、竟然瞧到一部乳白色法國標緻牌Peugeot 4008型轎車，檔風玻璃鏡外橫貼著一張金色英文字紙條：「The Car Belong To Mr. Lawrence Wong」（此車屬於黃玉液先生）沒錯、那是老朽的英文姓名啊！

這次、么兒知道老父不用日貨，就多花費幾萬澳元購買歐洲轎車贈送。前年十一月底我們慶祝金婚典禮，聲明不接受親友任何禮物；明仁還是送給父母一對勞力士手錶，算是公平了。我卻暗中竊喜，男裝錶比女裝錶要貴四千澳元呢。

去年電腦速度慢，剛好在史丹佛大學就讀的外孫李強隨母來澳，年輕人熟悉電腦，他到書齋為我檢驗後，說要更新電腦了，並寫下最新款的檯面電腦及尺寸。

託老么代購，正巧他也要買電腦，不到幾天當全家人共餐後，在餐館停車場將新電腦捧出給我，問他多少錢？兒子明仁笑著說是禮物。

回想起來、尚有幾年前客廳裡的新沙發和大電視機、我兩間書齋中的辦公椅，甚至廚房的煮水爐，熱水瓶以及意大利名牌太陽眼鏡等，都是事親至孝的么兒明仁在不同時段購買相送。

那天他在美雅百貨公司購物，致電給我，問家中有什麼欠缺的東西？他順便購買。聽了好感動，老么算是事業略有成就的中年人，難得的是有一顆對雙親的孝心。社會上許多比他富有的人士，卻沒有他事親至誠的孝行。

黃明仁（太平紳士）於二〇一七年二月在河內展銷會上演講。

錢再多事業再成功的人，若對爹媽連探望的時間都分身乏術？這類人那還會時刻想起父母的生活需要嗎？老朽深深感恩上蒼厚待，家有孝子、其行可嘉，撰文感謝兒子外，也盼望老讀者們告知後輩，要善待父母，毋忘養育深恩者，事業必定成功，人生自然幸福美滿。同時、孝行非關金錢物質，重要的是擁有那顆純真的孝心。

二〇一六年元月八日於墨爾本。

痴等

等待時總是很焦急，尤其是等著深愛的人出現；沒到達前，左盼右望，無非想趕快能相見，以慰思念之情。描寫思念的名句「一日不見如隔三秋」，並非語不驚人死不休的誇大形容，在經歷過類似心境的人，都會相信這句話的傳神。

那天約會、讓我驚喜萬分，也忘了早已越過耳順之齡，本該心平氣靜，不為情困不為愛苦？竟然有歲月回流走入時光隧道重返青春初戀之期。心熱烘烘的開始等待，在漫長光陰如蝸牛爬行般度時如年；腦中映現那張笑臉，甜蜜芬芳洋溢著難以描繪的美。耳際不覺浮飄著清脆的笑聲、歡樂無時無刻如鮮花怒放，感染著每個人。

在落寞心情時，只要面對那張愉悅五官，彷彿人間世從不存在任何愁眉不展的事。開心就像清風，輕輕拂掠，會將所有愁雲慘霧吹走。因而、期待再見就變得格外重要。

近在咫尺，本來天天都可以主動去看望，可總有這樣那樣的阻力；諸如前陣子的「豬流感」說會傳染，因而、唯有強將那份思念之情壓抑。幸而不見其人，還能聞其聲；每天的電話，從線那頭傳來悅耳的妙音。剎那中、宛如靈丹妙藥般，即時將我煩雜的思緒掃光，代之的是蜜糖般甜到四肢百骸。

已經幾小時溜走，出去庭前車道，多希望能在抵達時以熱烈的眼眸迎接；再而擁抱入懷，跟著必然是妙樂般的聲音迴盪，然後是親吻……。

想像的翅膀飛翔，浸沉在即將到來的美麗時光裡；可馳過的各類轎車，總沒一部停下來，讓我深深的被失望吞噬。

趕緊進屋掛電話，這種「天耳神通」卻非永遠可期；急得如熱窩上螞蟻時，手機傳來訊號說無法接通？再撥三撥、老是相同的那句話，再來竟無法接通了。

午餐草草吞嚥兩片麵包，食而不知其味；心中七上八下，總難安寧。想起心經：「心無掛礙、無掛礙故、無有恐怖遠離顛倒夢想……」，問題是如何能做到「心無掛礙」呢？人非草木，孰能無情啊？有情自然會有掛礙啦！

明知有情必苦，但在苦中仍有不為人知的樂；在痴痴等待過程中，先受著未能相見的思念之苦。這種折磨只要一旦見面，就立刻被會面的甜蜜取代。

等待再等待、不動聲色的內子也開始煩躁了；沒多久就見她悄悄抓起電話，然後靜靜放下話筒，焦慮盡顯。

時間是很奇怪的一種東西，無色無香無味；快慢節奏本來永遠不變，億萬年皆如此。可是、喜樂歡愉的日子，光華就飛逝如箭；愁悶困苦有某種期待時，居然變慢到恨不得出力推它一把。原來變的不是時間的速度而是心情，尤其是痴等中，一秒一分都特別慢。

彷彿過了一世紀或更長，在陽光斜影射入客廳的黃昏，我心愛的乖孫永良大駕才姍姍來遲。「望眼欲穿」是最貼切的形容，可惜近五歲的稚孫、完全不知爺爺奶奶在痴等中如何度過一整天那麼天長地久的光陰啊？

清脆的童音比銀鈴更好聽的叫著「爺爺、爺爺」，然後抱抱、親親；接著就被奶奶搶過去，又擁又吻好像再也不肯放手似的，恐防又給我硬拉回去般。我們一來一往的爭相要將永良「佔為己有」，小臉龐堆滿著笑意，口中泰半英語的嘰嘰喳喳，告訴我們他當天去了那兒，做了什麼？

奶奶婉冰早已準備了大包小包禮物，吃的喝的玩的以及即將遠行給孫兒的「利是」紅包，總希望孫兒平平安安快樂幸福。

小傢伙掙脫了祖母的懷抱，快速奔入他熟悉的客房，將大堆玩具找出；會叫的洋娃娃、積木、圖畫薄、各類電動車、畫板等都被他一一扔開。最後找到了遙控器，要開了電視機面對螢光幕對玩的電子遊戲，極投入的專心玩耍。

問他明天去那裡？回答要坐飛機去新加坡；再問能否讓我同行？想也不想的猛點首，心中真的高興，祖孫情竟那麼投緣深厚。想著此別又要幾十天後，才能再相見，離情難忍。若真能與之同往，那將是何等樂事啊？

孫兒永良從嬰兒期至今，極少號哭吵鬧；相見時總是掛著一臉微笑，那張歡容人見人愛。年初開始上學前班，去學校的興趣濃厚；回家滿口英語，硬要他對我們講粵語，就拗口不順。常常講到無法表達時、便摻雜英語嘰咕。在洋國度大環境中成長的後代，變成「黃皮蕉」再也自然不過了。對他們來說反正這兒就是家鄉了，再不必背負祖輩們的「中華文化」包袱，只要生活快樂，就是福了。不必執著同化異化等煩惱，反正、四海一家，地球村早已形成。國與國、民族與民族的界限漸漸淡化，世界大同的理想也就實現啦！

逗留了半小時左右，就與我們揮手，祖孫又是吻吻抱抱的難捨難離。及至兒子的轎車馳出了我們的視線，弄孫樂即被惆悵取代，才分離便開始細算孫兒的歸期了……。

二〇〇九年十二月十六日於無相齋。

微塵

假如說、人只是肉眼難於觀辨的丁點微塵，一時間聞者必難相信。兩千多年前莊子曾比喻國家無非是蝸牛之角，戰爭殺戮這麼凶殘的事，為著那芝麻綠豆大的面積而比強弱，實在可笑。但當局者迷，帝君豈肯相信所擁天下僅如蝸牛之角？

多年前我撰作過一篇散文，題目是：「地球是一粒沙」，頗感自豪的以為眼光獨到？豈知有一次和幼子明仁聊天，當時尚在墨爾本大學讀書的少年郎隨口應我一句：「不對」，便滔滔不絕以他對天文學認知，肯定說：「地球最多只是半粒沙」，初始以為他胡謅，聽他詳談後唯有承認後生可畏。

近日偶讀倪匡先生大作，提及地球大小無非是微塵，不得不修正我多年前的看法。為著行文方便，仍沿用細沙比喻地球，至少讀者肉眼能從海灘拾起一顆沙粒，然後發揮想像。

在無邊無際的太空宇宙裡，姑且將它看成是荒涼廣闊的海灘，靜靜擠擁堆疊著是數之不盡大小沙粒，這堆沙粒當然以兆為計算單位，總之至今以人腦有限智慧仍無法確知其數目。但其中有顆閃爍藍光的小小沙粒內，竟蘊藏著七十億人口，並正以每天接近三十萬之數增長。（全球每年出生嬰兒約一億一千萬，減去全球每年逝世的六千萬人，年度淨增長約五千萬人口，略多於兩個澳洲總人口。）

來到沙中的人就當成微塵吧，兩百年前全球有九億七千餘萬人口，一百年前增到十六億五千萬，去歲統計是七十億。這一百一十四年竟然激增了五十三億五千萬，速度極快，估計到二千零五十年、地球總人口將有八十九億零九百萬，比現在多出十九億餘。人類必將面臨飲水、糧食、土地等眾多生存危機，引發天災、人禍、戰爭種種苦難將有增無減。

「人」這類微塵因處沙粒內，卻很自傲認為是那顆沙粒中萬物之靈？又相信是有榮寵的特殊品種？許多醉生夢死者爭奪名利，妄想長生不老，希望到達永恆；雖然人壽漸增已可享天年之齡（百歲），可惜至今仍無不老藥。

微塵飄浮，歷劫而生，八苦嘗盡後、必飛灰煙滅；功蓋天地者，開創歷史者、有幸留名千秋。至於陵墓亦遲早在時間長河嘆息聲中風化，何況是木乃伊、等待復活，無非是南柯夢境，太虛幻象，鏡花水月。

宇宙之神，為何會眷顧躲藏在兆億星海群中、那顆並不突出卻被微塵溢滿的地球細沙內？這些自以為了不起的塵埃微粒，還要特地開闢天堂？想像西方極樂世界去接待？更要營造地獄囚禁微塵。人在生存過程以極豐富的幻想力創造神、衍生佛，或可減輕生之無奈死之恐怖？

一旦科學家確證天宇中這顆小小地球，查實只是宇宙內那麼一丁點肉眼難見微塵，人啊！活在微塵內算什麼呢？還爭奪啥呢？

二〇一五年元月三日於無相齋。

品茶記

不風不雨正清和，翠竹亭亭好節柯；
最愛晚涼佳客至，一壺新茗泡松蘿。
——鄭板橋

早年在越南經營咖啡與茶莊，為了業務而學會品嚐這二種飲料，當時茶行中人對唐山茶視如至寶，皆因戰爭而千金難求。故能嚐到的無非是南越高原大叻山城或春綠市出產的茶類，最上等的是鮮嫩白毫、其次是茉莉花或蘭花烘焙的茶葉，再者為茶骨及茶末和紅茶。從老行家學習分辨茶的色、香、味等基本常識，對茶也略知一二。

多年前回鄉，每日清晨堂弟添福必泡茶以待，讓我品茗了故鄉多類名茶，鄉愁就此雲散煙消。意外的是走在同安區鬧市上，經過每家商店門口，都被好客的老闆邀請喝茶，飲茶品茶並以茶會客會友，幾乎是家鄉廈門同安的特色，那份親切那份閒情、在在令我這個「番客」感動。

先岳父在世時，每蒞澳洲，行囊中必攜來大包小包的茶葉，都是從舊金山買來的「天仁」茶罐，品飲後、對「天仁」這字號的茶葉從此有了深刻印象。長女從美國歸寧，也必帶回茶葉孝敬雙親；女婿是臺灣移民、大媳婦也是，因而親家們也購買「天仁」茶相贈。除了回鄉，家居喝茶，八九享用「天仁」各類茶葉。

兩月前到王平伉儷（隨我學習中文電腦的朋友）家中，好客的王平拿出一罐天仁茶王313，說要我嘗試這上等好茶。品茗幾泡後，果然滿口清香、如飲甘露；無窮回味中，記憶內勾起往昔所飲之各類茶葉，無一能與之匹敵。

在墨爾本日報任職的Raymond Yau，多次約我品茶，每邀皆為我婉拒；赴汶萊開會前，在應酬宴會上共席，姚先生自備茶葉沖泡，我晚間不喝茶，無緣品嚐。席間姚兄將帶來的茶葉分贈，說讓我在家品茗，盛情難郤，唯有腆顏收下。並舊話重提，再三邀我前去品茶，要讓我試最好的品種。見其心誠，就應允等外遊回澳後再訂日子。

從汶萊國回家後，早忘了前事，不意姚兄來電舊話重提，唯有訂好跑馬節前天赴會。乘火車到墨市中心，Swanston大道上封鎖，碰上了節日前大遊行，見到蘇震西市長滿臉笑容的坐在開蓬車上，向兩旁萬千市民揮手與及樂隊和各式旗幟，就是無法橫過街心。「天仁茗茶」店鋪近在眼前，可望而不可即。我一向守時，這次可糟糕了，無心觀看遊行，沿路尋覓出口；幸而約一刻鐘後，遊行隊伍走盡了，被阻的人群大批湧過馬路，趕緊赴約去也。

半年前經過「天仁茗茶」店鋪，匆匆進去參觀了各類出售茶葉，印象模糊。

姚兄早已在內苦候，為我們介紹公司助理李淑芬女士，我急不及待的在品嚐前離席，請李女士為我分析入門處貨架上茶種。

櫃上擺放的大小盒裝茶，真是琳瑯滿目，有天霧、天廬、凍頂烏龍、桂花茶王、鐵觀音、普洱以及都有編號的各式茶王如：109、313、319、403、509、919、913等。有四兩盒裝（一五〇克）和半斤裝（三〇〇克），這些加配人參的烏龍茶價格不等，半斤茶王從八〇元到二二五元不等。最高貴的是只有七十五克小盒裝的陳年老茶王和天梨茶（也稱為元首茶，是臺灣總統府招待各國元首專用茶），售價是七十五元，一公斤就要一千澳元了，不禁咋舌，真非我等窮書生所能負擔啊。

小小店鋪，映眼是多幅書法影印，皆是與茶有關的名詩詞，如上述鄭板橋的詩。另一首是明朝文徵明佳作，婉冰好詩詞，見她提筆趕快抄錄：

碧山深處絕纖埃，面面軒窗對水開；穀雨乍過茶事好，鼎湯初沸有朋來。

餐桌餐椅全是木製，古色典雅，書香味極濃，四處盈溢茶香，真是鬧市中少有的好去處。侍者擺放餐具和餐巾，才發現餐巾印上了七首詩作墨寶，真不忍糟蹋呢。

先用餐點，有地道的臺灣牛肉麵、排骨麵、鰻魚飯及各式午餐甜點。遲到一位女賓好面熟，原來是被稱「好姨」的梁好勤女士，鄭毅中臺長也趕到了。都用過餐點後，李淑芬女士親為我們泡茶，全套功夫茶用具都擺上茶几，紫沙壺、小茶杯和聞香杯，計時器以及頗長的一枝溫度針，煮開水壺放於茶几旁電源處。

但見她手法熟練，用沸水洗過茶壺及茶杯，打開名貴的「陳年老茶王」，用木匙撥茶葉，量水溫，九十五度時即沖入壺中，數十秒便倒掉。再沖第一泡，計時器響剛好一分鐘，倒入聞香杯，讓我們捧杯聞茶香，我放近鼻前深深吸氣，果然清香撲至，嗅之再三，才從高形聞香杯倒入小茶杯，飲入後，口齒芬香四溢，餘味繚繞口腔中，清醇甘美，厚實感濃，比我嚐過的313茶王層次高多了。原來這茶名副其實的老茶，要放在地窖十年，始能出售，難怪要值一千澳元一公斤呢。

共嚐了五泡，其味仍濃香不減，普通茶三泡後再無茶色了。接下來換上同等珍貴的元首茶（天梨茶），如前法炮製，茶色金黃、嗅之幽香盈溢，入喉生津，後韻餘甘久久仍存，其醇其濃真是飲過難忘，難怪此茶能被選為招待國賓而揚名的元首茶。

生平首次嚐到如此好茶，始知天仁茗茶之揚名世界各地，實至名歸。墨爾本喜愛飲茶的人士有福了，再不必遠去臺灣或到舊金山才可買到天仁出產的好茶。品茶花了半天時間，本以為應酬姚先生，卻讓我大有收穫，從李女士處學到煮茶方法，也對「天仁茗茶」出售的茶類有了認識，辭別時，不忘選購幾盒茶王享用。

二〇〇六年十一月八日於墨爾本。

理髮師

三十餘年前初蒞新鄉，首先要適應墨爾本變化多端的一日四季氣候，每天去上課學習基本英語會話時，外套縱然不穿也必定隨身攜帶。

然後學會了乘坐火車、巴士、電線車等公共交通工具；六週後領取了移民英語課程畢業證書，即急不及待的到處尋覓工作。

一時竟忘了頂上頭髮才不管人在何處，照舊增長，帶來不多不少的煩惱；去理髮不就完事嗎？說來輕易，當找到了理髮店時，有種視死如歸般的感覺推門而入，洋師傅們笑臉相迎。落座後師傅問幾句，猜想是如何修剪？我有限的英語只能用手比劃，但見洋老頭揮剪如風、十分鐘後頂上果然清理了，真夠快手啊。下月再去，卻換了女師傅，同一家店鋪，每次卻輪到不同手法的師傅。

苦惱事是理髮後未久，後腦往往會翹起衝冠之髮，無論用髮膠、塗髮油、擦髮蠟，那束喜歡出人頭地的怒髮依舊在後腦處揚威。

髮型影響外相，幸而身為藍領職工以及後來當報社編輯，都非以容貌為賣點；在那段歲月中，隨著搬家到新地方，就得重新找理髮店，男女師傅們幾乎都是意大利移民或希臘人，他們的英語想來與我是相去無幾？隨緣隨意又無奈的每月去讓洋師傅修剪頭髮。

直到十餘年前、兒女們推薦的理髮師傅彼得（Peter），這位在原居地香港早已享有美譽的專業師傅；果然了得，經他修剪後、困擾我多年的「怒髮衝冠」從此解決了，讓根根怒髮竟乖乖聽話了。

遇到合意好師傅、也算有緣：大家都以其英文名字Peter稱呼他；每月都要預約時間，經常在剪髮時電話來，全都是顧客們致電，不知是職業性或天生記憶力強，聽聲即能知悉對方是何人？這點能耐並非人人能有。

彼得師傅持剪修理我頂上髮絲前，不像洋師傅們先問顧客要剪長剪短？開刀即剪，他是喜歡聊天的人，打開話匣子後，你來我往或問或答，真個其樂無窮。身為作家，我也是喜歡與人交談，從中理解許多我不懂的事事物物，增長見識有利於創作，何樂而不為呢！

每次修剪是半小時，與洋師傅的十分鐘相對是慢了些；婉冰也隨我一起將三千煩惱絲請他修剪，同樣是半句鐘，收費比男士多二元。掛在大鏡邊的價目表、清楚印明各類修剪、洗頭、吹染等價錢，可說童叟無欺呢。

十年如一日的價目表，紙張更新後、價錢依舊不變。成了朋友後，好幾次我都建議應該隨著通貨膨脹、提高理髮服務費，那才合理。可是，Peter總是一笑置之，說大家都是朋友，也不計較增收那點費用？

由於每天的客人都是預約，因此、對於掌握修剪時間極為精準；這位師傅守時的精神，和我多年來向讀者們提倡務必守時的觀點相同。這些年來愚夫婦每月去見Peter，通常都早十分鐘前後，絕不遲到。

對於那些不守時的顧客，理髮師的處理方法竟然是拒絕再服務，沒有通融的餘地；反正他的顧客多得很，不在乎那些遲到者。如此有性格的人，堅持原則者，從事服務業，實在不多見。老朽覺得難能可貴，他不為五斗米而折腰，顧客對於Peter，並非是上帝？守時是尊重他人的行為，也是美德。

從閒談中得知Peter原來也是美食家，他比我強的是、會食也能烹飪；上週去理髮，他邀我們中午品嚐親自下廚的炸雲吞。因夫人回港省親，這段時間都是他掌廚，正巧早上調好用料，只要十來分鐘即能享用。盛情難卻，我們首次在他家用餐，確是有口福啊！

雲吞味美、清脆可口，果然好食，令我佩服的是確實十餘分鐘左右，即能享用午餐，手法之快，不知是否與他持剪刀專業有關？婉冰在廚房中觀看學習，善於烹飪的內子，想來已學會了這道特色美食？

年前、Peter忽然到寒舍，拿來一包零食魚乾送老朽，真是夠意思的朋友。去年二月、後園兩棵無花果樹豐收，婉冰摘滿一整袋，要我開車拿去給Peter，物輕情意重，也算是禮尚往來呢。

愚夫婦前年慶祝金婚，Peter 花了數小時為婉冰修剪、捲髮、燙、洗、吹頭髮，分文不取當為賀禮，可是禮到人不來，讓愚夫婦始終過意不去。

越戰時老朽曾在槍林彈雨中倖存，怒海驚魂舉家更是汪洋餘生；生命是老天爺恩賜得能證明。而Peter經歷多次在死亡邊緣徘徊的災難，都能安然無恙，厚福之人的奇遇，讓他生性豁達，笑對人生。

Peter能與顧客打成一片，工作中自娛娛人；老朽有緣與見識廣泛的這位理髮師傅傾談，每月那一小時中，（包括等待他為婉冰修剪的時間），彼此都很開心呢！令老朽慶幸的是、今後再也不必更換理髮師啦！

二〇一六年二月二日於墨爾本。

嘆息湖

距南越前首都西貢三百公里的避暑勝地大叻山城，市集旁的春香湖景色秀麗，是當地人眼中的「西湖」，其美可想而知。自然是遊客必至的一處名聞遐邇的觀光重點。但在市郊尚有一個幽美的湖泊，卻知者不多。

大叻這塊人間福地，在漫長的戰爭年代，鮮有被無情戰火蹂躪；在如詩似畫的寧靜山居裡，偶聞城外松林中有一原始淡水湖，有個哀傷的名字叫「嘆息湖」，真令人浮想連篇。

離市區六、七公里處的鵝芽瀑布左轉入山，一片蒼翠山林幾乎把驕陽阻斷，廁身其內、清風掠拂，精神爽利。小路崎嶇不平，山坡盡處，雲煙縹緲，四方松柏高矗，參差挺拔、圍繞著如鏡般清晰的湖面。

走下陡峭山坡，湖邊草地布滿了松子，松針也四散；鳥語啁啾之聲盈耳，湛藍的天空透過濃密的松柏枝葉斜射照下稀疏的光線，影影綽綽，恍惚如夢。

陪我尋幽探勝的畫家郭欣泉同學，為了寫生，經常獨自帶了畫具四處遊覽；他在大叻大學教授繪畫時，極少在教室內講課，而是帶了學生們置身自然中，傳授他的畫藝。因此、他幾乎踏遍每一處的風景，嘆息湖的故事，也是他從越藉女友口中知曉。

越戰期間，兵役令男丁從十八歲到四十五歲都要被徵召入伍，與世無爭的山胞（越南人對山區原住民的稱謂）與華裔和當地人一視同仁，要為抵抗越共南侵而保家衛國，許多山胞和華裔一般不願意被捉去充當「炮灰」，而千方百計設法逃避軍役令。

陳杰木為了避免當軍而從西貢逃到山城，用假身分來到山地，後來結識了田查娘，她身裁婀娜多姿，是能歌善舞的山地姑娘，大方熱情，對同族的追求者不假詞色，那天經過湖邊，遙遙相對的青年正專心看書，側影俊逸，給她平靜的芳心投下了漣漪。

自始每日有事無事，她都獨個兒行去湖邊散步，終於和心儀的人結識，陳杰木從她的談吐中根本不知身旁佳麗是原住民，一般農村越女因為在田裡工作，膚色也是古銅亮麗，和原住民的皮膚難與區分。

孤男寡女朝夕共處，早已擦出了愛情的火花，為了長相廝守，田查娘把自已是原住民的身分向情郎表白，沒想到陳杰木一點也不介意，眾生平等的思想早已根深柢固；他從小歸依三寶，本來到山城是要尋一所寺廟出家，但那座佛寺的住持因為收到地方官的文書，不敢讓適齡青年剃度，恐防惹上包藏逃役者的罪名。故此他只好留在山地做活，有緣與田查娘相識，頗為意合，有佛法修養的平等觀念，那會在乎她是山胞。

談婚論嫁後，女方父母因為女兒能嫁給華裔青年，自是歡喜，由於男家遠在西貢，也就一切從簡，依原住民的儀式舉行婚禮。那晚在湖邊的營火舞會歡樂中，新郎新娘相擁著，被大堆青年男女圍繞其中，笑聲歌聲歡呼聲，似乎群山也感染歡喜，迴聲處處。

新婚後的三天，搜捕逃役的軍警竟然來到了田查娘的茅屋，強把陳杰木拘押上警車，在田查娘淚花哀號中被帶走了。

新娘從此以淚洗面，日夜獨自徘徊在湖邊，痴痴的等待著丈夫；日子一天天的飛逝，一月月的遁走，一年年的滑過，遠征的良人卻音訊全無，一去無蹤影。

那日如晴天霹靂，她突接到一從封軍部寄來的陌生信函，是他的戰友寫的噩訊，說在芽莊省育美村那場與韓軍聯合剿共戰中，陳杰木被越共炮火轟死了。其實已死了半年多了，因為戰亂不息，他無法及時報噩。

那晚田查娘跪在湖旁哭拜亡夫在天之靈，哀號之聲遠近可聞，翌日家人除了在草坡上見到她的鞋子及一堆焚化的紙錢外，再也找不到她了。村民都說她必定投湖隨夫而去了，自此，寧靜的湖面，夜夜傳來一聲聲哀怨悲傷的嘆息，這個無名湖就此被村民叫做「嘆息湖」。

聽完畫家講的故事，果然四處傳來一聲聲的嘆息，細細聆聽，彷彿是田查娘這位痴情女子的嘆氣，在向世人訴說其不平。

回程時，隨著風的強烈而感到嘆息聲的急迫；松柏的針枝被風吹打發出的聲響，竟然也可附會出如此感人的愛情故事。不管真假，對當地的居民，嘆息湖早已是一個哀傷悽美的傳說伴隨著的地方，而這個傳說代代都有不同的版本。

想起那位才藝非凡的畫家郭欣泉同學，竟記起那段早歲山居時，一齊到嘆息湖的美好回憶。這位能左右手同時作畫的天才藝術家在越戰後，輾轉傳聞他於越戰期中犧牲了，每念及此，我耳際宛若自遙遠的嘆息湖傳來聲聲的嘆氣，欣泉兄的音容清晰如昨，彷彿是他的幽魂在嘆息……。

二〇〇三年六月三日於無相齋。

婉冰賢妻

半世紀前要迎娶芳鄰富家女，當時受到先母極力反對，在閩南農村成長又沒受過教育的母親；認為擇偶要「門登戶對」才好，況且廣東媳婦入門，語言不通，婆媳如何相處？有錢小姐又怎會打理家務和侍奉翁姑？

幸獲先父對未來長媳是何許人、是貧是富皆無成見；只要與兒子有緣，四肢健全、略有文化、年齡配合便認可。因而母親反對無效、在父親支持下，順利大排筵席，高高興興娶回淑女為妻。

先前母親的擔憂竟然有點道理，這位高中畢業嗜愛閱讀、在娘家被視為掌上明珠的富家長女，果然連燒開水也不會？因而岳家居然送來陪嫁婢女，黃家娶媳已多了一張口，竟又要再養個婢女？小康之家如何應付，母親容忍了幾週、便將那位精明的女婢遣返。

無法與婆婆傾談的媳婦，只好通過我或兩位小叔傳譯；聰明賢慧又知書識禮的富家女，從小接受嚴格淑女教育，真個目不邪視、食不言寢不語；又幸得與婆婆語言不通，少了些不必要煩心事。隨著歲月流轉，漸漸也掌握到能聽懂閩南話，和有時因講幾句發音不準而惹到一家人大笑的廈門方言。內子生性內向被笑後臉頰飛紅、往後只在無人時才敢與婆婆對話。

兒女們相繼降生、幸好經營咖啡豆生意興隆，家庭經濟漸成中產階級，已有能力聘用月嫂為妻子當陪月了，可免去了母親辛勞。三兒出世後不久，小家庭遷入新建三層樓宇，也雇用了廚娘協助家務。

戰火紛飛中、一九七五年四月底、糾纏多年的越戰終於結束了，南越河山淪陷入越共之手，繁榮華埠驟然百業凋敝。為逃避苛政清算、辭退廚娘後，要照顧五個兒女操持繁瑣家務，原本嬌生慣養的賢妻毫無怨言挑起重擔。從初嫁時連燒開水也不懂的女人，每日為一家七口烹飪三餐、尚要將三層半樓房打掃拖地，也真夠難為她了。

當年為追求淑女而撰作情詩情信、終因文字感染力擊敗多位競爭對手；寫作遂成為我嗜好，每有新作必先讓妻子過目。因她古文修養比我好得多，往往代修正了錯別字，或代增刪初稿，果然經她修飾，編輯們往往採刊拙文。到新鄉定居後之能成為名副其實的作家暨詩人，全拜這位賢內助之賜呢。

一九七八年中秋前，舉家奔向怒海賭命，夫妻帶著五個從四歲到十三歲的兒女，與岳父母及妻姨一齊乘舊貨輪，在南中國海上飄流十三天，貨船入水不得不登上了印尼荒島，淪落在赤道上無人荒島十七日（見拙著長篇小說「怒海驚魂三十日」），大難不死獲救到印尼難民營。

翌歲三月定居墨爾本新鄉後，工餘我再操觚撰作文章，增加點稿費收入。妻子在養老院當全職工作，回家還要操持累人家務，等於一身兼兩職，其勞累其辛苦真不足為人道也。當年葉家大小姐卻甘之如飴，無怨無悔。

幾次陪我出席亞洲華文作家會議以及在臺灣、東南亞各地舉辦的華文研討會後，獲邀作家的配偶被視為「觀察員」，除要分擔一切住宿、旅遊開支外，且無發言權。定居新鄉十四年後，即一九九三年、有志氣的妻子終於發表了處女作，立志夫唱婦隨，五年後出版了散文集「回流歲月」，終於成為名正言順的作家啦。

為了回饋新鄉澳洲當年人道收容，愚夫婦於工餘時積極投入社團服務，內子不但成為「維省印支華人相濟會」秘書、且是「墨爾本澳亞民族電視臺」節目統籌，「史賓威中華公學」文教理事、「世界華文作家交流協會」中文秘書等。

亦隨我一起擔任週末「大新倉頡中文電腦班」老師、負責3ZZZ廣播電臺粵語節目「城市廣場」主播。

由於數十年如一日為華族社區作出有目共睹貢獻，她先後獲得維州州長頒發「國際義工年服務獎」，墨爾本市華裔市長蘇震西先生頒「社區傑出貢獻獎」、維州總督頒發「多元文化傑出貢獻獎章」及多項社團獎狀。

多年來創作成果，是已出版了澳洲文壇首本漢俳詩集、兩冊散文集及一部微型小說集等四部著作，亦先後獲得北京、臺灣、廣東省、墨爾本等地散文創作獎與極短篇小說集佳作獎等。

內子原名葉錦鴻，這個名字是疼愛她的外公所起，自已改的筆名是「婉冰」，有著內向性格、溫柔婉順的女子，人生途上所扮演不同角色皆極成功，人孫人女人妻到人母，以及如今的家姑、岳母、奶奶、外婆及為人師表、廣播電臺主播、各團體秘書及作家兼詩人等等。

其實比「秀威作家網誌」今次為三八婦女節徵文更早時，也就是去年十一月十六日，兒女們為我們辦慶祝金婚紀念酒會時，當著二百餘位親朋友好、政要、殷商、傳媒及文友們面前；我邀請內子婉冰上臺，誠心誠意向這位賢妻行三鞠躬大禮：

第一鞠躬是感恩她善盡媳婦之責，在先父母生前、孝順侍奉翁姑。

第二鞠躬是謝謝她一路扶持我、鼓勵我，讓我終能成為作家及詩人。

第三鞠躬是感激她為黃家養育了五個好兒女，令他們都成為國家及社會好公民。

在金婚禮致詞時我說過，一位好女人，將會影響夫家四代人呢；證之內子婉冰，確是有感而發的肺腑之言啊。心中感恩內子婆婆、先岳父母當年同意將她寶貝外孫女許配給我、也感激先父對婉冰的賞識，我才能有此厚福娶得如此賢妻。今天是情人節，僅呈此拙文、權當薄禮以搏愛妻一笑。

二〇一五年二月十四日情人節於墨爾本。

心水與婉冰伉儷合影於福建漳州，二○一五年四月十九日。

家庭煮男

對於「家庭主婦」的工作，向來存著輕視心態；認為無非是身為賢妻良母應盡天職，如何也比不上主外男人的辛勞。由於家有賢妻，這輩子幾乎是飯來張口、茶來伸手過著好日子而不知足。

有時遇到太太對家務訴苦，覺得這個女人吃飽撐著無病呻吟；付出那點勞動算什麼？心情好時會婉言安慰幾句。反之，來個冷笑或反唇相譏，當然是會引來無謂的爭執。

家成「空巢」後多年，「主婦」職守自更輕鬆了；再也沒想到老伴會罷工？整日慵懶躺臥床鋪，兩月前她嬌軀微恙，本就有「黛玉妹妹」之稱的內子「婉冰」，身體不適再正常不過。可這次病來如山倒，我自然成了全職司機，每周幾次的載她去見醫生、專科或到化驗所。本就是她的終身司機，駕駛職責早已無怨無悔，正如她伺候我日常生活般，也算公平。

家庭主婦有權請病假，為了過日子，從無當「主男」職盡的我，迫著粉墨登場扮演一回了。心想連做「作家」都能實至名歸的我，出任「家庭主男」又有何難呢？

天亮六時起床，梳洗晨運後，自然要到廚房「開工」啦！先燒開水、準備沖調咖啡，找出鋁煲放上麥片加水再開煤氣爐煮滾。去歲底改造的新廚房有那麼多抽屜，總忘了存放碗、筷、湯匙、刀叉是在何處？有點忙亂中，想到笨法，索性拉開各個大小抽屜；果然靈驗，東瞧西瞄，很快找到要用的瓷碗和湯匙。水滾嘶鳴聲中趕緊沖好兩杯咖啡、順手將熱水泡茶。

早餐弄妥才喚太太到廚房，餐桌上早已擺好兩碗熱麥片、兩杯濃香的咖啡、烤麵包、果醬黃油、剖開的牛油果、餐刀。津津有味享用後，習慣離開時，才猛記起餐桌上還要收拾啊！免不了洗擦及抹好桌面，那點小事居然也花去了二十分鐘呢。

到屋後洗衣室，那堆內外衣服，真不懂分類，唯有都放入機器加上洗衣粉按扭便成了。哈，這點功夫那會難倒我呢？冰箱半空，再不去超市，那將是「巧男難為」了。幸而這麼多年來，都是陪太太去購買日用品及食物，大超市內貨架擺放何種東西早已了然於胸。巡視貨架時將要買的物品拿進手推車，麵包鮮奶、幾盒紙巾，轉去魚肉部，選取雞腿、魚片、肉碎、紅番薯、芹菜、椰菜花；再來是蘋果、獼猴桃，選了香蕉看到標價十三元才又放下。（澳幣已超越美元，香蕉等於十四美元一公斤，實在太貴了啊。做「主男」也要學會精打細算呢！）

回家後，車廂那堆買來的東西，擰了幾大袋進廚房，又要分類放存。終於都做好，總算有空看看報紙啦；反正午餐向來我們是「河水不犯井水」，各自打點。

午茶時刻，只需泡好咖啡、拿出餅乾或糕點，省時省事；頂多將咖啡杯收拾洗滌，也便完事了。清洗後堆積的衣服，皺巴巴的不好存放櫃內；看太太拿熨斗簡易之極，便如法操作。百來分鐘只熨燙了三件襯衫和一條長褲、還讓手肌疼痛難當呢。當然還有些縐痕沒法熨平，將就點算了，反正是自己穿著。

晚飯最讓我犯愁了，考驗了我這個不懂烹飪的「家庭煮男」；那天買回半隻超市的烤雞，洗好生菜，再將生米量入電鍋煮成飯，將就了一頓。本就因病沒胃口的「老來嬌」苦著五官勉強吞嚥，又不敢怪我。

那天切好了排骨，調味後開媒氣爐慢火焗煮，然後抽空爭取上網，早將廚事拋到九霄雲外。未幾有股肉香飄入書齋，心中暗呼不妙；趕緊衝入廚房，唉！豈止是肉香呢？還有燒焦味四散，鍋底早已黑糊糊粘成片了。半斤美味排骨自然報銷噢，唯有找出臺灣入口的紅燒鰻魚罐頭、再煎兩個雞蛋應急。

臨時抱佛腳，本可找出烹飪專書學幾樣可口的佳肴；可對於進廚房總視為苦差事，沒耐心真個去當「煮男」角色？只要太太痊癒、「煮男」便可移交了。萬一我真能煮上幾個好菜肴，將來婉冰要與我分工，輪流入廚，那豈非「作繭自囚」脫不了身？

前天黃昏，定居瑞士的弟媳來電聊天；我正對著買回來的兩片魚肉發呆？即時請教精於廚藝的弟媳，教我鹽洗去腥、加蒜加薑絲放入電飯煲，也可油煎。最後擺在餐桌上的是一魚兩食，蒸者不熟、煎的過火已呈焦黃。難得婉冰大量容忍，還安慰生平首次烹魚的「主男」呢。

清洗碗盤完畢，還要拖地弄淨廚房；正想休息才憶起忘了前天洗衣機內早清洗好的大堆衣服。只好趕緊摸黑到後園再幹活，唉！希望早日將「家庭主男」這份苦差事交回給我這位嬌柔的「資深美人」，日夜虔誠祈求上天庇佑、讓婉冰早日痊癒吧！

二〇一一年四月十三日於無相齋。

玉芳妹妹

二〇一一年十月卅一日撰作了「林帶好以德報怨」的寫實散文後；心情激動不已，關上電腦仍久久不能平靜。為那位孤女的悲慘童年遭遇感到心酸與憐惜。更為她那份「以德報怨」盡心奉養被親生兒女拋棄、當年那對虐待她的養父母，感到心靈無比的震撼。

在電談時告知聆聽了她寄來的錄音帶、並已不負所托，撰作好了那篇屬於她童年血淚交織的文稿。心中剎那憶起先母一生尋尋覓覓，想要有一個女兒；不禁衝口而出，感慨萬分的說：「當年妳真不夠運、誕生後被遺棄在留產院時、如果被我黃家領養，成為我妹妹，妳必定是先父母的掌上明珠呢！」

不意話說出口後，真個應了「言者無心，聽者有意」啊！沒想到思想敏捷又有心靈感應的當事人回說：「黃生、請問您現在可不可以要我這個妹妹？」語聲怯懦，有點慌張似的話音傳到耳膜，頓時讓我有點手足無措。在那幾十秒的時空停擺中，我心頭轉過無數次的要想說「不」字？都已快進入了夕陽餘暉隊伍，滿堂兒孫的人還要冒出個「妹妹」來？可是、那個「不」字竟如萬斤之重，心中那點不忍與憐惜讓我無法啟口，一個有著那麼悲痛童年者，過了那麼多年的非人生活，我怎能再傷害她呢？

發聲竟然變成：「很好啊，如妳不棄，有妳這樣的妹妹，我媽媽在天之靈必定會很高興的呢。」

放下話筒、心中頗感快慰的迴旋著與這位妹妹過往的點滴，單單她那份對養父母「以德報怨」，及令我想起她及丈夫義薄雲天的事，就感到老天對我厚愛，賜我一位敲鑼打鼓都找不到的好妹妹。

話說當年、墨爾本宿儒葉華英老師生前，與其公子膺焜兄為僑團盡心盡力、枵腹從公的獻身服務華人社區，真是口碑傳遍澳洲。不幸秀才遇著兵，被幾位城狐社鼠混入，無理發難、造反鬧事，此一轟動全澳洲僑社的醜聞，紛擾多時。

當時負責該社團康樂組者就是拙作所撰的「林帶好」，與其夫婿氣憤及不恥於那班蛇鼠所為，聲明不再擔任該會職守，全面支持葉老師父子一方。無意中與鄭毅中、葉錦鴻與敝人、暨墨爾本著名已故僑領梁善吉先生同一陣線。沒想到當時與我們攜手合作支持葉老師、一齊對抗僑界敗類的同志，那份前緣伸延到如今、因緣成熟，我們竟成了兄妹。

想起這事件，主要是心中感恩感激感謝上蒼賜我一位好妹子。她是一個小小女子，心胸寬廣更勝鬚眉，能夠「以德報怨」外；更深明大義，懂得分辨正邪、是非、黑白、忠奸。那份凜冽之正義感，也就是正氣；她這點性格，倒是像極了內子婉冰，外表溫柔卻自有陽剛之氣，真心做人、對權貴絕不屈膝逢迎。

認了妹妹，並非是口頭上說說，而是隆而重之的要行結義大禮；妹妹的執著，也正是反映了她的真心誠意。查了黃道吉日，就在二〇一一年十二月十八日上午，她夫婦準備了三牲、果品美酒、香燭鮮花，來到寒舍。內子婉冰一大早已在老爺奶奶的遺照前，布置了供桌、敬獻上清茶，等妹妹到來，一併將供品擺上。

我向來是主張對先人祭祀時，點燃「心香」就好；可妹妹及內子一時三刻仍無法領悟箇中道理，只好隨緣任由姑嫂兩人燒香點燭。兄妹一齊向遺照三鞠躬，我用鄉音敬告先父母從此有了女兒，我兄弟有了妹妹，就是我身邊的玉芳。

禮成後，兄妹互握，妹妹喜極而泣，我也老懷高興，與妹婿葉立國相擁，婉冰娘家姓葉，妹婿與她同宗，也喜出望外。玉芳童年的夢魘早已如春雪了無跡，嫁夫君後，育有三男二女，如今早已是祖母輩啦。每天照顧幾位孫兒，忙到不亦樂乎。

過農曆年前，妹妹歸寧，帶來水果籃、鮮花酒水餽贈兄嫂，完全依照回娘家探親的禮儀。大年初一更與夫君前來向兄嫂拜年，免不了給她紅包，想不到她開心的說這個紅包要好好保留，是大哥給的第一封「利是」啊。

去年我們兄妹一起參加「新長江旅行社」到張家界的觀光團，我不小心在廣州扭傷了右肩膀；沿途有妹妹細心照顧、噓寒問暖無微不至，她那份對兄長的尊敬及關懷，讓我如沐春風，真的好幸福啊。團友們心中必定會想，這位受傷的團友，左右兩個女士寸步不離的緊緊保護著他，真不知幾生修來的福啊？

兩年多來兄妹相處交往，才漸漸發現，玉芳有對巧手；而且、從小失學的孤女，竟然「知書達禮」，為人處事得體大方。真的令我驚訝萬分，她的高明廚藝讓我享盡口福，民間俗儀禮節樣樣皆知，身為作家的婉冰，竟然也被她折服，難怪姑嫂能天天「煲電話粥」呢。

子女們初始並不認同忽然間冒出了一位「姑姑」？先父母忌辰全家都回來祭祀，見到姑姑不但比他們早到，且她親自烹飪的佳肴，令大家胃口大開。很快的都與姑姑建立起了親情。而且、每當侄兒姪女們有宴客，這位姑姑都會大顯身手，令他們的燒烤宴生色不少呢。

「世界華文作家交流協會」於今年元月十二日舉辦了隆重的就職典禮；再次讓我見證了妹妹的能力，場地的布置、精美點心的購買，甚至站在臺前協助遞交證書及聘書都是她包辦。當天、她看來還比我開心，她說讓她開心的是「大哥是好出色的作家」啊。

讀過拙書《柳絮飛來片片紅》的讀者，必讀過書中一篇〈玉麗妹妹〉，有讀者誤會我找到了失蹤多年的妹妹了。其實、玉麗與玉芳都是我至親摯愛的妹妹，並非一人也。玉芳也曾酸溜溜的說過，我痛惜她，是因為將她當成了「玉麗」？

那真冤枉了我對她的一片心呢。我告訴她，疼愛她珍惜她與玉麗全無關係；因為玉麗在我印象中，只是十來歲的小妮子，全無她長大後的樣子，豈可相提並論？

這幾天老是牽掛著遠遊的玉芳妹妹，兄妹情真意切，是無人可替代的啊，那是一份深深的骨肉情、濃得化不開的手足愛啊……。

二〇一四年二月三日撰於墨爾本。

心水與玉芳妹妹合影於二〇一三年心水新書發佈會。

九霄驚心

參與籌辦「荷蘭中西文化暨文學研討會」，當初應允池蓮子副秘書長由「世界華文作家交流協會」企名合辦時，完全沒想到我這個負責人也要赴會？本以為由當地的本會池副秘書長代表就足夠了？可最後是「騎在虎背」不去不行呢？由我邀約了大會三分之一的世界各國學者與作家們出席，我又被分配為大會主持人之一，開幕禮上要致詞及負責首場研討會的主持、以及最後一天的總結報告，這些工作就不能在網上操作了。

四月二十七日中午與內子婉冰啟程前往墨爾本機場，乘新加坡的A三八〇型巨無霸機、編號SQ二二八航班，於下午三時四十五分起飛去新加坡再轉機前往荷蘭阿姆斯特丹。這次定位選在巨無霸機樓上機倉，因為前次已試過在底層的座位了。

飛機平穩不動似的停在雲上，起飛兩小時後，恰恰用完了晚餐，空姐正在收拾餐具。餐具車推到了我身旁時，忽然扣安全帶的訊號燈亮起，擴音器傳出機長講話，說遇到了氣流？要求乘客們回到座位上，也請暫時停止使用廁所，我瞄了一眼腕錶，是五時五十五分，欠五分鐘才六時。

剛扣上了安全帶，飛機驟然搖晃起來，左右擺動，在完全沒有心理準備中，飛機急促跌落？全機驚叫，兒童們的哭喊聲讓驚慌中的乘客更感恐怖。我面前的那位年輕空姐手持著餐具盤，在飛機急降中失去重心跌倒行人道上，真正是杯盤狼藉。

餐車上的幾瓶紅酒白酒和樽裝飲料，著魔似的跳動搖晃；我擔心那些酒水濺出淋濕我的衣服，趕緊抓著餐車旁的扶欄，減輕了搖晃力度。那位受過訓練的空姐狼狽跌坐我眼前不遠的通道上，見我雙手抓緊餐車，還向我頷首致謝。

花容失色的婉冰用手抓住我左臂，飛機搖晃中，她很快就鎮定如常了。我在兒童們的號哭聲中，神思飛馳；想起二十二年前首次出席曼谷的亞華作協大會，與黃惠元兄同機赴會，半途也遇到氣流；但前後幾分鐘就過去，連害怕的感覺還來不及衍生，飛機又恢復正常了。

三十四年前率領全家投奔汪洋，翌日在南中國海上，貨輪就遇到了七級風浪；難民們在狂風暴雨中又恐懼又嘔吐，任由那艘小小貨輪，在怒海裡顛簸。忽而拋上忽而落下，前後幾小時，貨輪都在黑茫茫暗夜中的暴雨肆虐下掙扎。

及至微曦初露，海面才風平浪靜，保全了整船難民的生命。隨後的十餘天以及後來登上印尼荒島的十七個日夜中，幸而老天垂憐，我一家及同船的千餘難友們，皆逃過大難。這段人生災劫，後來讓我撰文而著成了《怒海驚魂》這部榮獲首獎的長篇小說。

在飛機不斷搖晃中，那麼大的巨無霸機身，在老天爺發威時，依然像是紙鳶般。看來人的命運自己是無法掌握，冥冥之中像是上帝在主宰？經過了幾段危險歷程的我，對無常生死總以平常心看待。

越戰正熾時，我擔任家庭經營的生熟咖啡業務經理，每月定期兩次驅車去一百公里外的西寧省及沿途的古芝、鵝油、龍華等小市鎮售貨和收賬。那次搭我順風車的是三弟的岳父謝伯伯，他是買賣布料生意。

清早出門，車至三十餘里外的古芝市時，公路兩旁泊滿了長途客車大巴士及大貨車；前方所設的路障已拉開，並無美軍與越軍看守。沒有細想，公路暢通無阻是最高興之事，於是朝前繼續駕駛。

驟然公路兩邊槍聲炮聲密集響起，我的汽車是路面上唯一行駛的車輪，天啊！居然誤入了盟軍與越共的交戰火網，敵對兩方分布在以公路為界的稻田上惡戰。

生死一線中，來不及多想，下意識的將頭伏低，右腳踩盡了油門，幾近一百三十公里時速飛馳；身旁的謝伯伯也將頭伏下，口中唸唸有詞要我加快速度？也不知過了多久，彷彿那段「死亡公路」永遠也走不完似的……？

槍炮聲終於漸漸消失了，汽車已開到前方公路圍欄處的安全地區，守軍與一大堆民眾將我的汽車圍堵，問東問西，主要是查詢越共是否已被擊退？才從死亡邊緣脫難，冷汗透背面色蒼白，拚命搖頭，告之兩方仍在激戰。誤入火網而絲毫無損，真不知是祖上庇佑或老天爺憐憫呢？

飛機仍在搖擺，已經幾十分鐘之久了；安慰婉冰，要她看著通道上的餐車，如果酒瓶不再「跳舞」，就是已衝出了氣流。

先後經歷了海、陸驚魂，大難不死；沒想到如今竟還要讓我試試空中驚心的味道？死生有命，渺小的人一切都掌握在老天爺手上；再呈強也難逃命中定數。時辰未到者，或前生行善積德，縱遇災難總能逢凶化吉，命不該絕時想死也難呢。

思緒飄浮、忽見餐車酒瓶已止動不搖了，看腕錶指著六時四十五分，飛機又恢復了平穩。機長廣播告知先前大氣流使飛機驟降了一千公尺，並為此向乘客們道歉。扣安全帶的燈號熄滅了，與婉冰相視莞爾，九霄驚心五十分鐘，真個膽跳心顛啊！

到達荷蘭、研討會期間，將航班遭遇大氣流驚心事件告訴文友們，大家嘖嘖稱奇，笑說又給我有了創作題材啦！

二〇一二年六月九日於墨爾本。

濤聲入夢

牛年正月初二起一連五天，澳洲南澳與維多利亞兩州、遭受百年一遇的熱浪侵襲，南澳阿得雷德市高溫達四十六度、墨爾本也爬升到四十五度，令兩州人民叫苦連天。最慘的是祝融之災為禍，靠近林火燃燒的民居，在烈陽下遷移，那種無告與徬徨，從電視上看到，心有戚戚然。

戶外像個火球，熱氣滾滾；市民或避於家內或到海灘浸泡，有者躲入大商場享受冷氣或到戲院內觀影片。為生計所迫者唯有硬著頭皮幹活，學子們仍要在炎熱中上課，幸而校內皆開放冷氣，始可對抗大太陽的紅臉蛋煎熬。

老伴躲進客廳與冷氣為伍，我在沒安冷氣的書齋、拉下窗簾、鈕開音響聆賞貝多芬樂曲。心靜自然涼，打開電腦，悠然自得的敲打鍵盤，讓思緒飄蕩……

越戰期間、離開大叻山城，乘飛機到了中部芽莊市；這個名聞遐邇的沿海小城，由於美軍海軍基地「金蘭灣」近在咫尺，便成為戰略重地。從沒見過大海的我，居然被神交的文友村夫兄帶到他駐防的營地。

這座建築在離海岸約十公尺左右的大軍營，通過戒備森嚴的守衛大門後，內裡一座座都是帆布帳篷；村夫兄的機動車左彎右轉如入了迷魂陣般，也不知如何辨認，竟到了他的軍營宿舍。

晚上這座面向大海的帳篷可夠熱鬧了，四、五人一堆的軍人，都在賭天九牌；歡呼吵嚷聲與發牌聲融在一起，自然還有雜著越語或儂族話的粗罵聲叫笑聲。蓬內煙霧瀰漫，酒氣處處；賭博和煙酒似與軍人結下了不解緣，對於我這個書生，可真苦不堪言，他們興趣勃勃的娛樂，我竟全然陌生，無法參加。

吵雜聲中輾轉難眠，及至午夜，那一堆堆聚賭的軍人始星散；也不知村夫兄是值夜更或到別的營地過夜，將他的床鋪讓給我。

以為那些玩耍吵嚷的軍人星散後，暗夜必定寂靜無聲，能讓我安眠？可原先在擾攘人聲中被忽略了的海韻，有節奏的聲聲入耳。

海浪有時千種溫柔般的輕湧而來，彷彿在細訴著一段段纏綿悱惻的愛情故事；幽怨的嘆氣，在空氣中流傳著無窮無盡的悲情。時而像被激怒了的野狼，低沉的咆哮著、若有若無的去了又來，好像要讓吞噬的對象毫無妨備，再出其不意的一口咬下。

忽而千軍萬馬般奔騰而至，千堆浪被捲起，沖到岸邊就高高的擊落；嘩啦啦的巨響直撞耳膜，聽覺神經被掀動攪混，所有的睡蟲剎那全被嚇跑了。在黑暗中睜開疲憊的眼睛，幽靈魍魎並無現形，都化作吼聲作祟。

正在驚慌無告中，萬馬齊退，巨浪化作潮水、安靜如兔的被無形之手拉扯而去。之後是一聲聲彷如慈母為稚齡兒女低吟安眠歌般，原來大海也有極其溫良的面孔，那是海洋深情的聲韻，悠悠迴旋於空曠的天地間。

驟然變臉的怒海，翻翻滾滾的波濤頓湧，前浪追後浪，一浪又一浪的狠狠的拍打海岸。那份凶悍無情，宛若要將一切阻擋的它前進的牛鬼蛇神掃蕩清除；以至濤聲怒不可遏，像出盡吃奶力揮舞手中兵器的古代戰士，務必將敵人的頭顱揮砍而落，才算完成了任務。

在波浪不斷沖擊海岸而發出種種不同音質的聲響中，有柔情似水的軟語，有潑婦罵街的吵嚷，有怒髮衝冠的激揚，更有殺氣騰騰的巨響。整晚我在海的呼喚中、在海的呻吟裡、在海惡毒的敲打下，我的睡蟲都被趕到無邊無涯的黑暗世界去。

然後、開始與之對抗，細數羊隻，低頌佛號，收拾亂馳的思維，總想找回遠離的那隻隻睡蟲。可越數羊隻卻越精神，佛號越唸人越清醒，煩躁難安、其苦如嚥下了黃蓮。

輾轉迷糊中，忽而福至心靈、靜聆濤聲在浪花輕拍海岸的節奏中，有如催眠曲般，竟順利的帶我入夢。往後多晚，伴我安睡的竟然就是初始讓我受盡困擾的濤聲。

早年在芽莊海灘軍營夜宿的經驗，讓我悟出了點淺道理。我們不論廁身順境逆境，要緊的是能隨遇而安。外在的不利因素，若能以平常心視之，有時、反可將不利轉化為有利。

心靜自然涼，並非一句口頭禪；問題在於如何達到「心靜」，以個人經驗，唯有專心，心無二用時，外邊的雜音也自然隱遁無蹤。

濤聲帶我入夢、悠悠歲月流轉，那竟已是四十一年前的往事了。今天在戶外攝氏四十四度、書齋三十度的熱溫中，已順利的敲完了這篇文字；算是受得起「專心」考驗的真實經歷呢。

二〇〇九年元月二十九日、己丑年正月初四於墨爾本。

妙道無方

妙道無方但能色相俱空何須別求南海
迷津廣濟若使菩心自在此處即是西天

四月參加「四海華文作家雲南采風團」，前後十七天遊遍了滇西各州、市、縣的重要景點，回家後撰打了十一篇觀光見聞發表，算是呈給主辦單位「功課」作業，也就心安理得。其實、要介紹雲南的風光、人物、少數民族的生活習俗，又豈是十篇八篇文章能包含？該省旅遊局應聘專人廣為報導及介紹，將可吸引更多海內外遊客前往。

想起行程尾聲時、「采風團」到了盈江縣平原鎮允燕山的「樂園寺」，下車後作家們拾級而上，到了廣場，部分虔誠的女作家急不及待湧往右邊香燭冥錢攤販，購買供神用物。在樂園寺觀音殿前、極有環保意識的大作家陳若曦教授告訴我，應該提倡「點燃心香」禮佛；她入寺廟面向佛像，不論供奉什麼菩薩，也只行鞠躬禮，雙手合十，點燃的就是極之虔誠的「心香」。

從年輕隨先母去寺廟拜神到如今，我入寺廟最大的興趣是觀賞雕刻柱上或壁上楹聯，絕不持香或燒冥紙；頂多對著泥菩薩、銅菩薩鞠躬或行注目禮，佛笑我笑，彼此心照不宣。

觀音殿前的大香爐鼎，插滿香枝，煙霧瀰漫；不少男女信眾跪伏觀音菩薩立像前，口中唸唸，祈求多多。拜得神多神庇佑，真耶假耶？愚夫愚婦寧信其有，寺廟才會香火鼎盛啊！住寺或廟祝們真個「正中下懷」呢，當然、以售賣香燭冥紙為生的小販也都喜上眉頭。

雨絲飄拂中，我仰首輕唸觀音殿前大門兩旁對聯：

妙道無方但能色相俱空何須別求南海

迷津廣濟若使菩心自在此處即是西天

對這位不署姓名的撰聯者真的佩服之至，不但文采佳，且也早已悟道。觀世音菩薩慈悲為懷，之能救苦救難，當然是俱備大神通，妙道無方，聞聲而至。

但如修佛之人能修到無色無相，也就是「色相俱空」，眼中所見心中所想、不著色不著相，到此境界，就不必再求南海觀音大士啦。有求者也就是著相，與金剛經內世尊的偈言：「若以色見我，以音聲求我；是人行邪道，不能見如來。」

道理相同。

觀音菩薩有求必應，對痴迷眾生一視同仁，廣為濟度。信眾們一心祈求能安居樂業，生活在淨土世界。其實、如能擁有菩薩心腸之人，受戒的信眾，修行人如能修身養性，心生慈悲、擁有「菩薩心腸」，不論廁身何地，即是西天極樂淨土了。

救苦救難的觀音菩薩，無邊法力有求必應；在觀音殿前正門兩旁、卻掛上這對妙聯，早已昭示信眾，求神不如求己。胡亂祈求，對著泥菩薩「臨時抱佛腳」，豈能被菩薩「庇蔭」呢？

信佛學佛或修行，都是在學做人；「人」字是中文最淺白的一個字，只有兩劃，兩隻腳站著的就是「人」，但如何能站得住、站得穩、站得正、站得久，那便要在一生中不斷的學習，學做人是最深奧的一門學問啊！

淨空法師在宏法講座中，提到修佛者一萬人中，大約只有兩三位能修成「正果」？比率可真低呢，可見要「成佛」絕對不易，修佛首要先修身，也就是學做人。

五月到歐洲觀光，在德國遇到一位「虔誠」的居士，整日頌唸「阿彌陀佛」，他說在修「一門深入」的淨土宗。每日唸佛、茹素，生活簡樸；也不去觀光，少交遊，說只想早日去「西方極樂世界」？這位年近六十的居士，幾年前竟然拋棄糟糠妻；在報上徵婚，想換娶一位要居留身分的大陸女子為妻？如此心存妄念歪念，身已在歐洲樂土，福中不知福；妄求妄想，此君縱然再唸千萬篇佛號，也難「成佛」啦？

再說點燃香燭供拜菩薩，無非是禮佛敬佛諸種儀式中的一類；隨著時日推進，人類環保意識日隆，不合時宜的方法實有改良之必要。因為神香是木料木屑製造，原材料是樹木，多燃多點勢必多砍伐樹林，不利環保。更重要的是香枝繚繞的煙霧，多吸入肺腑，日久致癌，影響健康。

陳若曦教授提倡禮佛敬神祭祖先，改燃「心香」，就是菩薩心腸。其實、心誠恭敬則靈也，燃心香面向菩薩、神像鞠躬跪拜；擁有無上妙法的眾菩薩，必然歡欣樂受。或更高興萬分，從此不必再被煙霧熏到臉黑黑啦！

二〇〇九年七月十五日於墨爾本。

杜鵑花開

庭園那棵本不起眼的杜鵑樹、開心張顏微笑般驟然怒放盛開，數天裡從零落的幾朵變到成球狀的爭相擠迫著開綠葉，讓紅紅的鮮艷似火般映眼。彷彿濃裝想吸引視線，至少、我的焦點已被誘惑。

冷冬已遁走，墨爾本初春已悄悄的蒞臨，明媚的春季在鳥聲歡唱的啁啾裡和杜鵑花招展的色彩中來了。要適應新鄉的時序，許多人的腦筋總難轉變，商家的月餅廣告佔滿報紙顯要的版面。令人莞爾的是華人社團紛紛籌辦什麼「中秋聯歡」餐會？炎黃子孫不忘根不忘故鄉情，竟然可以無視定居地的季節，很阿Q的沐浴在澳洲的春風裡齊齊慶祝「中秋」？

我非惜花人，對花類的認知有限，在原居地從沒見過杜鵑花，卻因一首歌得知，鳴聲悽厲的子規竟有同名的花顏。

「淡淡的三月天，杜鵑花開在山坡上……」。江南陽曆三月正是仲春時節，花容競艷、眾花爭春，想必美如仙？未履斯土不敢幻想其真假，杜鵑花名深印腦內，卻不知花容芳姿長像？頗感遺憾。

三十二年前購屋搬遷，對庭前那棵不起眼的灌木沒多加留意，只知春至花開，一球球鮮紅養眼；反正花本無芳名，知與不知皆無損於鮮花的美麗姿容。

過去多次赴德國，二弟舊居的街道名稱是Rhododendron；侄兒女們告知是一種花的學名。他們所住小城，家家戶戶皆種植此類花，可惜每次到德國均無緣一睹花容。直到那年五月哀傷趕往奔喪，老父埋葬落土後，每晨沿著先父生前散步的足跡前往墓園，我獨自徘徊花鄉的大街小巷。

有些不起眼的灌木圍欄竟成了球球的花牆，有白色紅色紫色及紅白相間，尚有粉紅、淺藍等色彩混雜其中。許多戶主修剪整齊，萬花競吐，綠葉都被狂野的花朵擠迫躲藏。驟睹花顏才猛憶起我家門前庭園那棵九月初春時，才盛開的花樹竟就是同類，被那份驚喜突襲，急不及待回轉，入屋詢問剛起床的二弟，才知道是杜鵑花。

弟弟同時告知他家居所在街道就是以花命名，叫做「杜鵑花道」，小城是德國知名的「杜鵑花城」，每年舉辦一次盛大的杜鵑花展，吸引不少歐洲各國遊客專程前來觀賞爭妍鬥麗的杜鵑花。

春天是杜鵑花季，江南三月淡淡春風讓山坡上開滿了杜鵑花，德國春蒞大地的時節是五月，澳洲要到九月初始才降春雨。不必查看日曆或月曆，花魂有知逢春就展顏歡笑，比起華族移民們，無視實際的時序，人在澳洲，卻每年都要在「盛夏迎春」？而到了九月初春，竟然爭相慶賀「中秋」？我們真是愧對花仙啊！

當年父親帶我晨起漫步，從弟弟家居前去市中心超市附件的墓園；在那半小時經過的街道，家家戶戶門前的圍欄竟全是用五彩繽紛的杜鵑花圍繞而成，杜鵑花城真正的名符其實啊。父子在鳥語花香中散步前行，偶而細語傾談紛擾的時事，更多的是共同回憶先母生前種種片斷。天不假年，慈母移居新鄉未久，即辭別塵寰駕返瑤池，成為我們永難磨滅的傷痛。

沒想到十二載之後，先是前往陪伴纏綿病榻中的老父；相隔幾月後，竟要再飛去德國奔喪，每一念及從此失去雙親的殘酷事實，不覺黯然神傷，唏噓不已。

先父母埋骨杜鵑花鄉，靈魂安息在杜鵑花城幽靜美麗的墓園中，彷彿永生的仙境。這幾天忽見杜鵑艷麗的歡容，使我無端憶起亡父亡母，未知是否雙親記掛萬里外的子孫，飄來墨爾本深視、順道觀賞初春盛放的杜鵑花？

二〇一四年九月一日初春於墨爾本。

再為人師

幾年前從越南來澳觀光的學生，邀我飲茶，意外中無論如何也想不起當年山城執教，學生群中有這位同學了。倒是被他那份尊師重道的誠意所感，欣然前往聚舊，也因此才使我記起早歲經歷中，曾做過「誤人子弟」為人師表之事。

歲月悠悠，一轉眼來澳已二十多秋，前塵往事在庸碌煩忙中鮮少回顧；幾乎忘了有那麼一段當教師的個人履歷。

這些年無緣無故又經常被人稱呼「老師」，首先是來自新疆作家楊菊清，這位忘年交文友，因投稿結上文字緣，往來書信中犯上「好為人師」的毛病，對其作品偶而胡亂指點，不意他竟謙虛萬分的從此把我當成「老師」，並格守「弟子」禮，使我汗顏不已。

多次被邀出任各類文學創作比賽的評審，參賽文友不論有緣相識與否，也多以「老師」尊稱我，後來始明「評審」資格也如老師，因要評分也。無「老師」資格又如何可以評出優劣？

再來是大陸背景的年輕朋友，或讀者或文友，甚至與我年齡相若的平輩，也往往愛稱我「老師」，每每再三更正，有者不再堅持而改稱黃先生，有者始終仍依然故我，管叫我「老師」？明知那是不同地區人士對作家、對學者或對長者的尊稱。但我這個出生在南越的海外第二代華裔，從自己原居地所受少許教育得到理解，「老師」本是專業中的職守，也就是在課堂執教鞭作育英才的師長，學生們對他們的尊稱。面向尊稱我為師者，我自然反應都是謙虛的連說不敢當。

自已那點膚淺學養，肚內存著少許墨水，豈敢隨便「為人師表」呢？因而、每被稱「師」時，臉上泛紅好不自在，實在是慚愧之至啊。

史賓威中華公學去年理事會改選，當年墨市印支華社的老大梁善吉先生東山再起，這位做事踏實的真正僑領，立即盡用該校圖書館。除了借出讓臺灣禪機山開設易經班之外，更來電硬派我任務，要我開設電腦班，傳授退休人士敲打中文。當我聽明白後趕緊婉拒，毫無經驗又是半途「出家」自學操作電腦的人，豈能「教」人？別說誤人子弟那麼嚴重，單憑手中並無教材更無教電腦資歷，豈可不自量力？再狂妄也不敢應允。

豈知老友不死心，三、五天來電，一再遊說，最後說是他自己想學，難道如此深交也不肯相授嗎？躊躇多時，最終勉為其難的答應了；但先聲明只是把我個人「自學」的經驗與朋友們分享，並非「教授電腦」。也堅持不公開宣傳，不發招生消息，並把需要的設備列明。

問我酬勞如何？我想也不想一口拒絕，自己並非專業，是否勝任還全無把握？怎能收費？就當是「義務」交流。吾友很是高興，立即積極購置多部電腦，安裝妥善後，問我何時開學？本以為那些電腦不知要拖多久才會完備，居然在我輕輕承諾後不到三月就真個要我去「教」了。又說報名者多達十餘人，沒那麼多教學工具，人多根本無法應付，最後學生只限五位。

硬起頭皮去當義工，開課日有心學打中文電腦的朋友來了七、八位，有識者有不識者，再次站在講堂前，彷彿時光倒流，當年在南越旅遊勝地大叻山城教小學，那些學生們吱吱喳喳的畫面在腦內一一顯現。而今七、八位退休之齡的男女專心一意的學習精神使我動容，活到老學到老，能和他們探討我的些微經驗，何樂而不為？

我向同學們強調並無電腦專業，自己也沒上過電腦學校，完全是誤打誤撞經過幾年不斷摸索而懂得丁點操作而已；因此、不能稱我「老師」。彼此研究，我無非把那些基本常識，種種方法轉告而已。

從無教電腦經驗，只好用自己訂出的方案，先解釋、舉例說明，再來是電腦前實習，兩人一機，輪流敲打鍵盤，我則在各部電腦間來去指點，也忙到團團轉。

第二週，竟又來了幾位新同學，梁理事長抱著與人方便之心，來者不拒，我只得遵命照教不誤。休息時，學生帶來糕餅與大家分享，並說是為了酬謝「老師」，雖然平時少食甜點，我也卻之不恭，只好享用，並要求往後不要破費買點心。課堂一片言笑聲，彼此猶如老友了。

上週糕點由其他同學帶來，說是自己做的，溫先生和溫太太這對形影不離的夫妻檔，也客氣買來精美蛋糕。只講了三堂課，這些退而不休的學生們，人人興趣濃厚，進度極快，真令我意外；如此、整個課程大約十四小時或十六時也就可完成了。

想起來，我真是夠狂妄的了。年輕時為人師表，混混日子，無非為了逃避「軍役」不願當炮灰。如今盛情難卻下，硬起頭皮再為人師，居然是教操作電腦，是連自己也想不到的事啊。

承學生們不棄，認真態度令我感動外，他們也給了我信心，讓我這個濫竽充數並非專業者再過過老師癮，浸沉在生活中不為人知的歡愉。

二〇〇六年二月二十五日於墨爾本。

#〈越南散記〉之一：近鄉情怯

一九七八年攜眷棄國拋鄉、離開越南堤岸至今已經三十八年半了，以為今生再也不會回去我成長的第二故鄉？過去幾十年足跡遍及世界各國，東南亞地區每個國家幾乎都去了至少兩次、甚至無數次。唯獨當年逃離的故園、那塊養育我的魚米之鄉，除了午夜夢迴外，竟不敢隨著歸鄉人潮回去重溫舊夢？

事緣於一九八七年撰完首部長篇小說《沉城驚夢》，翌年由香港天地圖書公司出版，發行全球後；不意接到由坎培拉某領館打來的越語恐嚇電話，阻撓了我回越的意願。二十餘年前到新加坡參加文學會議，喜遇越華作家代表團，其中某文友暗中相告、要我暫時莫要回越，以免招惹麻煩。當年怒海餘生、豈能冒險再入虎口呢？從此再沒有興起重遊故地的念頭。

元月廿日幼子明仁邀請我們到黃金海岸渡假一週，陪同孫兒永良玩遍了電影世界、夢幻世界裡的各種遊戲。回程時明仁問我們是否想去越南？他二月中旬將到越南辦兩場展銷會，請我們回去探望親友；對內子婉冰來說、沒有比回越更吸引了，多年來她的心結就是前往祭拜養育她成人的外祖父母，自然滿心歡喜的答應了。

二月十八日越航班機起飛的時間是中午十一時，兒子相約九時在墨爾本機場碰面；他的行李特別多，要我們順路去接載孫兒，帶同永良去的理由是，他今年十二歲的機票仍是半價、明年就要全票了，生意人果然精打細算呢！

國際班機提前兩小時到機場、似乎較為緊迫？可是、兒子說了算，我們早到也無用。九時到達、見到越航幾個接收行李的櫃臺外、兩排隊伍如長龍，心中頗為焦急。忽見到明仁推著兩個特大皮箱、笑吟吟的到了面前，說不必排隊，隨他到商務機位櫃臺辦理手續。商務臺前只有一位洋客人，等他幾分鐘離開後；輪到我們、很順利辦完託運五件行李並取到登機證，細看果真是商務機位呢。

進去貴賓候機室，要將機票給職員查看，驗明後客氣迎賓。候機室內的幾類點心、啤酒洋酒、瓶裝水和可樂等飲料、切好的水果都任君自由享用。等聽到廣播上飛機時，我們才前往登機處，也不必排隊，從另一通道優先進入。

越航B七八七－九型的班機只有一年多機齡，先前的擔心一掃而空；經濟位容納二一一人，加闊經濟位三十五人，沒有頭等機位，商務座機艙總共是二十八座位。全機滿座是二七四人，當天的經濟艙滿座，商務艙卻只得十幾人，我們祖孫三代四人，佔了一行，每行只容四個寬敞的座椅。按鈕可將座椅調成一張剛可容身的床位，心想有錢真好，能在長途飛機上有床可安睡，就不會太累啦！

座椅前每人一個可移動電視機、找到喜歡的電影，掛上耳機、調好座椅的距離，便開始欣賞電影。用餐前空姐要客人按餐牌點菜以及飲料，餐後流水線的分發甜點、糕餅、朱古力等等零食。唯恐客人吃不飽似的熱情服務，金錢掛帥的社會，越航是國營航機，標榜「社會主義」的「越南社會主義共和國」，彷彿也忘了社會主義的國策，一切向錢看了。

準時起飛後不到八小時、當地時間二時五十分，（澳洲比越南快四小時，墨爾本是下午六時五十分。）班機降落在胡志明市新山一機場。過關前、心中忐忑不安，始終有被拘捕的陰影在腦內徘徊？沒想到兒子早已安排專人接機，出關時我們四人走特別通道，稅關職員只是向我們瞧一眼，即在四本護照上蓋章放行。然後等拿託運行李，行李帶先轉出來的都是商務座位乘客的行李，原來在箱外都貼上紅色標籤：「Business Class」，無產階級專政的國家，貧富階級與特權居然絕不含糊呢？

我們要去內航航機大樓，轉機去河內市，心想五件大行李如何移動呢？忘了那句「有錢可使鬼推磨」的諺語，兒子要我們隨他前往內航班機大樓即可，行李有人負責處理？

將信將疑的步行了約十五分鐘後、到達內航貴賓候機室、又是吃又是喝的先填飽肚子，反正吃喝的消費都已計算在機票中了。黃昏六時正從新山一機場往河內的航班起飛後，只有不到兩小時航程，也是點菜用晚餐，飽食後不久，班機便安穩降落在河內機場了。

內航乘客不必過稅關，直出機場、等取了行李，見到那五個不同顏色的大皮箱，原先疑慮之心終於放下啦！接機的小巴行駛半小時，載到烏燈暗火小路，以為是上了賊車？原來司機沒去過那家建在西湖附近的五星酒店Elegant Suites，下車打電話，查問後再開車，直去約兩百公尺向左轉就到了。

司機迷路真讓我們虛驚一場，幸而我說的越語依然暢通，全程成為兒子的最佳翻譯。抵達大堂、即被美輪美奐、宏偉光亮的建築所震懾，越南追隨中國改革開放，這條社會主義的康莊大道是真正走對啦！

二十餘層的五星酒店，住客大都是西方洋人或蘇聯、西歐與北歐的白人觀光客，亞洲遊客較少，越南貴賓非富即貴，當然少不了各地前來首都辦公務的各級政要。酒店竟然沒有越南名稱，是何因緣只能心存問號了。

行程先到首都河內，兒子事先賣關子，真讓我們意外。反正越戰時也沒機會去北方，此次返越重遊，河內成了首站，驚訝中也難禁喜悅呢。

二〇一七年三月八日婦女節於墨爾本。

〈越南散記〉之二：河內印象

雖然我是在越南誕生、一向在南方生活；對於北越河內、由於戰爭時期這個地名幾乎成了南越人民的禁忌？那可是敵人「越共」的首都。因此、從來沒想到去這個地方觀光？

幾十年來去過了美、歐、亞各大洲數不清的國家與地區；在我旅行規劃裡，河內卻不在采風地區的名單內。年初當小兒子明仁提出於二月中、將邀請父母帶同孫兒一起重遊故園時，意外驚喜中得悉行程竟然包括了河內。心想終能前往北越共軍老巢見識，河內究竟是如何的一座銅牆鐵壁的城市？越戰時、美軍B五二轟炸機日夜投彈，也無法將之摧毀？

二月十八日下午到達了久違的西貢新山一機場，始知首站是河內，步行去內航班機大樓轉機，於八時越航機平穩安降河內機場。接機司機已經在閘門外等候，協助將行李搬上小巴，便駛離機場。

夜色中但見公路並不寬敞，每邊只有三線車道、行車方向與澳洲相反，駕駛盤也在左方；約半句鐘後駛入紅河上燈光璀璨的隆邊大橋（Long Bien Bridge），不久到了彷似農村泥路的小巷，司機停車打手機，查問酒店所在？我們心中忐忑不安，星級大酒店怎會建在農村呢？

幸而未幾司機已查明，再前行不遠轉左，赫然現眼的果然是一棟宏偉壯觀的幾十層大酒店

Elegant Suites，輝煌的接待大堂燈火亮麗，辦好入住手續，在十餘層房間內向外望，附近皆是低矮木屋，前方湖面燈火閃爍，原來酒店附近就是西湖呢！

翌晨早餐後，打的去聞名遐邇的還劍湖，適逢週日、湖的四周道路皆封鎖，讓市民拖男帶女在湖畔漫步玩耍。封鎖線外的市集，各式商鋪林立，人聲鼎沸、好不熱鬧。先陪兒子去換錢，只要是金店都能兌換外幣，問了幾家、匯率有差距，成交時三千澳元換回五千餘萬越幣，每張面額五十萬、點錢機快速算了一百張，交給婉冰，令她一路上忐忑難安，她沒想到手提包內有五千萬現款？

我褲袋銀包內也有幾百萬呢，只要到了越南，人人都變成百萬或千萬富翁啦？每次付錢，對那麼大面額的紙幣，都要細看清楚，五十萬與兩萬的顏色尺寸相似，十萬與一萬也如此。打的上車咪錶顯示十二，原來是少了三個零，一澳元兌換了一七四〇〇越幣，的士上車價一萬兩千元，不到一澳元，只是六毛半而已。西貢去堤岸約七公里，一趟十餘萬，不到十澳元，可說便宜呢。

河內多湖泊，酒店所在的西湖最大、多為洋人住客；還劍湖（Ho Hoan Kiem）在市區繁華地，左方卻是較小的竹帛湖（Ho Truc Bach），也有譯為白竹湖？此外尚有天光湖、靈光湖以及大名頂頂的紅河。河上另一道大橋叫Chuong Duong Bridge，即章楊橋，橋上燈光閃爍顏彩鮮麗，為河內夜色增添無限美感。

還劍湖上不少泛舟遊人，明仁兩父子樂呵呵的租電動小艇遊湖兜風，我與老伴在湖畔與店主聊天，這位當年的解放軍退伍後去過歐洲與東歐，見識極廣，談笑風生，分手時竟有依依不捨之感。

繼續繞湖漫步，偶見湖畔有座玉山寺、適值午休不接待遊客，要下午二時半再開放；寺外對聯與及寺名仍保存中文，是到河內後首次見到方塊字，趕快叫兒子為我拍照存念。

翌日兒子要開會，十二歲的孫兒想參觀博物館，兩老陪他乘車前往，到達時望見胡志明陵寢排著極長的隊伍。購票時查問兒童是否優惠？沒想到她聽我一口流暢越語，就說越南人是不必購票，隨即斯下三張免費門券給我。

去博物館也要排隊，長長的隊伍到達後，竟然是胡志明陵寢，只好隨緣入內，通道冷氣頗冷，拾級往下走、到達玻璃棺前，四名衛兵動也不動站崗，燈光照射著胡老五官；和相片所見的胡志明一樣，像安睡的老人家。匆匆一瞥即隨人潮往外移，到陵墓外前行就是博物館了。

胡志明博物館展出的都是這位被越南人民視為民族英雄、曾用化名阮愛國領導抗美成功的越南共產黨主席事蹟。其中有三部生前專用的汽車，中間是法國轎車Peugeot 404，是當年印支半島非富則貴者的名車。木屋是戰時叢林內住宿陳設，以及大量黑白相片，英、越文字說明拍照時間與地點，相片人物姓名。胡老巨大銅像屹立在展館二樓入口處，供參觀人士拍照。自然少不了各式抗美武器、包括AK四七步槍、B四〇迫擊炮以及土製手榴彈等等。

廿二日是兒子生辰，他為自己放假一天；帶我們到城中最大地下商場Royal City參觀，心想再大也大不過墨爾本我住家附件的Chadston Shopping Mall吧？可是、到達後立被四周空曠宏

心水夫婦與孫兒黃永良於二〇一七年二月二十二日攝於河內最大商場外廣場。

偉建築所震撼。

進入地下商場，才知道真是「天外有天」呢，Chadston商場與之比對，是小巫見大巫了。兩邊林立各式店鋪中間通道，從這頭望去，無法盡見那方。再下一層也是同等的面積，因非週末與假期，顧客不多。九百餘萬人口城市，若無如此巨型商場，市民採購將成問題呢。

是夕幾位友好與職員在餐館為明仁慶生，享用傳統越式佳肴與喝33啤酒，歡鬧到深夜、人人微醉中始歡散。這是在河內最後一夜、翌日將飛去西貢了，心情澎湃，思潮起伏，幸藉酒精作祟始能安眠……。

二〇一七年三月十一日於墨爾本。

心水攝於河內鎮國古寺、在環劍湖旁。

〈越南散記〉之三：古城掠影

越南首都河內多湖、山光水色增添了城市的嫵媚；市內外商店除了越文招牌外、觀光地點街道的店鋪卻是英文，竟然沒有發現中文商標？

唯有幾座寺廟名稱、寺院內外對聯，可能因建築年代久遠，全都是方塊字的雕刻，參觀或路過的有光成寺、玉山寺、文廟和靠近胡志明陵寢的獨柱寺。文廟供奉的是至聖先師孔夫子，那天去參觀、碰到無數高考畢業的男女學生群、一班班在廟的廣場前拍合照，足證越南人深受儒家影響。

那天由於孫兒永良想去博物館、爺孫倆在地圖上尋覓，找到越南婦女博物館、歷史博物館、藝術博物館、革命博物館以及胡志明博物館；始知這座城市竟然有那麼多博物館？

前日剛從胡志明市調來河內的青年阿金、是兒子在越南的秘書，特為我們當導遊。阿金是在堤岸出生的華裔，能講粵語、英語和越語。和我們傾談用粵語、和永良父子講英文、與司機則用越語。她個子不高、帶了近視鏡，說話聲低沉親切；見面後禮貌的詢問我們想去那兒？其實她早有腹稿了，見我們猶豫隨即建議說：不如去六十餘公里外的古城，看看三百餘年前的舊房舍？

反正河內市區的還劍湖、文廟和博物館先後都曾去過了，能去郊外觀光也不錯嘛！於是在早晨十時從酒店出發，不久汽車便向著目的地方向行駛了。讓我大為吃驚的是、離開首都中心鬧區後，公路變得崎嶇狹小，兩旁民居高低不齊、再難覓高樓大廈了。

沿途塵土飛揚、不少駕機動車的男女，皆帶了口罩防污濁。路邊幾乎家家戶戶門外都放了一塊廣告木牌、大小不一，全用越文書寫專售牛肉河粉（Pho），賣河粉店佔了七、八成。其餘的是賣咖啡、茶水、修機車，修手機。竟然見到貓肉、狗肉專賣店？和韓國一樣，越南人是合法烹食貓狗肉。想不通那麼多的飲食小店，食客那裡來？

將近到達古城前的十餘里路兩旁皆是稻田、農民屋宇建於田地中間或附近；青綠稻穗在微風中輕搖，參差在稻田中的竟是一座座高矮有別的陵墓，想來是生於斯長於斯、而又葬於斯的稻田地主及其家人的安息所在。

古城在望、六十餘公里路竟開了兩個多小時才到達，路況好壞可想而知了。車子開入了廣場，幾家售賣茶水與零食的小店冷冷清清。公廁在附近，頗為清潔；廣場正對著的是座老舊廟宇，香客稀少。

連同司機一行六人都一致要先祭五臟廟，古城內唯一的餐館，有前後自家花園，餐桌有露天與室內，那日天高氣爽，但怕露天空氣中有眼不見的微塵和蒼蠅，於是選在內院。近廚房處有顆大樹掛著累累楊桃、向垂涎的來客招搖，想不到卻不出售，店主說為了觀賞而已？滿樹楊桃如此任其熟透而腐爛，實在太可惜啦！

享用了四菜一湯的農家佳肴後，我竟說動了主人，讓我自摘一個楊桃，真是喜出望外，最高興的還是從沒見過楊桃的孫兒呢。我喜洋洋的在伸手可及處摘下、交給內子，讓清香的果味散發在婉冰的手袋內。

所謂古城並無城牆圍繞，自不像堡壘內的建築；小路都是土塊築成，應該算是小弄或巷子，僅容一部汽車行駛，幸而轎車不多見。民居屋宇牆壁斑駁、有不少露出實心磚頭，那位退伍軍人司機說，古城全靠這類特製磚頭、房屋始能支撐那麼久？是耶非耶？查無實證也只好唯唯諾諾，讓他充當一次「專家」。

有在庭前種瓜菜者，見到白菜與苦瓜，有在草坡及小池內養雞鴨，那家人正好打開中門，容客進去庭前參觀，我們免不了問東問西，主人好客，能答即答，不知者笑著搖首。他說住處是祖先留下，已經好多代人在此生活了。無端想起陶淵明先生的桃花源，幾百年來與世無爭的在此生活，笑呵呵的歲月彷彿無可奈何呢？

竟然見到屹立城中的老教堂、從邊門入內，有幾位虔誠老教友正在頌經祈禱，我們安靜坐在後方長椅上，深怕驚動了殿前耶穌基督苦像的寧和。幾分鐘後才悄悄離開，到正門外留影。

小巷鮮有車馬聲、除了風聲和偶而的鳥聲啁啾外；當時就是我們這幾位不速之客交談的越語、英文和粵語的說話聲了。為沉沉午睡的古城增添點聲色、好讓古老的歲月恢復點人間氣息。

近百戶人家的老宅，見證了兩、三百年時光變遷，多少物是人非、悲歡離合？笑與哭的人生演繹後，古城仍堅固地守著這方土地。幾十年前越戰期、奇蹟般沒被美軍B五二轟炸機炸毀，居民相信是祖先們的庇護，好讓這塊土地繼續傳承這幾百年的老宅、讓它屹立不倒。

國家觀光部門理應將這處富有歷史意義的古城，給予宣傳、維修與推廣，對發展觀光業有著好處。卻對當地居民不利，若到來太多遊客將嚴重影響生活。不禁想起我家鄉廈門、在對岸的鼓浪嶼、當地人幾乎都將物業出售他遷了。也許越南當地暫時對觀光業不太重視，因而這座古城的全部民宅始能完整保全原貌呢！

感謝阿金的導遊，讓愚夫婦與兒孫能徘徊在河內郊外不到百里的古城，沉醉在大多數遊客無緣涉足之地，了解一段北越古老民居的淵源。更難得的是享用了一餐地道的越南農村風味的佳肴，真是齒頰留香呢！

二〇一七年三月十四日、美麗晴朗的黃昏前初稿於無相齋。

定稿於三月十五日、當天是三十八年前老朽闔府安抵墨爾本定居紀念日。

心水夫婦、兒子明仁暨孫兒永良與高中畢業生合影於河內文廟前。

心水夫婦與幼兒明仁、孫兒永良於二〇一七年二月在河內古城百年老教堂前。

〈越南散記〉之四：西貢行蹤

自一九七八年九月攜眷拋家棄鄉、投奔怒海、荒島餘生後，再也沒想過有生之年會再重返故園？一是那塊生我養我的第二故鄉再無至親，二是三十年前首冊拙著《沉城驚夢》在香港出版後，意外接到恐嚇電話，豈敢冒險再入虎口呢？

世事多變也難料，孝順的幼子明仁為圓慈親婉冰返鄉夢，特為父母安排了越南半月遊；不惜花費讓雙親乘商務機位、全程住宿五星大酒店，可算是高規格的招待呢，老懷高興不在話下。

二月廿三日祖孫三代四人一齊離開河內、中午便到了新山一機場；司機阿武早已在機場外等候，這位三十幾歲的越南人、不但敬業樂群、且禮數週到笑容可掬，更難得的是對胡志明市大街小弄皆瞭如指掌。

住宿在西貢阮攸大道與黎文好路交界處，到達時才知只有英文的酒店名稱：Intercontinental，沒有越文更不會有中文啦？辦好入住手續後，上到十二樓房間，開門才知是兩個豪華套房、且有大客廳和廚房，設備齊全，有家的感覺，可說是「賓至如歸」呢。

當晚在鬧市中心麗晶酒店大會堂、舉辦移民投資說明會，我們皆盛裝赴會捧場，近百位應邀嘉賓都是想移民澳洲的工商巨賈，自助餐點酒水無限供應。IMM移民公司的董事長Tony雖然分身乏術，以播放視頻演詞替代；這位農村出身、三十五歲的成功人士，在河內與西貢兩大城市的公司，共聘請了近百位職員，真令人佩服。

明仁演講臺風極佳，視頻映現他半身童照、以及全家合影，墨爾本景點，當年怒海逃難擠滿難民的漁船；首先介紹雙親以及兒子永良，接著將澳洲社會種種好處娓娓道來，內容和在河內所述相同，令聽眾們動容。明仁口才自小已顯現，早年我對內子說、他若從政適合當外交官，職業以推銷性最好，這些年經營房地產，正是他所長。

翌日兒子有公務在身，安排阿武到酒店接我們，獨立宮竟也座落在阮攸大道處，汽車開不到十分鐘便到達了。參觀門券兒童一萬元、成人四萬元，四張共十三萬越幣（每一澳元兌換一萬七千五百越幣），以海外遊客的幣值計算，票價便宜得很呢。

這座前朝總統府原名獨立宮，現改為「政府文房統一會場——歷史遺蹟獨立宮」當年宮前四週日夜軍警林立，如臨大敵般恐防「總統」被行刺；但左防右防竟忘了皇朝末年四月初、駕戰鬥機叛變的飛行員從空中向獨立宮投下炸彈，事件震驚南方朝野。那架美式戰鬥機就停在大草坪上、與四月三十日首先衝入獨立宮的俄國坦克車一齊供遊客拍照。

獨立宮共四層成長方型宏偉建築物、頂層天臺平坦如球場，停放一部軍用直升機，據說是「總統」出巡時專機？此外、尚有地下通道，一九六三年十一月吳廷琰總統及他弟弟吳廷瑈，被政變後、就是從該地道倉皇逃出再到堤岸聖心教堂，被叛軍拘捕未經審訊就在坦克車內亂槍處決。

獨立宮是老朽生平所見單獨一座建築物中，最為宏偉壯觀的殿宇。宮內有不少大廳小廳、會客室、娛樂室、小電影院。長廊掛著無數黑白大相片、鏡內有越文英文說明相片內容，大多是各國政要到訪時所合攝。提及阮文紹只是在總統職稱前加上一個「偽」字而已。對前總統太太只稱阮文紹夫人：Bà Nguyễn-Văn-Thiệu，平心而論越共算是相當尊重歷史事實了。

這座皇宮氣派非凡，可惜入住的主人都無福消受，幾乎都難善終。吳氏昆仲死於非命，阮文紹客死異鄉埋骨美國，難怪新主子不敢將此做為行宮，改成統一會場，開放成為西貢的重點觀光地。

阿武在天臺小賣部花錢買了四瓶汽水分給我們，每次接送給他小費，都笑著婉拒，實令我們感動。唯有回程時一起用午餐，直至婉冰慶生時，給他一個紅包才肯收受。

晚上西貢大街的燈飾，最為吸睛；長街上相距只幾百米處、便打橫在兩方掛著彩燈；只有在德國小城聖誕前後有相似燈飾，西貢城彷彿每晚都是過節似的盈滿喜氣。

大街小弄的機動車多如過江鯽、看來又都是「橫衝直撞」爭著搶道路？的士及汽車的司機們，開車技術真是捧極了，我每次都讚嘆說，如此技術到澳洲駕車、幾乎可以閉目開動也沒問題啦？有位司機說西貢人口近一千萬，道路難擴充，每天都是如此塞車；但若發生意外無非是小碰撞、絕不會車毀人亡，因為無法開快車也，居然每日忍受塞車苦而尚有阿Q精神呢。

所經大道、西貢商店有不少英文招牌，可能是西方遊客多，用英文有利營業吧？如我們住的酒店、打車時只要告知去「inter con」就知道所在。由於塞車順手抄下幾十個英文商店名稱

婉冰與孫兒黃永良攝於堤岸華埠天后宮二〇一七年二月。

如：Mamabebe / Furla / Plago /，從潘廷逢街去堤岸，抄到如：Vissan / Rock / Fahasa / Celenamon / Vissan / May 10 / The Blues / Bitas 等等。

到達堤岸同慶大道，始能見到部分中文招牌；最多中文字的是在寺廟內外，柱上雕刻對聯、寺廟名皆沿用方塊字。是否建廟時期已多年不得而知，但能保存也算是尊重呢。

人口增加，道路無法擴建，形成車多路少，嚴重塞車一時難解決，對當地人民生活造成不利影響。同時也讓空氣充滿油煙污染，難怪到處見到駕機車的男女們都帶了口罩，有的甚至包到只剩下雙眼外露而已。心想、幾十年習慣了澳洲生活，如今回到故鄉竟再也無法適應了……。

二〇一七年三月十七日於墨爾本。

〈越南散記〉之五：古芝地道

古芝市（Củ-Chi）座落在距離西貢三十餘公里的西南方，是「一號國道」直通到柬埔寨首都金邊的戰略重鎮。再去十五公里是盞盆市（Trảng-Bàng）、往前再駕駛十餘公里便是鵝油市（Gò-Dầu）、然後是高臺教總部的龍華市（Long-Hoa），最後一個城市是西寧省省會西寧市（Tây-Ninh），名聞遐邇的黑婆山只離西寧市中心三十餘公里。

越南統一前，我每個月必定要從堤岸開車，沿著上述的大小城鎮推銷家族經營的生熟咖啡豆；因而對「一號國道」上、從堤岸到西寧省總共一百公里長的大城小鎮可說都非常熟悉。可是、越戰期「古芝地道」一般人民無從知道，那可是越共抗美的一條祕密行軍要道。

國家統一後，沒想到這條軍事密道竟然公諸天下，更改造成為到南越舊都西貢觀光的引人景點。三月一日從酒店出發，司機阿武千辛萬苦的擺脫了塞車陣之後，小巴到了七賢四叉路繼續往前走。往昔的記憶如舊影片似的翻開，街道兩旁不論民居或小商店、小食鋪，竟然和三十九年前一樣，歲月彷彿在此被點穴了，時光不進也不退，印象中的街景仍然沒半點改觀？

一號國道由於兩旁的林立屋宇、再無半分空間可拓寬，路人、腳踏車、機動車、甚至從田埂漫步而來的牛隻，莫不悠然自得的在國道上佔著丁點路面，成為一幅雜亂而優閒的畫面。

過了市區不久、汽車駛入了一個大停車場，目的地已達，下車排隊購入門券，越南人兩萬元、外國人十一萬元。由於我的越語仍然頗為流暢，祖孫四人門票只收六萬元、孫兒免費，同遊的意大利人富商馬里奧要十一萬元。可入閘時查票的姑娘忽用越語問明仁，兒子離鄉時才幾歲，童稚期根本沒學過越語。因此被拒用二萬元門票？我和她爭論，父母若皆是越南人，親生兒子何故變成外國人了？

原來她們是以懂得說越語者才被視為越南人也？不懂者縱然是越南人，也當成「外僑」或「外國人」了？爭論無效徒然浪費時間，唯有去補交九萬元。

為我們當導遊的是一位退伍軍人、越戰後才從軍，雖無實戰經驗，為了擔任與戰爭有關的地道導遊，受過專業訓練，有問必答、或用越語或說英語，算是應付得體。

地道是越戰時越共游擊隊的祕密通道，無論行軍、部隊移動、彈藥、武器和補級品皆要利用地道。地道除了是通道外，尚有臥室、簡陋廚房，空氣是靠中空的長竹引入地道。草坡泥外、有不少偽裝，若非自己人，是無法洞悉。看似相同的偽裝、有些是機關，一失足即跌落洞內，下面向上的是利刀、尖竹枝，鐵枝，跌下者非死即傷。

最令人驚訝的是地道還有兩層、離開地面一公尺的首層是通道、再下一層是臥室或存放補給品等軍用物資的倉庫。越戰時、白天地道內幾乎到處有「解放軍」，晚上即從地道中出去活動。

一九六八年越共在南方發動戊申年春節總進攻時，包圍西貢與堤岸的共軍；大部分是從北越行軍，翻山越嶺遠至南越首都郊外、暫時藏在古芝城地道內，等到農曆年過春節的除夕夜，才湧現進攻。事先美軍與共和軍無法偵破越共的這一驚天動地的總攻擊，就是當年美越情報、沒發現距離西貢城咫尺之遙的古芝地道，這條地下暢通無阻的大道為國家統一立下了巨大功勳。

古芝地道只是典型的越共作戰通道，從南北越十七緯線分割處、到南越水草平原，下六省魚米之鄉各省市城鄉，相信地下的地道是四通八達；北越經過幾十年的抗法、抗美戰爭，胡志明師從中國學習到游擊戰爭的方法，當年北越國防部長武元甲將軍更是留俄著名的軍事家。越戰對於北越軍民是「師出有名」，他們的口號是「抗美救國」，「驅逐美帝還我河山」、胡志明語錄：「沒有比獨立自由更可貴」更是深入民心。

反觀南越政權的執政者，莫不是充當著美國傀儡，經常因與美國當局意見相左而被更換、被政變、被刺殺。他們大權在握時莫不貪污賣國，無視人民水深火熱的戰時生活。因而各地南越管轄的地方，農村中白天的農民，晚上搖身一變即是拿起槍枝抗美的游擊隊戰士。一九七五年四月越戰的結束，證明了**得民心者得天下**的至理。

參觀了古芝地道後，總算明白了當年由美國組成的一百餘萬盟軍，他們擁有B五二轟炸機、擁有M十六自動步槍，擁有無數殺傷力強大的新式武器，最終卻要輸給了隱身地道的越共。戰時被南越人民通稱為「老鼠」的越共部隊，在地道內生活抗戰，確是有如老鼠般的習性啊！

二〇一七年三月廿二日於墨爾本。

〈越南散記〉之六：湄江兜風

當越南游擊隊反抗法國殖民時期的四十年代，在槍炮聲中我誕生於魚米之鄉的湄公河畔蓄臻省。由於下六省各地經常發生越盟襲擊法國軍隊的戰亂，我六歲那年全家遷移到南越首都附近的華埠堤岸城，湄公河從此成了我夢鄉中一個模糊而美麗的地名。

沒想到在超過了一甲子以後的漫長歲月，在我離開了故鄉萬里之遙到達新鄉定居後，如夢般的這條美麗河流竟然顯現眼前，真個如真似幻呢。

三月三日早上十點一刻從酒店出發，司機阿武以其高超的駕駛技術、在如螞蟻般的凌亂機車陣中脫困後，終於離開了西貢鬧市、車朝富林區直奔一百公里外的丐米市（Cai Be），十二點半後小巴抵達了目的地。

頗為廣闊的停車場早已停了好幾部觀光巴士，導遊是位年約三十餘的越南婦女，將我們領到碼頭，她先上了機動船、再伸手接應，等我們都登船後船即開動了。操縱機動船的年輕人看來像漁民、黝黑的膚色顯示著勞動人民的標誌。發動機聲響中船倒退再沿河前進，涼風自四面八方迎船吹拂，頓時身心皆爽快無比。

這條河道應該是湄公河的支流，河寬不足十公尺，河水流動緩慢，水色土黃混濁不清，河面飄浮著幾個塑膠袋與空瓶子、斷樹殘枝順水游移。兩旁的高腳木屋，靠河處屋後平臺幾乎都掛著洗好的衣服；部分屋頂是茅草外，其餘大多是有瓦片蓋頂的平房。居民沒有環保意識，為了方便因而將垃圾隨手扔到河上，至令河流忍受污染。他們世代在靠河畔的高腳屋生活，習以為常也就不覺得有何不妥？

約半小時後，機動船便停泊在一處能上岸之處，導遊引領我們離船後，拾級而上行到一家兼賣紀念品的小飯館，見有幾桌老外遊客已在用餐。我們圍座後侍應即按預訂的菜餚捧出，有菜有湯，主食是一條彷彿「站立」著的烤魚，是湄公河特產的西象魚（Ca Tay Tuong），我們從沒有品嚐過的魚類呢。

餐館的海鮮不論清蒸、煎炸、熟煮等不同烹飪方法，放在碟上的魚幾乎都是平躺著；可是煎炸後的這條西象魚卻在鐵盤上「站立」著，昂首傲視令我們這班華洋食客不忍舉筷呢。

同遊的洋老饕是與兒子明仁有業務關係的商家，這位意大利後裔的澳洲大款馬里奧先生，由於是墨爾本地產開發商行業中頗有知名度的富豪；又擁有一個像中國人般無所不食的胃，幾乎食盡天下各種特色美味，他為「站立」的西象魚拍照後，即首先舉箸了。

調了雞蛋和麵粉煎炸的西象魚、可口清香，肉味細嫩；用生菜包裹魚肉再蘸些魚露享用，令馬里奧贊不絕口。他也是生平首次品嚐西象魚，我心想河豚的魚肉更為鮮美得多呢，他肯定還沒機會品嚐吧？

到這家餐館的遊人，每桌主菜必定是這尾站立的西象魚，除了當地居民外，任何外來遊客幾乎都是首次食用。果然有號召力，可惜越南觀光局沒有做足宣傳，不然必定成為觀光客趨之若鶩的地方。

飯後參觀人工做米紙的過程，生平食用了數之不盡的米紙，直到目睹製造方法，才知是將白米磨成粉後加水，調成糊漿，鐵網塗滿米漿慢火烤烘，去除水份即好。然後要將潮濕米紙整張完好的從鐵網上取下，放到竹籮外風乾，米紙才算完成。越南餐炸春卷以及多類卷用食物、必定要用米紙包裹，因此米紙是越南人不可少的日常食品之一。

看完後再上船繼續遊船河，本來午飯後有點睡意，但機動船啟航後涼風迎面輕拂，睡意也就全消了。和女導遊閒聊，她是南越下六省芹苴大學外語系畢業；婚後幾年丈夫病逝，獨自養育唯一的兒子，兒子已十歲了，每天騎車上學，鄉間泥路車少她才放心。導遊工作每年只能做半年，另半年是雨季再無遊客到來觀光，真是家家有本難唸的經，也可說是紅顏薄命呢！

登船時司機阿武和導遊約定三時前，必要回到碼頭，不然返回西貢將遇到大塞車。經驗豐富的導遊將時間計算到極準，到達小碼頭果然剛好是三時。阿武笑吟吟的已打開小巴車門在等待了，向導遊道謝與告別時，兒子沒忘將小費塞到她手中。

黃昏將至小巴才回到酒店，一百公里路程花費了兩個半小時；皆因公路狹窄、各類汽車、巴士、貨車及機車的流量過多，要解決除了當局開發公路或擴寬原有道路外，別無它途啊。

夢中美麗迷人的南越湄公河，老朽餘生終能面對並在河上遊船兜風、能了卻心願，真要感謝孝心可嘉的幼子明仁呢！

二〇一七年三月卅日於墨爾本無相齋。

〈越南散記〉之七：崇洋媚外

三十九年前攜婦將雛、舉家離開南越堤岸投奔怒海時；越南全國總人口不到四千餘萬人，在不到四十年後卻擁有了一億人。由於增長極快的人口量沒有相對的基礎建設配合，因而城市內外公路上形成嚴重塞車。相同的流通道路空間，卻多了數之不盡的各類機動車、大小巴士、貨車與及轎車爭相搶道，那些沒有交通燈的路口、行人根本不敢過馬路呢。

在一九五四年前抗法以及後來抗美時期，領導革命的胡志明先生及越南共產黨人，因為解放部隊獲得邊界與廣西、廣東接壤的大鄰國傾力協助；中共人力物力源源不絕湧至，單是造路工兵就投入了十餘萬眾。故對中國除了恭敬外，還討好的標榜：「中越兩國：山連山水連水，同志加兄弟」。

可惜這份「兄弟」情誼在一九七五年四月三十日，國家統一成功爭取到獨立後；越共領導人選擇了蘇聯為其盟邦，而將中國這個**「同志加兄弟」**的友邦拋棄。

越南人深受儒家文化影響，包括胡志明本人在內，不少高齡人士都能用毛筆揮毫書法。

在河內參觀了文廟，見到男女高中學生都在廟前拍畢業照，大雄寶殿內更供奉著至聖先師孔夫子。文廟廣場右方堆積無數石碑、都用方塊字刻著「狀元」、「探花」、「秀才」等科舉時代的才子們姓名與官銜，完全是繼承自中華傳統的風俗與習慣。

不但如此、越南人的農曆新年、中元節、中秋節、孔聖誕，也全是中華民族的傳統節日啊。尤其上流社會的精英們、為兒女辦婚禮所行的三書六禮，更完全是來自中國古代封建時期的禮教習俗。他們對父母或祖父母的孝道，亦源自中華古國的文化，甚至更發揚光大呢。

可是為了國與國之間的利益或瓜葛，執政者無視兩國人民的深厚情誼，直接或間接向人民宣傳教育，將中國視為敵對國家。起因是於一九七九年元月，中國為了報復越共入侵柬埔寨、而推翻殺人狂魔波爾布特紅高棉；解放軍揮兵攻越，名謂懲越戰爭，大軍深入幾至首都河內？若非蘇聯向中國施加以核武壓力，迫得中國軍隊在離開河內一百公里外時，忽然退兵。雖然如此、對於慓悍的越南軍民來說，可算是「**奇恥大辱**」啦！

南、北越於一九七五年四月底，美軍及盟軍撤退，共和軍潰敗而令分裂半個世紀的國家統一了。在萬民歡呼聲中，南方的兩百多萬華裔即面臨了被排斥的命運。老朽舉家就是在一九七八年八月乘小漁船出公海，十三日海上飄流大難不死淪落印尼荒島十七天。（請參考拙書、長篇小說《怒海驚魂》；臺灣秀威資訊公司再版。）

接著在北越生活多代的華裔父老，也相繼以水陸方法拋鄉棄家，偷渡到香港或廣西芒街，再轉往各西方國家定居。留下而不能離開者，只得接受被同化的命運，兒孫輩只能學習越文、講越語，除了身上流傳著炎黃血脈外，外表再無半分華族之貌了。

在河內觀光時，酒店名稱是Elegant Suites ，細心觀看路邊大小商店、所有店鋪皆用越文或英文做招牌，再無中文了；很高興的見到方塊字是在觀光景點「還劍湖」湖畔的古寺「鎮國寺」，寺名以及對聯仍保存著中文雕刻字。

到了南越的胡志明市（即西貢與堤岸合併後新名稱），在西貢住近獨立宮國營五星級大酒店：Intercontinental，連越文名也欠缺，更何況是中文？在十二層住房露臺往外望，見到幾座高樓，也是酒店或者機構，名稱是：Sky Garden，Norfolk Mansion，此外是越文的書寫的：「兒童醫院」。

二月廿七日約好八位文友、在愛華酒樓午宴歡聚；乘的士沿潘廷蓬街朝堤岸方向前去，塞車時正好讓我將所見的英文商店名稱抄下：Vissan / ViVo / Oppo / Mubuso / Celenamon / Novatee / SiFa / Mom and Me / Rock 等等。

此外尚有Crocs / Nici / Tiki.A/ Mamabebe / Furla / Sisley / Plago / Solomon / ICB / Rabity等等……不勝枚舉。這些英文或大草字母縮寫的招牌，都高掛店鋪外，顧客如我，根本不知是經營什麼東西？除非停車入內參觀，才能知曉。

在首都文廟中遇到那數百位男女高中畢業生，他們也都能講英語，市面幾乎再難聆聞華語聲，除了那天在愛華酒樓與作家文友們傾談，親切而熟悉的粵語聲聲入耳，那是我此行十五日中聽到最多中國方言的一次了。

前往觀光景點前，部分親友還暗中相告，在公眾場合最好不要說粵語或普通話？用英文他們都認為是遊客、問路查詢縱然不能回答，也會很友善。幸而我用越語交談，不但方便且節省了不少景點入門券的花費呢。（許多景點收費對同胞特別優惠，如入獨立宮、觀光客是十一萬，越南人只要兩萬元。）最高興的是終於能讓同遊的小兒子明仁、知道老爸的越語還頗為道地呢！

二〇一七年四月七日於墨爾本。

〈良師益友〉之一：雷謙光盟長

墨爾本華社藏龍臥虎，人才濟濟，各行各業以及藝術界、書畫、詩詞、文學、教育、武術、杏林、園藝、氣功和運動界的奇人異士為數不少。老朽能沾上邊的卻只有詩與文這兩項，雖被世界華文文壇及詩壇視為作家與詩人，說來實在慚愧呢！

多年來曾膽大妄為的誤人子弟，忝為人師、指導同好創作之道。念及中文博大精深，敝人傳統國學根基膚淺，在墨爾本友輩中能為我良師者，屈指算來也有好幾位，心血來潮敲鍵記錄以感念及珍惜此等難得文緣。

以下節錄保存的十年前一封龍飛鳳舞的大札：

黃玉液先生英鑒：

接誦惠書、喜悅無限，欣悉大作又當面世，名山事業，升堂入室，光照文壇同僑共賞，令人景仰。

理應早日修書恭喜，祇因適日酬酢頗多，百事紛繁，可謂無暇片刻……大作清明掃墓記一文，內中獎飾，何嘗敢當，殊感汗顏，赧愧無地，……

雷謙光拜啟，19-11-07

承雷盟長厚愛，紆尊降貴與後學平輩論交，轉瞬十餘年時光飛逝；敝人何德何能，既非工商巨賈亦無任何顯赫功業，更非洪門昆仲。竟蒙盟長抬舉視為「朋友」，真個是榮寵有加呢。

猶憶十四、五年前，因緣成熟得能邀請遠在夏威夷的孫穗芳博士蒞臨墨爾本演講；當時孫博士要求到墨市後，要陪她前往拜訪兩岸外交官以及致公堂。孤陋寡聞的我一時無言以對？愧疚詢問她可有「致公堂」地址？為何要去拜訪這個機構？

沒想到孫博士笑著說，「難道你不知我祖父是洪門兄弟嗎？致公堂就是「洪門民治黨」嘛！我無論去何處演講、如該地有洪門，我必定要去拜訪呢。」對著話筒唯唯諾諾趕緊應承，接著才向友輩打聽致公堂所在？

孫博士隨後到達墨市，僑界盛大歡迎晚宴後，翌日即陪同她前往總領館與臺北經濟辦事處，接著就是去「致公堂」了。到達時、洪門全體昆仲在雷盟長率領下列隊歡迎，在門前初識雷老，即被盟長熱情緊握著右手掌，雷盟長說早已讀過不少拙文，面對這位彬彬君子的長輩，令我有一見如故的親切感啊！

也是隨同孫博士拜會了致公堂諸公後，才知道當年 國父孫中山先生奔走革命，得到全球洪門兄弟襄助良多，因而國父亦加入了洪門民治黨，成為洪門大哥呢。

結緣後惜緣，從此只要洪門有辦活動，如在黨部的宴客、以及每年農曆新年的洪門盛宴，愚夫婦必定接到邀請，我們除非是外遊，不然定必依時參加。禮尚往來，十餘年來、舉凡我主辦的華文作協活動，雷盟長亦必是首席貴賓。洪門後起之秀有大將之風的伍頌達主委，亦成了我邀約在作協活動中致詞貴賓之一。

雷謙光盟長服務墨爾本僑社數十年如一日，十餘年前我等成立「國父孫中山先生銅像籌建委員會」，就是由雷老當總策劃領導，歷時十年始在華埠靈星門廣場前完成使命。為了獲得唐人街店鋪支持，雷老竟日沿街向每家餐館、商號陳情並要求簽名，將為數眾多的簽名文件呈給市議會，因而始能在議會通過批文。

雷盟長先後榮獲澳、中兩國多類獎項，其中包括澳洲總督總理聯名簽署頒授世紀貢獻獎狀及三枚勛章，二〇〇六年澳洲全國傑出人士優秀獎狀，廣東江門五邑大學頒授開拓者紀念勛章，世界華文作家交流協會頒發終身成就獎等等。

雷老擔任的職守及名譽職銜竟多達四十餘種，除了眾所週知的「洪門民治黨」終身盟長外，尚有主流社會「墨爾本皇家兒童醫院」永遠名譽主席，中國名牌學府「廣東五邑大學」授予終身名譽教授、「廣東五邑大學」聘為校董會名譽董事長、「澳大利亞華人年鑒編委會」榮譽主任、「中國海外交流協會」理事，「中華全國僑聯」海外顧問，「世界華文作家交流協會」名譽顧問，「維州U3A雅拉華人高齡大學」校董會主席，「北京市僑聯」海外顧問，「全球客家崇正會聯合總會」榮譽顧問等等恕難盡錄。

盟長伉儷共有五位公子，每位都獨當一面、有非凡的成就，因而被稱為雷門五虎將。長公子雷示人先生服務墨爾本市議會十餘年，二〇〇二年起擔任墨市議會市長辦公室主任，後又獲選為市議員至今，真是虎父無犬子呢！

學富五車的雷老，對晚輩如我，視同平輩，從沒倚老賣老，平易近人外；難能可貴的是謙遜謙虛，真是一位大僑領風範，令人敬仰。有著極高深中文學養的雷謙光盟長，確是我最佳的良師啊！

二〇一七年六月六日於無相齋。

二〇〇五年代作協頒服獎予雷謙光盟長，雷盟長（右）與心水合影。

雷盟長與心水合影於二〇一六年十一月九日墨爾本雷府客廳。

〈良師益友〉之二：廖蘊山居士

著名詞長暨書法家廖蘊山居士、是我初到墨爾本定居後，有幸最早認識的一位文人雅士；屈指算來轉瞬已經超過了三十七、八年了。更為可貴的是初期廖先生住處與寒舍相距只有幾里路，閒時方便登門請教。

抵達新鄉六年後、利用工餘時間開始撰作首部長篇小說《沉城驚夢》，歷時一年才脫稿；修改、校對再重抄到整整三百張原稿紙上，如此又已過了三個多月總算全書脫稿了。思量著能為拙書寫序者就非廖蘊山先生莫屬了，因此登門求序文竟蒙應允，真令我喜出望外呢。以下引拙書《沉城驚夢》序文之一段如下：

……玉液兄以草舍鄰近之便，遂推余為第一個讀者，並囑寫一序言以誌其事。余自惟讀書不多，荒於學問，焉能勝此重任？惟念越黨傾屋，余亦親歷其境，迍遭劫罅，受盡折磨。此時藉玉液兄大作，重溫昔日驚夢，亦足增加戒惕之心，隨欣然接卷細讀……

展讀廖老為拙著所撰序文，感到極其慶幸與開心，有如此典雅文字的絕佳代序，拙書必增光不少呢。四年後拙著第二部長篇小說《怒海驚魂》的序文，自然還是拜託廖老師費心了。

寒舍客廳掛著幾幅書法，其中的一幀揮毫即是廖老師抬舉愚夫婦的對聯：

玉杵搗長生液露
錦牋著傳世鴻文

聯語用了愚夫婦的名字「玉液」與「錦鴻」嵌入，每在客廳看到「著傳世鴻文」時，總有汗顏無地之感呢？心水與婉冰塗鴉之詩文、無非是對生活、時事與世情有感而發、與讀者分享的粗淺篇章，又豈能「傳世」呢？承廖老師鼓勵，唯有撰作文稿時認真及嚴肅對待，絕不敢有無病呻吟、無中生有、虛偽作假、胡亂吹噓欺騙讀者、誹謗或標榜等文字浮現。

廖老師為人低調、待人誠懇、謙謙君子的風範；如此處世態度可能是長年靜修佛法及參禪的效益？能與世外高人為鄰，愚夫婦本可在傳統詩詞、書法揮毫以及佛學上獲益良多，可惜終日營營役役，錯過拜師求藝的大好機會，真是悔之晚矣！

後來、廖老師舉家搬遷，比往昔住處距離我的蝸居遠多了；但廖老師每有前來Oakleigh 市購物，經常大駕蒞臨，前來與我們聚首傾談。直至數年前不再駕汽車，沒了交通工具上的方便，我們閒聊的機會就相對減少啦！

由於愚夫婦愚鈍、又錯過師從廖老師學習傳統詩詞創作方法，自然不懂平仄不明字根音韻；便少了在華文詩壇、詞壇與各位國學專家們唱酬的機會。每有到廖老師府上聆聽教益、偶而在傾談時廖老師會出示：生前定居雪梨宿儒趙大鈍老師，及在南澳家禎兄的先翁、著名詩人徐定戡老師的墨寶與詩作品給我看。這幾位當代著名大儒的書函及詩詞，除了讓我贊嘆、敬佩外；念及身為炎黃後裔，且肩負華文作家虛名，對傳統國學竟然是門外漢，豈能不萬分慚愧呢？

每次專程探訪、踏入廖老師府上，即聞極輕的頌經聲繞室播送，小小佛龕供奉著莊嚴大慈大悲觀世音菩薩。此間對佛學有精湛研究者，除了各寺廟裡出家僧尼們之外，廖居士已有獨特修養，對佛教教義理解已經非一般凡夫俗子能相提並論。

有幸與廖老師交往，除了拙著兩部長篇小説、承廖居士不棄賜撰序文令拙書添彩增光外；平素每有疑難時、或致電請教或親往拜訪當面聆教，廖老師都不厭其詳的解我疑惑。

待人真誠的廖居士蘊山書法家，早年與章自競詩人、張天牧老師（兩位前輩已往生）聯合創辦墨爾本「庸社詩書畫會」、專為弘揚中華傳統文化的團體；社團名稱含有「平庸」之意，可見真正的飽學之士，都是謙謙君子呢。這幾位創會前輩皆是當代學有專精的詩人墨客、書法家與知名報人啊！

廖居士祖籍廣東大埔，是客屬鄉親中備受敬重的大儒；青少年時期適逢故園動盪時代，遠走異鄉遠至越南中部山城定居，其高深學問及書法墨寶，皆是自學自修而成，天資聰穎外更重要的是堅持、勤奮與好學，始有大成。

廖老師在做學問、寫書法、作詩填詞與及修行的不懈精神，皆足為我等後學們的榜樣與楷模。早歲萬幸能與廖居士為鄰，更蒙廖老師不棄時賜教益；雖無行拜師禮而實是我的良師呢！

二〇一七年六月十七日於無相齋。

廖蘊山詞長（左）與心水合影。

〈良師益友〉之三：何與懷博士

十年前收到「精神難民的掙扎與進取」，在二〇〇八年元月拜讀完全書，捧讀時將精句用色筆劃上。七年前三月接獲《北望長天》，六月讀完這冊擲地有聲的報導文學隨筆集，在書後頁塗下「極上乘力作，反映近代中共治下悲情人物，為追念民族英靈的好文章」。

二〇一二年元月捧讀完《他還活著——澳華文壇掠影－第一集》；同年四月一日閱畢《振翰南溟金石聲——何與懷博士研究選集》。前三冊是何與懷博士的著作，後一本是收錄各地學者、作家、文友們對何博士作品讀後評論文，也包括了兩篇拙稿。

原來在六年前何老七十大壽，拙作《風骨錚錚仁者壽》文末，已經尊稱博士為「老師」，那是出自後學對大學者大作家衷心敬佩的肺腑之言，並非如時下一般人、逢人隨便都叫老師？

忘了初始是如何認識來自紐西蘭的何博士，多年前結文緣後、每次到雪梨，都被待友至誠的何博士宴請接風，我們傾談的機會其實不算多，偶而的在電話中會用粵語交流；說著說著又改成了國語，自然而親切。

《澳洲新報》的新文苑版，是全澳洲無數華文報刊雜誌中、唯一定期於週六日刊出全版文學園地，而且是至今仍維持發稿酬給作者們的報社。這份開設有聲有色副刊、做到真正在海外弘揚中華文化的日報，文苑版主編就是何與懷博士。

何博士是我所認識的副刊編輯中，極認真盡責的好編輯；每次收到來稿，必定即時回覆，告知投稿者已經收到了文章。每期編完整版《新文苑》後，不論該版有幾位作者，也都會在週六之前接到通知，讓投稿者留意。

我們初次相見是在二〇一〇年八月底的墨爾本作家節，可惜的是當年我仍在墨爾本東南區、史賓威市中華公學教電腦中文輸入班，無法全天陪這位從雪梨專程蒞臨參加文友聚會的大作家。更因翌日將啟程外遊，當晚又是電腦班結業謝師宴，錯過了款待何博士，失禮外也讓我至今仍耿耿於懷呢。

有了電郵作為通訊的工具後，真正落實了「天涯若比鄰」的含義；有值得與友好們分享的圖文、都會傳出給友好們，何博士是我分享榜上名單之一，同樣的我也經常接獲他傳來給我閱讀的好文章。

退而不休是我多年來的生活態度，也感到引以為幸，那是步入晚年歲月後的正能量；但年紀比我大幾歲的何博士，每天忙碌到不亦樂乎，他彷彿有用不完的光陰和精力，面對他的積極，我反而是該慚愧呢！

何博士著作等身，早已是名聞中外的學者與作家；他的著作極豐、我只讀完上文所述的三部，已經受益良多。文以載道外、文如其人的受著他人格的感染，也從他真誠待人處事的風範，格外敬重敬仰。

世上的華文作家極多，何博士不但是才華橫溢的學者、同時更是聲名遠播的大作家；他的文章反映時代的悲歡離合、報導文學著作為民旅英靈追魂，而且有著中國文人應有的氣節與風骨。

來自上海定居墨爾本多年、近九十高齡的知名老作家陸揚烈先生，在他的一篇文章中對何與懷博士有以下的評語：

懷著作家應有的神聖責任感，充滿無畏勇氣的何與懷，用他二十多萬字的長篇報告文學集，為這些偉大的英魂築起一座座心碑，將永遠留在中華民族的苦難史，永遠留在當代文學史庫中，讓後代永遠牢記在心，為最終摧毀這萬惡的極權制度作為動力。

——《振翰南溟金石聲》，第二二五頁。

何與懷博士不但是澳華文壇的重量級人物，也是澳華文壇的活字典，舉凡澳華文壇上的作家、詩人等，縱然未曾相識，也都有其著作及個人資料，如有澳華文壇上之事請教何老，必能受益。

難能可貴的是何與懷博士心懷天下、毋忘家國，書生盡言責，鐵骨錚錚，才能在紀念巴金的文章中撰下：

忘記過去就等於背叛，不讓後人知道過去則是雙重背叛。

——《振翰南溟金石聲》，第一八七頁，翎翅文章。

有幸能認識何博士，從他為人以及拜讀上述三部著作中，不但學習到做一位真正文人應有的風骨，也明白身為作家是要肩負社會的責任與道德良知呢！多年來蒙何博士不棄時賜教益，實仍我的良師兼益友也。

二〇一七年六月廿日於墨爾本無相齋。

何與懷博士（右）與心水伉儷合影於二〇一一年雪梨。

〈良師益友〉之四：游啟慶先生

將近半世紀前、在堤岸華埠駕花車為內子婉冰的堂兄葉蘇迎親，在喜氣洋洋的婚禮上初識新郎的同學游啟慶；眼前這位猶若白面書生般的仁兄，清瘦身軀擠在迎親隊伍內，若非偶而發出響亮爽朗聲音，幾乎像不存在的幻影。

翌歲農曆新春越共發動總進攻，戰火禍及華埠，先岳父母為了安全舉家搬去「國民學校」內暫住。前往探視始知游君為該校教師，與婉冰二妹同事。當時並不知這位瘦弱書生已是飽學秀才，且還是位年輕書法家呢。

故園淪陷後三年另四個月，我帶領內子及兒女們投奔怒海；逃過大難汪洋餘生，於半年後獲澳洲政府人道收容，從印尼難民營移居新鄉墨爾本。不意在史賓威難民暫時定居中心竟再遇到游君，更沒想到的是我們在新鄉尋工時，都被同一家汽車零件大工廠Repco接納為操作機器員工。

在不同車間流水線勞動，每日午餐必在餐堂內碰面；雖然只有半小時的用餐時間，我們幾位同聲共氣的同事自然而然共用餐桌，彼此閒話家常或談論時事，說笑戲謔聲浪大，常引來洋同事們側目。大家最愛聽游君講述笑話，只不知他腦袋內如何能裝載那麼多奇譚怪聞？

我們車間內十餘位來自印支半島的華裔難民工人，游君與我是被大家視為「有點墨水」的書生。我能「吹水」的無非是國際時事新聞，得益於每日下班在工廠門外花四十仙買回一份英文晚報。我對英文一知半解，強迫在晚飯前閱讀及查字典（當年尚無中文報紙）。縱然不能完全掌握細節，卻也對世界各地發生的重要事故有些印象。

沒想到這份操作機器粗工，造成我右手肌肉患上「肌肉疲勞損傷症」，因工傷被廠方調到零件倉庫擔任分配零件的輕工作；當然也幸虧我的那點膚淺英文通過工廠經理的測試。離開車間的勞累粗工後，除了午餐仍依舊與同事們共桌外，其餘的早、午兩次飲茶短暫休息，就只能在倉庫內與洋同事相對；及至在一九九三年我另覓新職離開該工廠，彼此才終斷了每週至少有五天在廠內共用午餐的歡樂時光。

三十餘年前「維省印支華人相濟會」由葉保強先生召集，籌備創會時、游君與愚夫婦皆參加了籌備會，該會成立後我們自然都成了首屆理監事會內的成員了。每次到墨市中心會所開會，往往都要游君順路到寒舍接載；從蝸居至墨市尚要三十餘分鐘路程，正好在車上東拉西扯，幾十年來晚上應酬只要順路我們必定同車前往，至到游君他遷不再在史賓威郊外居住。

墨爾本印支華裔社區過去幾十年來至今，每有活動幾乎都是由游啟慶擔任大會司儀，他出口成章，風趣幽默、經常是詩詞典故隨口而出，因此成為墨市僑社著名的金牌大司儀，提起他的大名，幾乎無人不知無人不曉。反而他書法家的銜頭竟被自己無礙的辯才口才所埋藏呢。

寒舍掛著一幅中堂書法，精美棣書揮毫的是蘇東坡念奴嬌詞，下款撰寫「啟慶持贈以償十年字債並乙正腕、於一九九四年。」一九八四年在工廠閒談時，我沒忘記每天共用午餐的老友是書法家，鄭重求字並獲他應允。誰知這一等竟整整等到十年後，才能將游君墨寶拿去裝裱鑲入鏡框，從此掛在客廳；與廖蘊山居士的對聯、廈門曾伊鴻先生的草書「心如止水」、紐約書畫會朱雲嵐會長的山水國畫相輝映。

游君聰慧好學、天生異稟，博聞強記而能過目不忘，他朗朗上口的所有詩詞歌賦，我年輕求學時及離校後，都曾先後閱讀過背誦過。可是、任我讀過多少遍背誦了無數次，仍然無法深記腦海。而游君腦袋卻猶若電腦般將過目的古典詩詞存檔了。要用時、腦筋一動即時浮現而順口道出。這點能耐實在萬中無一，曾對老友說，若退休撰作文章，必定事半功倍，引經據典時不必如我，要尋找資料始能引用。

幾年前游啟慶先生在墨爾本郊外的博士山市開班教國學、這位早歲為人師表如今再開講古文，真想報名就讀，成為他眾多學子中之一呢。所謂學無先後達者為師，我雖已發行十部各類文學著作及兩冊已完成編輯尚未出版的散文與雜文集，被華文文壇詩壇稱為作家、詩人，說來慚愧，在中文修養尤其是傳統國學，游啟慶先生確是我衷心敬佩且能做我良師的益友呢！

二〇一七年六月二十日於墨爾本無相齋。

游啓慶（中）與心水夫婦（右）彩楓伉儷（左）等合影於游府客廳。

〈良師益友〉之五：吳百好老師

大約是十餘年前收到從臺灣寄贈的《自由僑聲》雙週報，這份由定居臺北的越華報人發行的半月刊，雖只有幾頁、宗旨在讓分散世界各地的印支華裔故舊聯絡，成了失散親友者、彼此尋覓的空中橋樑。偶而讀到署名〈靜霓〉的文章，深受啟發；因而透過該報刊主編的引荐、從此與靜霓女史成為神交的文友。

後來她在閱讀拙作中發現有錯漏或用辭不當時，坦率指正；令我受益匪淺，交上這麼一位素未謀面的飽學女史，驚訝外更發現她是名副其實精通中文的人，令我這位作家深感汗顏。

在這之前拙作的校對幾乎都是由內子婉冰協助，自從靜霓文友閱讀拙文後、往往會指出錯別字。縱然拙文已經再三修正，一傳給她，總會收到回函指出或多或少的作品內的錯字。同是作家的內子竟也自嘆不如，因此她樂得清閒，自然而然的不再為我校對了。

能更正拙文錯漏者、除各地媒體文學版編輯外，令我深深佩服的便是這位靜霓老師了。縱然是「一字之師」，亦理當尊稱老師。可是、為人極低調又極謙虛的這位老師，堅決婉拒不敢當吾師？定要我與她平輩交往以文友相稱，為免不敬只得遵從，話雖如此、心中始終視之為良師。

吳老師原名吳妹、字百好，筆名靜霓，在南越西貢出生成長，廣東省南海縣人，原來婉冰與她竟然是同鄉呢。早歲在原居地的「遠東中學」畢業後，再轉到西貢紅十字會護士學校就讀，幾年後畢業成為專業白衣天使。

完成學業後就到西貢郊外的守德越美紡織廠當該大工廠醫護室護士；後來轉去西貢法國醫生高也峰（Dr. Crozafon）診所任職。一九七五年四月南越淪亡後，輾轉到了臺灣定居，在臺北市百齡綜合醫院當了一年護士後，再轉職到臺北市啟原診所做護士，長達二十年直至退休。

好學的靜霓文友離開職場後，為了充實自己，進入臺北市士林長青大學校就讀，三年後於二〇〇八年大學畢業，並於二〇一〇年成功取得碩士學位，貫徹了活到老、學到老的積極人生宗旨。這份向上不斷求學問的精神可敬可佩、值得廣大讀者們學習。

退休後花了四年時間在大學圓夢，再花兩年終成碩士畢業生。她學以致用，在職時與退休後都開始在「臺北市立聯合醫院婦幼院區及陽明院區」擔任外語通譯志工、為不諳中文的越南人與說英語的求診者擔任通譯，這份志工做了十餘年之久，至今還在服務中。

從二〇〇九年開始，又在臺北市立圖書館葫蘆堵分館，成為樂齡志工至今。退而不休的靜霓老師，除了上述擔任醫院傳譯志工外，還在臺北市勞動力重建運用處（勞工局）外籍勞工詩文比賽，擔任翻譯員（越譯中）及越南語複審委員、這份志工評審工作也做了十餘年，直到去年才停止。

臺灣目前有四國外籍勞工來臺工作（印尼、泰國、菲律賓及越南），臺北市的勞工局從十幾年前開始，每年皆有舉辦外勞詩文比賽，每年三月初收稿到六月底截稿，七月後委託靜霓老師把原文（越南文）翻譯成中文，經過三輪不同的評審：初審由勞工局內部篩選，淘汰一部分，然後交由靜霓老師負責翻譯及第二輪的複審工作。最後才交給知名作家，作最後的評鑑，從複審入選名單中挑出前三名得獎者。

由於我學歷不高，在出生地成長期又碰上越戰，幸而我在文學創作途上，始終有貴人相扶持。尤其是將近四十載之前初蒞新鄉時，澳洲並無中文報紙，當年亦無電腦也無網絡。由於年輕立志要當作家的心不死，在一九八二年從新操觚，投稿到臺灣，萬幸竟再遇上任副刊主編的林煥彰老師，有他的鼓勵及協助處理拙作。一路堅持不懈，最終始能圓了作家夢。

自從有幸與靜霓文友神交後、蒙她不棄，每收到拙稿，她必定細心認真校對並修正文中的錯漏；還特將出錯之字加上顏色，修正的字另色顯示，讓我一目了然。

因此、過去十餘年的拙作，發表後幾乎極少出錯了，全賴遠在臺灣臺北的靜霓文友費心及不吝指正。此份恩情真愧無以為報，念及上月開始撰作系列「良師益友」散文，能遇上這麼一位精通中、英、越文的好老師，理應向讀者們介紹。

最後、容我在此向這位至今仍無緣謀面的老師敬禮：靜霓老師！衷心謝謝您！並遙祝老師身體安康，如意吉祥！

二〇一七年七月九日於墨爾本無相齋。

吳百好老師（靜霓）攝於臺北市。

心水與婉冰於二〇一四年十一月慶祝金婚典禮共切蛋糕時留影。

〈良師益友〉之六：葉錦鴻女史

敲鍵忘字或者根本不懂該字結構時，無論如何也打不出想要用的字彙；這是應用「大新倉頡中文輸入法」的缺憾，唯一解決良方自然是查字典。但遇到連那個生字的形象也記不起，部首是啥都不曉得，又如何能從字典中查到呢？

真是書到用時方恨少，往往絞盡腦汁改用另個字替代，可是找到替用字後，幾經推敲仍覺得有用字不當之處？幸而家中有位嗜書如命的才女，尤其是古典文學修養、因早歲師承大儒趙大鈍詞長，打下頗佳的國學基礎。

更因捧讀了無數次的四大奇書之首紅樓夢，數十年如一日的與書為伍，雖不至廢寢忘食的地步（早歲迷讀金庸小說曾臨此景界。）但在家務閒暇時、往往一書在手渾然忘我。

在越南華埠志城中學高中畢業、幾年後便嫁作商人婦、成為賢妻良母的內子葉氏錦鴻女史，祖籍廣東南海西樵人。幾年前由我陪同去中國故鄉尋根、在祖居南海西樵查閱族譜，才知道其祖上於清末為官，從故園福建奉調到南海當縣長，因喜歡西樵山的美麗風光，任滿後落籍當地長居，追尋根源始知葉家祖輩仍是閩南同鄉，老朽真是喜出望外呢。

福建農村成長的先慈、當年囿於鄉情，對外省兒媳心存抗拒；耳提面命我兄弟一定要娶回祖籍閩南同鄉人為妻，至使我因沒遵從慈命而耿耿於懷多年。但願慈親泉下有知，歡欣得悉長媳本是同鄉，得以寬恕我年輕時有違庭訓的不孝之罪。

黃家當年迎娶了一位外省小姐為兒媳婦，因語言無法溝通而讓先慈甚為不滿；最糟糕的是身為兒媳婦在蜜月期後，初當廚娘時，居然連燒開水也不會？更別說燒菜著飯了，因此而衍生的問題可真不少呢。

幸得先嚴開明，對黃家新媳婦極為包容，耐心教導普通廚藝；同時家境日趨富裕，早已聘有專業廚師掌廚，內子才能繼續得空，在閨房中獨個兒閱讀小說。後來開設「源棧咖啡莊」，才搖身一變成了店鋪的「頭家娘」，零售咖啡粉與茶葉並兼營法國各類紅酒洋酒的店鋪；沒有顧客時，這位「頭家娘」就在櫃檯後自得其樂津津有味的翻書展顏。

老朽在華埠堤岸福建中學初中畢業後，因是長子而要繼承父業，十七歲當學徒，隨著店鋪銷售員到各大小士多店、咖啡舖及茶館推銷咖啡粉和茶葉。本想深造再讀高中，無奈體康較差以及家庭生意極需人手協助，唯有自嘲跳班就讀社會大學啦！

同街相隔一家的新芳鄰、原來是在平泰花縣小學執教的鄧蕙嫦老師；鄧老師的兒女們與我兩位弟弟成了好友，而一直寄居在外公家的大小姐鮮少露面，直到初中畢業後才回到父母家中。碰面相見如陌路，大小姐受外公外婆疼惜，自幼接受嚴格的淑女庭訓，目不斜視，自是不將街坊的窮酸小子看在眼內。

從其弟妹口中得知，他們的大家姐喜歡閱讀，為了投其所好、每有閒錢就去逛書局，久而久之我的書齋也有了幾百冊藏書。將已讀或未讀之書冊、交由其弟妹轉借，最終因書而結良緣，實是未想到的佳話呢。

蒞澳定居後，因緣成熟再操觚創作，早年尚無電腦，用筆在原稿紙上爬格子；落筆有想不起的字，為怕麻煩查字典，便到客廳或廚房問問內子，她略一思索就將我所忘之字講出。成章後往往將幾頁原稿交她先看，我蒞澳定居後，她便成了我所有文學作品的第一位讀者。

自然也成了我一字之師，當然、甚至篇章中有三、五個錯別字，也被她更正了。心情好時，偶而在讀後會將拙作好壞評鑑，我聆聽後重讀且推敲，認為她所指有理時，還是根據她的意見重新修訂拙作。

學無先後，達者為師，縱然是太太，一字之師也是老師呵。讀過內子著作的高明讀者們，都能看出我們文風有別，內子筆名婉冰、稿齡比我少得多，文章卻比我典雅高明。自我安慰是她多讀我三年高中呵，少讀幾年書的結果，文學創作時便見高下了呢！

生性內向的婉冰，自幼常隨外公外婆到劇院觀賞來自香港紅伶的粵劇演出，無師自通也就愛唱粵曲了，十餘年前也曾在墨爾本東南區的史賓威市，慶祝農曆新年的舞臺上演出粵劇折子戲呢。興之所至時，家中經常似有黃鶯妙歌盈溢，我可算是耳福不淺呢。

三年前慶祝金婚時，當著百餘位嘉賓及親友們，老朽在那幾層精美大蛋糕前，向婉冰賢妻三鞠躬，答謝她半世紀以來無怨無悔的相夫教子所付出辛勞外，也在感恩這位在我文學創作途上的良師益友呢！

二〇一七年八月二日於墨爾本無相齋。

婉冰粉墨登臺的花旦扮相。

唯有讀書好

封建科舉時代的社會，士大夫們流傳著貶抑其他行業的一句話：「萬般皆下品、唯有讀書高」。皆因「士、農、工、商」的優劣次序觀念作祟，將「士」擺在前頭。無非深信「書中自有黃金屋」，科考金榜題名後，接下來就當官了，到時自然「書中自有顏如玉」啦！

滿清皇朝已經被辛亥革命成功取代，要當官就不必如往昔那樣的「十年窗下無人問」，日夜埋頭啃讀詩書了。這一大改變，卻從一個極端換來另種極端：「百無一用是書生」？書生手無搏雞之力，除了滿腦子詩詞歌賦外，真的一無用處啦？

現代教育分科分系，主旨造就各行各業的人才，與古早為了當官而死讀書不同。以前皇朝統治者為了控制人民，有頭腦有思想的儒生們，就誘之以「官」；只要穿上官服，隨之而來的便是發財了。升官發財因而深值人心，這種惡習延伸到今天海峽兩岸的官場。因而華人當官，心中並無「為人民服務」的想法，也沒有當「公僕」的服務觀念。

幸而海外華裔精英們，受到西方民主自由開放式的教育，已經了解民選的各級官員，其實是公僕，一旦當選為官，便要對選民們負責。官員只是無數服務性行業其中的一種而已，真正落實了古書標榜「民為貴、君為輕」的精神。

當代的中國人、尤其身廁海外的華裔，重視兒孫輩的教育，這是有目共睹的現象；單看只要那個地區有名校，該處的房地產必然價格高漲。讀書雖不再是步上仕途的必然門路，但可擁有一門專科技能，成為醫生、律師、工程師、會計師、金融家等，一生也就衣食無憂了。

這些年輕精英一旦考取了學位，踏上職場後，能養成閱讀習慣者為數不多；身為家長們也莫不如此，更甚者，竟有人見書避之唯恐不及？當然是那些喜歡去賭場搏殺的嗜賭者，怕「輸」的心理，也就迷信了「書」這種蘊含無數寶藏之物會變成「輸」了？

迷信者早已失去應有理智，設想方塊字「書」在倉頡造字時，將發音定為「贏」、而不是如今的「輸」音，見到「書」即是「贏」？哈、不但書局的書本暢銷，作家們也必然樂呵呵，不愁作品出版後滯銷呢？

我每次前往墨爾本皇冠賭場，都是要當導遊、帶海外蒞臨的親友去。多年前二弟玉湖從歐洲首次蒞澳洲探親，自然載他觀光墨爾本各處風光，免不了也去賭場。他在老虎機前喂入虎口十元，每次只玩中間一條線，輸的話是一分錢，十元可以玩一千次呢。

我習慣隨身帶了書本、進賭場也如此；因為我是反對賭博者，言行一致，從不沾賭。見到二弟如此玩耍，笑著對他說，皇冠的老闆若見到，一定愁眉不展了，那有賭客如此下注？講完再回去沙發椅繼續閱讀，過往賭客見到居然有人在賭場內看書，若是華裔同胞可能避之則吉？未幾忽聞聆聲大響，竟是來自二弟的老虎機；哇！他居然贏了一千餘元，以一分錢之微而博取了千餘澳元，真夠幸運。

舉此列無非證明書者贏也，當日我在二弟身邊手持書冊和他傾談，書味不但沒讓他輸光那十元投注，反而讓他贏回千餘元呢。

那年到歐洲觀光與探親，適逢聖誕節將至，各地商場非常熱鬧，書局更是人頭湧動；原來不少西方人買書籍作為禮物。難怪在火車車廂、巴士上都見到專心閱讀的乘客。幾年前在東京乘火車去富士山景點，往返時全車寂靜無聲，日本人大都低頭讀書或在查閱手機郵件。

閱讀的好處多不勝數，增廣知識外、從文字中享受到的樂趣是難以計算。比如那些只在螢光幕上觀看金庸小說改編的劇集，絕不能有讀者捧讀金庸作品的愉快和緊張。

不少相信風水的人，以為只要肯花錢給風水師，指導家中如何正確擺設，就能改變其命運？令其風生水起？非也、這是大謬不然之事。風水再神奇，也絕不會改變「因、緣、果」的定律。

要子孫將來出人頭地，除了成長期接受優等教育外，也要養成讀書的好習慣。

風水要靈驗，是蘊含了這些重點：「一命、二運、三風水、四積陰德、五讀書。」人的命不可變，運卻能改、要改運除了靠風水外，尚要積陰德和讀書呢。

讀書明理，能明理的人，自然通達人情世故；如書讀得多，讀到透徹，對人生有深刻的了悟，所獲到的好處真非外人能明白啊！書海如汗牛充棟，如不再抓緊時間多讀些書，此生必留下遺憾。

敝人知道「今生讀書已太遲」、因此、每天必定時爭取時間閱讀。出行時無論乘火車或飛機、都會專心看書。尤其身為作家、若不大量閱讀為腦筋充電，那來靈感創作呢？往昔科舉時代的那句「唯有讀書高」，現代是應該改成「唯有讀書好！」

如果從來不讀書的人，是不懂得「腹有詩書氣自華」這句話的內涵，更不明白「今生讀書已太遲」的警語。若想改變運氣讓家庭風生水起，除了在家居內擺放書冊外，從今天起，要多做好事廣積陰德，更應抽空多多讀書，假以時日便能理解「唯有讀書好」啊！

二〇一三年元月廿六日澳洲國慶日於無相齋。

兒子的承諾

初履澳洲時、小兒子明仁（John Wong）才六歲，移民局安排當地熱心人士到暫居中心，與難民家庭認識；目的是帶領我們這些新客盡快融入社會。

地產商漢南先生（Mr. Hannan）和他的夫人馬加烈特，不但協助我們搬遷、帶我去購買汽車，為我補習英文，也為我兒女們尋覓學校，對我們來說是遇到了貴人。

那天下班回家，子女都不見了？幸而未久便見到漢南先生的奔馳車將他們載回來，竟然是帶他們去美雅百貨公司購買衣服及書包。

到門前送別這對古道熱腸的洋朋友時，不意小明仁指著那輛烏黑亮麗的德國名車說，將來長大後要買奔馳汽車送給我？望著揚長而去的轎車，我笑著問兒子，你知不知這種車很貴？小伙子卻認真的說，不知道、我將來一定要買給爸爸。

一個稚子衝口而出的童言，誰會認真對待呢？身為父親，當時卻也因為他小小年齡，就有那份「不知天高地厚」的心意而感到高興。

隨著流轉的歲月，明仁上初中後，便學習他三哥明哲清晨摸黑去送早報，賺點零用錢；上大學後、週末去薄餅店打零工，賺零用錢自己花可減少父母的負擔。終於見到小兒子在墨爾本大學戴上了方帽子，開始在職場打拼。

有了正職後，就先將後園破舊木板車庫改換成鋅鐵自動開關的大車庫；這些年來家庭中的電視機、音響設備，甚至浴室的翻新工程，也都是他的花費。

婚後才搬出去與太太共築愛巢。今年五月母親節前，忽然在網上將我們用了十年有餘的皮沙發賣掉，幾星期內讓我們每晚坐在地板上。及至母親節前夕，訂購的電動沙發才送來；講好要付七十元運輸費，可細心的媳婦秀卿已通知該公司；由她轉賬、不能向我們收搬運費，因為是母親節的禮物。

託婉冰的福、如今每晚享用電動沙發的樂趣，面對螢光幕的角度，或躺或坐或半躺、不亦快哉！

六月九日明仁來載我去附件的幾家車行，說要買新車送我；我原來的三菱牌轎車、在十年前是三子明哲匯錢託付弟弟為我購買。說他出錢、明仁出力，兄弟合作而讓我駕新車。這部車才駕駛了八萬一千公里，性能極佳，再用上幾年也絕無問題。

內子與我都婉拒兒子的好意，沒想到「老來從子」的結果是，兒子說這是父親節的禮物，問我有何要求？對送禮的人「要求」似乎於禮不合，但既然是兒子心意，唯唯諾諾中，也告知絕不再用日本車，不要黑顏色。

其實、三年前明仁已花三萬餘元買了一部日本豐田黑色車送我，當時恰巧先岳母來澳探望兒孫；就用新車載老岳母出入，等老人家幾週後返美國，我即時將豐田新車還給兒子，讓他夫妻生氣了一陣子，也令他損失了五千元的折舊費。

沒想到兒子說，好！不買日本車、不要黑色的，這次是要買德國奔馳車或寶馬？就帶我去試寶馬（BMW）。幾個小時裡走馬看花，試過寶馬後，我都不喜歡，故意不想兒子花費。翌日他就啟程去香港公幹，心想等他回來可能就不再當回事啦？

六月十五日原來是美國與新加坡的父親節，一早大女兒從舊金山來電話祝賀，並要婉冰代她給我一個紅包。接著是老三用Skype（視頻）從新加坡高興的展示他寶貝女兒為他畫的父親節禮物？他知道澳洲的父親節在九月，因而沒提起。

當天家有稀客，是南澳的僑領黎啟明伉儷蒞臨寒舍。忽接明仁電話，問我舊車型號年份？說他人在車行，本來講好要送的是奔馳，因我反對，唯有改購法國今年出廠才運到的標緻牌（Peugeot 4008），作為父親節禮物。

想起往昔在越南，先岳父所駕的法國名車就是標緻牌，而且在為婉冰選購嫁妝時，也帶同我乖座那輛法國新車去西貢享用西餐；這牌子的汽車是先岳父生前最喜歡的轎車，真是無巧不成書呢。最高興的是婉冰，知悉兒子送我的新車竟是其父生前最愛車種，真是笑不攏口呢。

兒子到香港公幹幾天回澳，週末帶同妻兒去南雅拉市區內的車行，訂購了新車給我。七月六日約我們到了力士門火車站，他前來接載一起去車行。

座落南雅拉鬧市內的車行，展示廳上一個車位、那輛白色Peugeot車前鏡，貼了一張A3紙英文大字寫著：「I BELONG TO LAWRENCE WONG」（我是屬於黃玉液先生），接著是「請參觀、但勿觸摸；感謝您的配合」。正中是車的照相，底下的字是：「南雅拉Peugeot，由Jason Dang榮幸售出」。玻璃鏡前用紅彩帶結成一朵鮮豔大花。

我與年輕的售車員鄧先生用越南語交談，由他向我講解新車設備及性能。車行經理及職員們都來向我恭喜，明仁將車鑰匙在鏡頭前移交給我，除了說謝謝外，同時向那位賢慧的媳婦及陪父母待在車行幾小時的八歲永良，也分別道謝。

明仁笑著為我們拍了不少相片，問他是否仍得記當年要送奔馳車給我的承諾？他開心的驚訝的回應早忘啦？可我沒有忘記，只是等了整整三十年啊，但最終還是給我等到了。

將喜訊傳給親友們分享，絕無顯耀之意，只想將兒子明仁（John Wong）的孝心公諸友好；希望他們轉告兒孫，對父母盡孝不在乎禮物的輕重與厚薄，而是那份真心誠意的孝行。

感謝明仁，謝謝媳婦Isabel，同時謝謝孫兒永良，也感恩婉冰這位賢妻良母、對兒女的悉心教養。

「老懷高興」，正是老朽收受這份父親節大禮物的心情寫照呢！

二〇一三年七月十一日於墨爾本。

茉莉花飄香

印象中那一朵朵清香撲鼻的白色茉莉花，都是含苞待放的堆疊在一個大布袋中，每天黃昏由花農定時送到店鋪。往往被工人轉到廚房後方烘焙室內，留待翌晨大早焙茶師傅開工時用。

那一袋茉莉花從兩公斤到四公斤不等，視當天焙茶量而定。買回來的花都像落花生大小，一定不能怒放；綻開的花就作廢，因為花開後，花香早已飄散了，也就沒有價值。

花雖如果粒般堆疊，可香味早已急不及待的往外洩露了；只要靠近那布袋，一陣清幽香氣彷彿已經和空氣結合，自然在呼吸時嗅到，精神為之爽利。

培茶時要將花纍放上，得等第二爐火，也就是等青茶葉的水份在碳火細烘幾小時後，茶快乾前，把粒粒花纍灊上，再將大爐封閉。才能在接下來的幾小時內，讓花纍都因熱而爆開，花瓣散成片片雜進茶葉堆中，花香滲透入整爐內的茶葉。

由於烘焙室的溫度高，人在室內沒多久便滿身汗水淋漓。因此、我當年就沒學會焙茶的技術。聽師傅解釋，主要是爐火的控制、時間的掌握、以及耐心加細心。要經常在烘焙過程打開爐蓋，視察茶葉的乾度。

茉莉花與茶葉的比例，每位師傅會根據市場的顧客口味而定；但通常是不能本末倒置，放太多花粒，成本過高外，花香的濃郁超越了茶香，是一般消費者難以接受。其實、也沒有那位茶商會做蝕本生意。

要售賣茶葉，必得先學會品茶，品茶就要從沖泡功夫茶學起。我掌握了基本沖泡方法後，開始將店鋪所賣的各類茶葉一一試品。不外茶水色澤深淺、甘苦濃淡、味道醇香與否等在口中的感覺。當然、餘味及後勁對於上好茶葉也極重要，所謂「齒頰留香」，飲後滿口芬芳醇美，自是上等佳品。

水質也會影響茶香，但現代人何能為了一泡好茶而找到山泉水呢？無非都用居住地的自來水沖飲，自無法真正享受到陸羽先生茶經中所演繹的那種情趣了。

真正懂得喝茶的人，就不會喜歡茉莉花茶或蘭花茶（加入米仔蘭花焙烘。）因為茶的本來香氣會被花味混亂，舉起聞香杯時、嗅覺感到的是淡淡的花香，茶香反被奪去無蹤了。

但廣大消費群，忙於生計、奔波勞累時，有口茉莉花茶飲用，剎那解渴又滿口花香洋溢，已頓感爽快舒心。因而、茉莉花茶是普羅大眾、凡夫俗子的普及飲品，價錢便宜，勞苦之人都能消費，這也是茉莉花茶廣受歡迎的原因。

去國幾十年，移居新鄉後，再無緣見到纍纍的茉莉花；那陣撲鼻濃烈香氣，似乎早已隨著歲月奔馳而消逝無蹤。也真不知墨爾本的花園或花農，是否也有栽種茉莉花樹？反正、許多往事，都會在不經意的時空中漸漸淡忘。

做夢也沒想到，清香純白的小小茉莉花，居然會在非洲十幾個國家成了人民追求自由民主的象徵。想不通也不明白，萬水千山外的埃及、利比亞、巴林、伊朗等十多個國家的人民，忽然如痴如醉的沉迷在茉莉花香的誘惑中。

幽香清純無垢的茉莉花，在我記憶深處藏匿；那幽雅滿溢的香氣彷彿從我的夢鄉中擴散飄浮而至。午夜夢迴驟醒，寢室宛若盈滿殘存花香。這些美麗小花朵，竟然變成了「革命」的標記，花魂有知，必然展顏而笑呢。

茉莉花飄香，自在自存在空氣中，如人的呼吸那麼自然；只要地球上茉莉花種長存，茉莉花必然永遠的會將其清香散播。當所有的人，都能隨心所欲的喝著茉莉花茶，買棵茉莉花樹回家栽種，那將會是多美好的世界啊！

小小的茉莉花、美麗清純的茉莉花、濃香盈溢的茉莉花茶，都讓人喜歡啊！為什麼會害怕、會禁止人民對茉莉花的愛好呢？莫非那些當權者都患上了茉莉花粉症？

二〇一一年三月廿二日於墨爾本。

常不輕菩薩

在某些場合，偶然會在閒談的人群中聽聞：「菩薩保佑」這句口頭禪，當然說這句話者，必定是佛教徒或與佛教有關的教派；一如天主教教徒掛在口上的「天主保佑」類似。

可是、不知這些信眾或居士們，虔誠祈求諸天菩薩保佑時，是否肯定所求的是那一位「菩薩」？如無法確定，那這句口頭禪肯定不靈驗了。若改成單獨求「觀世音菩薩保佑」，變成了有專一的對象，大慈大悲的觀世音菩薩自然會聞聲救苦救難啦！

因為天上的「菩薩」多如恆河沙數，算也算不清，一句「菩薩保佑」的祈求，菩薩們果真聽聞，也會彼此觀望；與俗語所說「三個和尚沒水喝」的道理相同，何況三千大千世界存在著千千萬萬位菩薩那麼多，所求豈會如願呢？

在數不清的萬萬位菩薩中，有一位叫做「常不輕菩薩」，這位大菩薩的名號在「妙法蓮華經」內有記載；說是為了「常常不輕視每個眾生的菩薩」。除非是僧尼大德或居士，有讀過妙法蓮華經者，才會知道虛空法界中，存在著「常不輕菩薩」。

眾生慧根層次大不相同，充斥了各種各色的賢能者或愚昧者；在人間世不少淺見的人，尤其是那些自以為聰明過人者，往往面對智慧較低者時，有意或無意中都會表示出輕視或蔑視對方的眼神或態度。

這類無意識的輕視、不論宣之於口或只是拋出蔑視的眼光，都是損人不利己的行為。不但傷害到了對方的自尊心，嚴重時還因此而喪失了彼此的友誼。

常不輕菩薩的大智慧大慈悲，深明人世眾生的習性，就以這個特殊的名號「常不輕」去感化世人。連菩薩都不敢輕視他人，何況我等凡夫俗子？

會產生輕視他人者，往往自持有過人的地方；或技藝或學識或外貌或財富或官職或地位等，能優越於對方時，自然產生了傲慢之心，所謂相由心生，心中蔑視人時，其外相其動作不知不覺便如實反映出來了。

自以為了不起的人，在識者眼中，其實是極其膚淺；因為天上有天、人上有人，一山還有一山高。再高明再強勢再聰穎再富裕，總會有人比他更高更強更富庶。因此、絕不要與人攀比，有了比較心，就會有好勝心，爭強好勝的結果，便會不快樂。心也從此不能安，心不安時，食不好睡不香，何苦來哉？

佛教宣揚慈悲為懷，但凡有了慈悲心的人，通常在其眼中心內，自然會有「眾生平等」的理念。無論慧根層次的高下，生而為人，存在於一呼一吸的生命常態，人人都是一樣，並無分別。沒有了分別心，自然而然，心中平衡，對待眾生也就一律平等了。

有了平等心，對方無論高矮美醜貧富，就是一個與自己沒有分別的人，同樣是人，為何還要輕視對方呢？推而廣之，菩薩行者，不但對人平等，還對所有的飛禽走獸一視同仁，因而修行人、出家僧尼或居士們，才會茹素。

茹素的原由便是「大愛」，也就是眾生平等，不殺生自然少了孽障，不造孽便會心安理得。修行或參佛，首要求心安；心不安心不定，如何修行如何參悟呢？

偉大的釋迦牟尼佛，為了廣度眾生，有一世就變成「常不輕菩薩」；佛菩薩用心良苦，為了感化愚昧無知的世人，以身作則，變法身為「常不輕菩薩」。當信眾們在祈求佛祖保佑時，如能記住，釋迦牟尼佛也就是常不輕菩薩時，那麼、必將不敢再隨便輕視或蔑視其他人了。

今後祈求「菩薩保佑」時，不妨改為求「觀世音菩薩保佑」、或祈禱「佛菩薩庇佑」，甚至求「常不輕菩薩保佑」；那麼、相信所求必將會更有靈驗更有效果呢！阿彌陀佛！

二〇一三年六月十九日於無相齋。

郭永秀老師
——愛講故事的詩人

三十年前應邀出席新加坡作協主辦的文學研討會，有幸認識了詩人郭永秀，這位比我年輕七歲、祖籍潮州澄海的新加坡詩人；在往後無數次交往中，似乎我們從沒有用潮語交談？這位文質彬彬仿若古代秀才的書生，開腔講話時聲音頗低，不知當他站在講堂面對學生們，是否也如此？

那次開會期間、內子的眼鏡不小心跌破了，人生地不熟、也真不知如何去找眼鏡店？待人以誠的郭永秀熱心的拿了破鏡框，午後就將安裝了新鏡片的眼鏡交給婉冰，這件小事對內子來講，卻是大事；因為沒了眼鏡、接下來的會議無法閱讀外，也將寸步難行呢。令我們感激和慶幸有這麼一位熱心腸的新知。

第二次再蒞新加坡，是和黃惠元兄同行，應邀出席「世華作協」第二屆年會；邀請函聲明作家們要自行到酒店報到，也就是說大會無法安排接機。記得當我們步出機場閘門時，竟然見到永秀兄在等候，那份高興真非筆墨所能形容喲。其實我們乘計程車去酒店，不外乎多花點費用，但總比不上有當地親友接機來得安心。

由於三兒明哲從東京調職到新加坡，每次有外遊時、不論是觀光、探親或開會，也不論是去歐洲或兩岸三地，幾乎都要乘新航班機，自然都會在過境時逗留幾天深望兒孫。也因此、認識新華作協的作家、詩人們就特別多，因為每次到了新加坡，總要和文朋詩友們相聚話舊。

只要永秀兄獲悉我到了新加坡，必然通知文友們，相約茶聚或晚宴言歡；也不論我們是住酒店或後來住在兒子家；幾乎都是由他負責接送，有一次、由於我的大意，回到住處後，竟忘了相機留在車上？永秀兄回家後發現，即時專程將相機送回來，令我愧疚難安，耿耿於懷至今呢。

認識這樣一位新朋友時，只知有緣人是新加坡著名詩人；當然詩人再有名，也不能靠作詩為生？知道他是教學的老師，沒有探問竟以為是教中文或教小學的教員？二〇一一年五月前往三藩市、過境歡聚時獲贈「郭永秀自選集」，在飛機上翻閱，從作者簡介上才知道，這位老朋友竟不是一般的老師，而是「工藝教育學院」電子與電腦的講師。真沒想到啊，充滿書生氣質的詩人，竟是電腦科及電子學專家。

兩年前、新加坡國家藝術理事會，選上了永秀兄的一首膾炙人口的詩作品「紙飛機」，請畫家將這首詩繪成畫作品，變成視覺藝術裝置作品之一，在新加坡東海岸公園展出，展期長達兩年，至今年底為止。有這份殊榮足證詩人的作品備受重視。同時、他的詩作品「筷子的故事」曾榮獲新加坡書籍節詩歌組高度表揚獎。

詩人作為「五月詩社」現任社長，業餘除了寫詩外，還負責五月詩刊的主編，在該刊自然少不了發表老朽的詩作品。最近、停刊八年的「五月詩刊」冬眠醒來、於去歲復刊，出版了第四十期詩刊「再生緣」。

詩人還是「新加坡作家協會」理事、也是「錫山文藝中心理事」，這些團體都與文學有關，不足為奇嘛。可是、他居然是〈影藝協會及彩色攝影協會〉會員？

那年愚夫婦出席新加坡主辦的會議，永秀兄專為與會的作家們拍攝個人照片；沖印贈送給作家們，當拿出相片觀看，始知老朋友竟是攝影家呢。不然、該國〈聯合早報〉豈會發表他一百餘幀藝術攝影作品呢？

上文千來字介紹郭永秀老師，讀者已經知道這是一位傳奇人物了；是電子及電腦專家，一位著名詩人與作家、更是一位攝影家。這四類專家的頭銜、普通人窮畢生之時光，也許只能成為一種「專家」而已。

可是、還有更令人驚訝的是，郭永秀在二〇〇三年榮獲〈新加坡詞曲作家版權協會〉頒發「卓越才藝獎」；以表揚他在音樂方面傑出的表現、以及對新加坡樂壇的貢獻。這位成功的傳奇人物，竟然還是一位大指揮家、作曲家呢。

他兩度榮獲「我們的歌」歌曲創作比賽優勝獎，音樂創作包括器樂獨奏、合奏、舞曲、舞劇以及合唱、獨唱曲等。曾任「掘新管弦樂團」、「紅十字會華樂團」、」「國家劇場華樂團」指揮等職二十年。難怪永秀兄還是：「作曲家協會」副會長、「華樂協會」副會長、「新加坡國際電臺音樂節目」主持。

當初相識，只知郭永秀君是一位詩人，因他從不在朋友前介紹自己的成就？可說是深藏不露的高手啊。以詩會友，老朽幸運萬分，結交到詩人郭永秀，如假包換的是一位多才多藝的現代秀才，是集詩人、作家、電子專家、攝影家、指揮家及作曲家於一身的大才子。

郭永秀早歲畢業於新加坡理工學院，文學作品散見於東南亞各國、美國、澳洲、臺灣及中國等地報刊雜誌，多類作品入選中國及海外的文學選集及詩歌詞典。著有詩集〈掌紋〉、〈筷子的故事〉、〈月光小夜曲〉，散文集〈壁虎之戀〉及音樂評論集〈餘韻〉等。詩人愛將故事融入詩作品，成為其詩作品的特色。

五年前於墨爾本創立的「世界華文作家交流協會」、由於郭君在華文詩壇、文壇有目共睹的成就、獲該會敦聘為〝副秘書長〞之職、作為該世界性文學團體在新加坡的全權代表。

成功的男人，背後必定有位出色的賢內助，郭夫人賢能淑德，與夫君極為相似相配，言語不多，談話也是輕聲細語，大方得體而有禮。與內子婉冰自是一見如故，彼此投緣不在話下。

拙文定題目時，頗為躊躇難決，若用詩人、指揮家、作曲家、攝影家或作家，這些專銜名詞，通常要在姓名前。為了突出這位傳奇人物，最後敲定為現題，而且、縱然是老朋友，以他洋溢之才華而為吾師，實在當之無愧啊！

二〇一五年九月四日初春於墨爾本。

郭永秀老師（右）與心水、婉冰夫婦合攝，二〇一八年元月廿八日於新加坡圖書館樓上。

無事忙中老

偶然見到久沒聯絡的朋友，問我最近忙什麼？很簡單的一句問話，要確切回答就非三言兩語可以帶過；唯有說無事忙，退休後還有啥可忙呢？

不少人從職場退下，心情一時三刻是難以適應；茫然的面對每天漫長的時間，真有點不知所措？有的整日面對電視，讓螢光幕中虛擬的嘻笑怒罵幫助趕走光陰；有的留連賭場，在老虎機吞吐叮噹聲中刺激心臟；有的遊山玩水，不斷參加觀光團享受被導遊趕鴨子走場的樂趣。也有人每天依時去老人會找朋友聊天、下棋、打牌、搓麻將，偶而參加一日遊，四處蹓躂。

有宗教信仰者，定期前往教堂、寺廟、道觀，與同修們一起追求心靈寄託；或查經或頌佛或禮拜或聽道，在不同信仰教義中獲取安慰。藉此消磨彷彿多到耗不盡的歲月？

人既是動物之一類，有別於不動的植物，那就非動不可；無論是在那個年齡階段，都應保持忙碌。活動是生命的根源，整日呆坐；若非已患上了痴呆症或身染沉疴者，不動之人必然了無生趣，過日子就苦不堪言了。

能夠做到「退而不休」的高齡人，都有著積極的人生觀；將生命的餘暉發光發亮，繼續為社會服務外，也能在安享晚年的時光中得到無窮趣味。

不少長者、每日煩愁的事都是與病週旋，今天去驗血糖量血壓，下週去照X光或測試骨質是否鬆散？有病纏身自然會影響心情，但若終日如喪孝妣，苦苦兮兮的坐臥不寧，吃無味睡不安，如此渡日豈還會有快樂可言？

老與病幾乎是結伴同行，人不但會老，也要認知身體老了就要與「**病**」同在的事實。高齡是修到的福氣，不論是在那個歲數，能始終保持心不老者，每天都將是好日子。心永遠不老，就**青春長駐**了；老無非是外相，病無非是孽障，既來之則安之，外相和孽障縱難擺脫，也將無奈我何。

我究竟每天在忙些什麼？果真無事忙嗎？可以說是也可以否定它，因為天下事都是相關相對的，我重視的事，他人眼中就不算什麼事啦！

容我將流水賬記錄如下，正式回應好奇友人和讀者們：

每天六時起床，梳洗後晨運兼看電視新聞報導；然後戶外散步、順路去開信箱買報紙；七時半回家用早點，八時就進入書房面對電腦了。「無相齋」中有兩個電腦，一個上網一個創作；隔天輪流使用，可免成為「網奴」，而影響撰稿。

在書齋中幾個小時剎那而過，往往正午才關機。午餐後讀報，定時午睡片刻，下午閱讀書報、週末去教電腦；偶而蒔花弄草，修整前後庭園，沐浴日光吸收維它命D。晚上若無應酬，就欣賞電影或劇集至十一時才就寢。

如此生活算是有規律了，最高興的是每週五，女兒帶同兩個可愛孫女回來晚餐；姐妹花總纏著公公講笑話，弄孫樂真的心情愉快萬分呢。每週二午後去老公家，陪五歲的孫兒玩耍，聽他爺爺長爺爺短的大呼小叫，不亦樂乎！

那天與久不見面的老友們重逢，映眼所識都垂垂老矣！眼睛但見他人老相，無視自我。對鏡時細細觀望，哈！自己又何嘗年輕呢？

歲月的魔手真的很公平，任由美女俊男們用盡名牌化妝品，有福氣活到七、八十者，都被搓成「銀髮」族了。能不老嗎？人總會老，老並不可怕，最要緊的是不必介懷外相的「老」化。心境常保青春，永不言老，那麼就可以嘲笑歲月不奈我何了。

讀過聖嚴法師以下這幾句法語：

> 無事忙中老、空裡有哭笑，本來沒有我、生死皆可拋。

聖嚴法師是得道高僧，大智大慧者；讀者們要能消化這四句法語，也就受用無窮了。人若看透了生死大關，那還有什麼是不能放下的呢？

有事忙無事忙，真忙假忙，有福之人總會在「忙中老」；不要耿耿於外相老或不老，起分別心必生煩惱。至緊在老去的光陰中，我們能笑到最後，「生死皆可拋」時，不執著生不執著死，生命圓滿也就無礙啦！

二〇〇九年十二月四日於無相齋。

神州萬里行

三月廿五日深夜隨團飛往廣州，開始了十五天的神州旅遊；首次乘坐南航國際班機，長途飛行的航班居然在座位前沒有電視螢幕，真有點不可思議？可能是廉價機票的原因吧？過去多年我乘過的澳航、國泰、新航、泰航、德航、瑞士航班、紐西蘭航空、日航及泛美航空、這些公司的長途班機，機內設備條件都比南航好。

翌日晨到達了白雲機場，大件行李於當夜轉內航機到張家界時才領取；參加「新長江國際旅遊公司」的團友們很快都過關卡了。導遊陳國君女士已在外迎接，她先帶我們去享用自助早餐，為了減輕大家的疲勞，隨團的旅行社東主張偉祥不惜額外花費，在用早餐的酒店租用三小時的房間，讓團友們休息或洗澡，令我們喜出望外。

離開臨時酒店後，走馬看花的參訪了「花城廣場」、亞運開幕場館「海心沙」，並觀望廣州新地標「海心塔」、這座有小蠻腰之譽的高塔又被稱為「廣州塔」，足見廣州市民對它的喜愛。午餐在園林式的「泮溪酒家」享用正宗粵菜，開始觀光的首日便讓團友們感到這家旅行社信譽良好，果然是豪華團呢。

午後又贈送大家一個多小時的足浴與按摩的花費，解除了困頓後再往機場，乘夜班機飛往目的地。因風雨延誤，抵達張家界已經是晚上十時了，由地陪帶領大家前往酒店。

翌日清早起床，右肩膀關節疼痛突襲，最可能的原因就是在廣州按摩時，被姑娘的無情力扭傷了。接下來兩天都忍痛隨團參訪有人間瑤池之稱的「寶峰湖」、以及乘舟進入「黃龍洞」內，一覷洞內乾坤。幾位年輕人隨地陪步行崎嶇的旱洞，八成退休團友們皆選擇不費力氣乘舟遊水洞。洞內水聲潺潺，映入眼簾是處處浮懸鍾鐘乳石，龍宮區的定海神針屹立，神奇非凡。

細心的導遊阿君為我買來了雲南白藥噴霧劑，每日三次噴上右肩膀；果然神奇靈驗，肩痛減輕了。才能乘索道遊覽車天子山景區，再轉環保車前往「袁家界」，其實、海拔千餘公尺的袁家界，峰巒疊嶂宏偉奇景更勝張家界。

對於要乘七公里多的高山索道，心中多少有點猶豫；但已經「身不由己」的隨著人潮挪移腳步；登上八人的纜車除除攀爬時，唯有各安天命了，達山頂時大家都有重生的欣慰。

再乘小巴行走「天下第一奇觀公路」的九十九彎通天大道，天門山的溶洞在望，屹立天際的大溶洞已在眼前，但要上去，卻還有九百九十九級的天階等著攀登。

半數團友們只能遠觀溶洞，我試著拾級而上，登了約四百級；不但腳酸且右肩疼痛又再襲至，還是半途而廢，歲月不饒人，老朽體力退化豈能再逞強呢？回到廣場時，意外碰見好友溫友誠伉儷，過去八年每週六都在史賓威中華公學圖書館一起教電腦，想不到彼此又會在天門山上相會？趕緊和婉冰與他們合照存念。

當晚風雨飄搖、卻冒寒前往欣賞著名的大型露天歌舞劇「天外飛仙」；舞臺是天然地形特殊的山巒，加以利用而成，演出者多達幾千人，演繹狐仙與人的戀愛故事。

離開張家界，轉去荊州；當天右肩關節疼痛加深，雲南白藥初始有效，看來是治標不治本？打算離團提前返澳洲醫治，可荊州沒有機場，一時間也頗為徬徨。

在荊州參觀了博物館和古城牆、劉備借荊州、有借不還的史實，讓大家笑著都要向阿君「借錢」呢？淵遠的歷史名城，竟然在眼前了；立在這座當年關羽鎮守的古城上，心中不免感慨萬千，三國時代的風雲人物今何在？

神遊間、團友們紛紛與古城內的三國人物雕像合影。告別荊州乘大巴直奔宜昌市，晚餐後到碼頭登上了長江豪華遊輪「黃金三號」。

翌日晨在輪船上享用自助早餐後，阿君已查詢到醫務室，竟然就在我們居住的三層樓尾端，還有半小時出發觀訪，本想請護士將我右肩包紮，避免震盪傷患處。

沒想到竟有幸遇到兩位大國手，醫學院教授陳文治醫生與他的門生楊盛大夫。前後兩次妙手回春治癒我右肩傷痛（已撰專文介紹：陳文治教授醫術精湛）。

長江四日遊，先後參訪了三峽大水壩、西陵峽的奇特景觀以及俊美的巫峽，也乘小船遊巫山小三峽，對懸崖古洞、船棺與巴人懸棺，心中充滿了敬畏，古人早已做到之事，今人至今仍無法破解其迷？上岸到白帝城，觀看劉備托孤的雕塑、重溫那段動人肺腑的三國史實。也去了酆都鬼城，前往陰曹地府考察了一遍，看來這是道教的遺跡，原址早已淹沒在長江水底了，如今呈現的是將原址拆除後再重建。

到達重慶、早餐後離開遊輪，前往三峽博物館，對建三峽的過程有詳盡的圖片及說明。建成三峽大壩、利害參半，當年興建時反對聲音不絕於耳；可惜當政者急功近利？枉顧民情一意孤行，如今又響起了拆壩的言論了？真個是應了「早知今日何必當初」這句話了。三峽大壩是綑綁在神州心臟的一顆特大定時炸彈，且不說對破壞生態的種種影響。萬一戰爭，敵人飛彈炸壩，長江沿岸居民至少犧牲三億人口。地震發生，大壩崩塌，災情與被敵人轟炸相同。

轉去重慶市最高的「鵝嶺公園」，行行走走拍照後；就去享用麻辣火鍋午餐，我是無辣不歡者，卻也被這頓火鍋辣到舌頭髮麻，川菜重辣味，果然名不虛傳也。

在火車站乘動車前往成都，這個火車站比墨爾本機場還大得多，真讓我們這班「澳士」吃驚呢。翌日參訪都江堰後，又趕去樂山，再乘遊艇仰望巨型的「樂山大佛」，大佛已屹立千年，本就是將山雕刻而成，其雄偉真令人嘆為觀止。

到熊貓基地、風雨吹襲、氣溫驟降十度，團友們皆在寒冷中讓在圍牆內享受翠竹的熊貓們嘲笑。四月六日乘飛機返回廣州，專程從香港趕來相見的詩人飄雪，是夕設宴招待；豐盛晚餐後並夜遊珠江，在遊輪上欣賞廣州璀璨夜景。小蠻腰的廣州塔大放紫色光彩，奪目耀眼，比白天所見要美上千百倍呢。

第二天飄雪安排專車陪我們到黃花崗，在七十二烈士的陵墓前我們三鞠躬，表達了對「辛亥革命的烈士們」衷心敬佩！再往中山大學參觀，黃昏前才回到幸運樓宴會酒家，參加旅行社的隆重歡送晚宴。翌日乘夜機飛返墨爾本，萬里神州行圓滿落幕了。

「新長江國際旅遊公司」擁有良好信譽、名副其實，全程好吃好住，絕沒有帶去購物。阿君導遊盡心盡責，與團友們都成了朋友，難怪有半數團友已多次參加該公司團隊。好事應該與讀者們分享，特予推薦。可致電該公司查詢各種旅遊團，電話（03）8712 6132。

二〇一三年四月廿二日於墨爾本。

幸福的定義

每當節日來臨或親人友好們辦喜慶時，諸如壽誕、嫁娶、彌月；在賀卡或紅包封外，往往會寫下幾句簡單賀詞；而用得最多的就是「幸福」這個詞句，可想而知、人們對「幸福」的憧憬有多普遍。

至於什麼是「幸福」？解釋這個問題、卻因人而異。人的追求各有不同，譬如嗜酒的劉伶們，只要一杯在手，三五知己、猜拳行令或慢酌豪飲，不亦快哉！這些酒仙、酒神、酒徒、甚至等而下之的酒鬼們，有酒喝就好幸福啊。

又如賭徒們、若能日日到墨爾本皇冠賭場或去澳門、拉斯維加斯等賭城搏殺，那就是天大的幸福啦！惹上吸毒的癮君子們，為了「過」毒癮，什麼壞事都能幹得出來，他們所作所為，也是在追求屬於吸毒群體專有的「幸福」感。

某些地區的同胞們，競相攀比誰的情婦多？有錢在手或有權在握時，錦衣肉食外，莫不以種種手段弄回十個、百個各色女人，二奶三奶包得越多，就感到越「幸福」？這等喪盡良知喪失道德的人，所謂「幸福」完全是建築在他人痛苦上。

喜歡金錢的人，努力積蓄或拚命掠奪；這類人心中「幸福」的定義自然就是「錢」啦。

以上隨便舉例的這些所謂「幸福」，其實是因財、色、賭、毒、酒等不正當嗜好誘因，走火入魔的以為得到的或追逐的是「幸福」？這類「幸福」所付出的代價、最終莫不以悲劇結束，他們的「幸福」只像飄渺在霧中的花、水中的月。

一般正常人家的幸福，不過是衣、食、住、行的人生大事，都能應付自如；有正當的工作，養妻活兒外，假期一家人都能出外散散心，那就是幸福了。

有欠缺的事事物物，無論是物質或精神上；只要能獲得滿足，填補了所欠所缺，自然會感到無比的「幸福」。

我個人的幸福感很簡單，每每是敲鍵盤撰完了一篇作品；無論是詩是散文、又或者是微型小說或雜文，在關閉電腦時，身心皆暢快。彷彿完成了某種使命似的快樂，幸福感油然而生。再來是每讀完一部好著作甚至只是一篇好文章，剎那中也感覺幸福盈溢，那麼好的著作居然有緣捧讀。受感動而滋生樂趣，有樂趣也就有幸福感。

今歲農曆年節時、受邀參加「墨爾本慈濟功德會」的新年祈福會，獲贈送小紀念品，其中一卷竟是恭錄證嚴法師「靜思語」的書法影印揮春：

懂得運用時間、利益人群就是幸福。

來澳洲定居後，洋國度因沒有過農曆年的氣氛，也幾乎不再貼揮春；何況一些揮春所書的陳腔濫調，俗不可耐，不掛倒少了點庸俗。

展開這張簡單明瞭的紅紙黑字書法，凝思良久後；為了鞭策自己，將之貼在書房壁上，每次撰稿時，抬頭即見。時間是生命，會運用時間的人，不但是珍惜生命者，若能將時間去做種種「利益人群」的大小事，就是「幸福」。

從來沒想到「幸福」能有此種定義？難怪分布全球各地，會有那麼多「慈濟人」啊！今年四月蒞臨墨爾本與雪梨演講、最近在臺灣榮獲年度國家文藝大獎的名作家陳若曦（獎金新臺幣一百萬元。）教授，也曾是「慈濟人」。遠在舊金山的內弟葉伯誠夫婦早已是當地活躍的慈濟人，尤其是他那位賢慧的夫人林美齡，更是全心全意投入，他們原來是一直悄悄的享受著「幸福」呢。

「助人為快樂之本」，有餘力去幫助他人，從中得到無比樂趣，那自然就感到好幸福，這也就是施比受更有福氣之義。

這麼多年來，我偶而會興起些因抽不出時間去當義工，而滋生慚愧內疚感？直到二〇〇四年元旦，應臺灣「唯心宗禪機山易經學院」之邀、參加該宗派首次假臺北巨蛋體育館舉辦的六萬人祭祖大典。並獲混元禪師親筆揮豪：「以文宏法」書法賜贈，混元禪師並對我開示：好作家就是社會大眾靈魂工程師，以文載道、對讀者起到「震聾發聵」作用，也就是佛經上所講的「善知識」；若能用文章宏揚佛法，那更是無量功德。

禪師慈悲，解我迷惑，才明白了原來自己一直是積極面對人生，從不浪費光陰。退休後每日依然忙得不可開交，連遠在香港的詩人飄雪，每每來電郵都勿忘一再關照提醒，要我多休息、保重身體。

慈悲為懷的證嚴上人、早已將最精要的佛法融入「靜思語」中，廣澤天下眾生。有緣者、只要了悟「靜思語」的任何一句話，也就終生受用無窮了，所謂「如獲至寶」不過如此。

希望讀者們，尤其是從來不知「靜思語」為何種經典的人，有緣讀了這篇拙文，好好靜思這句顯淺易懂的證嚴法師金句：「懂得運用時間、利益人群就是幸福」。想通了從此力行不怠，那麼、漲飽的「幸福」已笑哈哈的在招手了……。

二〇一一年十月十三日、仲春於墨爾本。

咖啡的誘惑

出生時第一口呼吸的空氣居然是散布著濃香的咖啡；週歲前已經品嚐了令我雀躍的這種奇異飲料。父親經營生熟咖啡豆，住家後院是烘焙場地，我和兩位弟弟皆在家中誕生，住處常年瀰漫著濃郁的香氣，咖啡烘熟時股股飄逸的白煙四溢，自然被迫嗅到了。

久處芝蘭之室而不覺其香，長年在咖啡濃味的包圍中生活，身上也就沾著洗也洗不掉的咖啡香了。本身卻不知覺有此氣味，當年談戀愛時，每去女友家，只要踏入巷口，非但她家人預知，連巷弄內的鄰居們也全曉得，常令女友羞澀尷尬。

父親在兒孫輩們稚齡時，急不及待的就讓品嚐此世間佳飲，他認為咖啡店的子孫若不懂喝咖啡，如何能讓顧客信服飲咖啡的無上好處？正是秉持「己所不欲勿施於人」的古訓，擁有書生氣質的父親後來成為儒商，備受業界尊重，想是那點正直不阿的書生脾氣吧。

南洋華僑社會風俗是「萬般皆下品、唯有商人高」，我是長子、因此初中畢業就要承父業了。輟學後便開始學當「行江」，也就是到各地士多店、咖啡廳推銷咖啡豆和咖啡粉。

要能說服顧客，本身必得俱備了對產品的了解；能一口講出他們出售的那些咖啡好壞？知己知彼百戰百勝，用在商場上也無往而不利。咖啡豆主要有三類：阿拉美加（Arabica）、羅必士打（Robusda）和利比里加（Liberica）；三類咖啡色、香、味各異，如何調配和比率多寡、烘焙時間掌握，都能影響咖啡香氣的濃或淡。

越戰期間，咖啡園地經常受到炮火蹂躪，產量減少，價格相對的推高；不少業者為了競爭，以價就貨，用上贗品，往往混合了玉蜀黍、落花生甚至檳榔，大大減少了咖啡原有的香味。幾年前我到新加坡和馬來西亞吉蘭丹，竟然在大排檔和粉麵店鋪裡喝到這類混上玉米的墨黑咖啡，真是天下烏鴉一般黑啊！

阿拉美加的香味最上乘，羅必士打的色素很強，利比里加（也叫莎利）含有酸性，純用莎利太酸，極難下嚥；純粹阿拉美加，香是極香、但少了咖啡的色素，也就不夠濃郁了。上好咖啡是混合了七成阿拉美加和三成羅必士打，烘焙熟後倒出時再噴上一杯法國威士忌。磨粉沖泡要以九十五度滾水加入滴漏器，捧出時已香味四溢，五臟六腑彷彿都沸騰而起，那份誘惑唯有好此味者始能體會，實難為外人道也。

超市擺賣的各國咖啡公司出產的多類品牌，真個五花八門，諸如「籃山」、「摩加」、雀牌「Golden Roasted」或意大利「LavAzza」；其實不外上文提到的三類咖啡豆品種的調配。再來是烤焙過程時間，要正確合適、或早或遲一兩分鐘，早者較淡，遲的是出爐色素略焦，再遲便難下嚥了。

咖啡廳沖泡時，又發明不少變化，如星巴克流行的卡布奇諾（Cappuccino），沖好後在泡沫上撒點可可粉，對愛好咖啡原味的人，有雜味是最不可取。因為已破壞了咖啡豆原來濃郁香味，幸而真正懂得分析咖啡好壞的美食家並不太多。那些心臟較弱的讀者們，和對咖啡因有敏感者，千萬別試濃縮沖泡的Espress，勿小看了這小小一口的黑咖啡，它比其他方式沖泡時用的咖啡粉末還多呢。

本以為已飲過了世界不同產地的各類咖啡，味覺敏銳，入口就能分出好壞真假，比一般人較懂得享受這種提神醒腦能令人上癮的飲料。但世事難料，英國剛開始售賣當今世上最貴的咖啡，每杯五十英鎊。有機會去倫敦、定要品嚐這種有著不雅名稱的「貓屎咖啡」，看看是否世間咖啡至尊？

原來印尼麝香貓夜間覓食，專挑選咖啡樹上最香甜又飽滿多汁的咖啡果食用；貓將果肉消化，堅硬的咖啡豆則被排泄體外。咖啡本要經過外殼發酵過程，在麝香貓腸道有特殊細菌形成獨特的發酵環境，至令咖啡有獨特的風味。

貓屎咖啡是由國際咖啡師裁判庫珀先生發明，要用人手焙烘十二分鐘，始能煮出極品。物以稀為貴，要多少隻貓吞食熟透的咖啡果子後，翌日排泄再從其糞中找出不能消化的咖啡豆，人工炒焙再出售。其生產過程獨特且量少，自然要高價售賣了。

再好再香的美味，也不能縱情飲用，咖啡少喝提神補身，日本厚生勞動省東北大學研究團隊指出，日喝二杯咖啡的女性可預防子宮癌。多喝就難安眠、傷體害及神經。每日早、午飲用兩杯咖啡，是最恰當的份量。和酒一樣，千萬勿貪杯啊！人體吸收過多的酒精與過多的咖啡因，同樣會危及健康呢。

二〇〇八年六月六日於墨爾本。

啼鳥處處聞

澳洲維多利亞州號稱「花園之州」，除了州的首府墨爾本市的高樓大廈外；近郊遠鎮方圓百公里內外，處處青翠盈眼，綠油油的樹葉參差，碧草如茵，空中鳥瞰宛若森林。每年九月春臨，一眾花魂齊復甦，杜鵑、玫瑰、百合、櫻桃、蘭花、茉莉、茶花以及天堂鳥爭奇鬥艷，顏彩繽紛。晨曦微露，鳥音繚繞鳴唱，猶如催人起床的時鐘，慵懶擁枕，想起孟浩然絕句：「春眠不覺曉，處處聞啼鳥。」頗為貼切。

天籟使人爽心悅耳，未悉幾世修行始能置身這塊人間淨土；人在澳洲就是住於福地，心滿意足夫復何求？從原居地南越華埠堤岸（現已改稱胡志明市）逃難到達耶加達，足迹已遍及香港、臺灣、星馬泰、菲律賓、汶萊、美國加州、亞利桑拿州、歐洲多國的大城小鎮、以及中國的大江南北等城市，鳥聲鳥影難聞難見。有的只是沙塵滾滾，車吼人鬧，一幅幅現代化都市的地獄之景，置身該處莫不希望早日賦歸，快快回家。

每晨伏案敲鍵創作，開窗時有蝶飛來，花香暗湧，鳥語清脆，氣定神寧，往往使我靈思奔流，敲下一篇篇詩文、小說或雜文，真是其樂無窮啊！

多年以來，內子婉冰不願我獨樂，也早已在電腦螢光幕前敲稿，創作了不少散文、微型小說、新詩與漢俳。並擁有了其典雅的文風，從早歲陪我出席國際華文作家文學會議的觀察員身分，變成受大會邀請參加的作家，頗為可喜，令家人及友輩們皆感意外。

更令我驚愕與無奈的是她從小愛好粵劇曲藝，參加此間劇社，更曾經粉墨登臺、在墨爾本東南區史賓威城農曆年市遊藝大會演出。嗓子開腔後彷彿出谷黃鶯，終日歌聲繞樑，我的耳朵有福了。驟然間共同生活數十年的枕邊人變成百靈鳥，好似鳥魂附身？要在天籟裡發聲。從此、蝸居除了上文大段描述的桃源實況外，更是妙音流瀉，聲波布滿家居空氣中。

我生性愛靜怕吵，讀書創作更要有寂靜環境，粵曲磁碟必定是大鑼大鼓，婉冰操曲時雖然關上廳門，我也緊閉書齋；但因無隔音設備，她忘形時，聲浪自會侵襲，妨礙我思潮。夫妻約法三章，我敲鍵創作時她暫停放歌，行文至此，她的歌聲已經穿牆透壁從廳裡傳來，和著窗外的鳥鳴，洋溢無限春光美景，想唱時必然忘了諾言，如此痴迷，難怪了。

午睡小休朦朧中，黃鶯啟口婉轉清啼，只好推棉被而起到庭院蒔花拈草，盈室粵曲低唱聲聲入耳。黃昏在廳內讀書，廚房炊烟中溢出妙樂美詞，偶爾分神被誘惑聆聽，廚娘化作洛水神仙，有時變成陳圓圓或合砵曲中的白蛇。粵曲詞句本就典雅華麗，是極上乘的古典文學創作，尤其是唐滌生先生所撰的經典名劇，用字遣詞之精湛，確非其他戲曲所能超越。演繹歌手若有文學素養，唱出感情可令人百聽不厭呢。

人類自有一套適應環境的功能，初始往往為她無孔不入的歌聲、擾到心亂如麻。既無法禁止黃鶯展喉，唯有任其自然。何況她的聲韻本就柔和悅耳，不但文如其人，聲亦如其人也。天籟鳥鳴我所喜，百靈鳥以廣東話淺吟低唱亦不賴，嚴禁不但侵犯人權，也可能會引起家變呢？

年來廣閱佛經，最愛誦唸「般若波羅蜜心經」，為抗拒歌聲誘惑，礙我撰作詩文，創作前收攝心神專一讓思潮馳騁，打開電腦敲鍵之時，已能做到：

「是故空中無識無受想行識，無眼耳鼻舌身意，無色香味觸法……」

婉冰的粵曲化為天籟、融入窗外眾鳥合奏之中，飄入我耳中又溢出，餘音裊裊如行雲流水，掀不起漣漪搞不動靈思。唯有當我關閉電腦完成創作，讓色聲香味觸法通通回到感官來，她的唱曲才再繞樑，妙音聲聲入耳。

這份功力是歷經數年與她之歌聲對抗，從厭惡到無奈，由無奈至接受再喜愛，然後控制自如，隨緣化解。既然我患手疾，敲鍵盤時之痛也可因「創作而驅魔」，凝聚靈思，專心一意時，非但色即是空，眼耳鼻舌身意，色聲香味觸法無一不空。鳥語花香蝶影以及婉冰的妙音皆是蝸居陋室的點綴，缺一不可，是空中實有。

家有黃鶯，盈耳歌聲起落啼鳥處處聞，我真是有耳福之人呢！

二〇一四年七月廿二日仲冬於墨爾本。

天無絕人之路

人群中的正人君子們、品行良好、純樸敦厚、守法律重道德者；像這類從來都沒有為非作歹、亦無殺人放火和作奸犯科的眾生，上天有好生之德、必定會護佑加持。俗語說：舉頭三尺有神明，我們肉眼見不到，卻千萬不要忽視宇宙虛空間，有數不清的菩薩們在到處雲遊。

至少、我們都知道、大慈大悲的觀世音菩薩，無所不在。因此、這位慈悲為懷的大菩薩觀世音、才能有求必應、聞聲救苦救難。尚有我們熟悉的菩薩們如：文殊、普賢、地藏、彌勒、藥王、大勢至、法自在及常不輕菩薩等等。

天無絕人之路、這個天就是老天爺、是上天的含義；在中國通俗小說中演繹為天庭、民間也稱做天宮。另一種說法是極樂世界，是眾神仙眾菩薩們的居住地方。閒得發慌的菩薩們偶而會雲遊八方，來到人間視察民情。見到意外事故、凡人都會施與援手，更何況是神明、神仙和菩薩們呢。

以下陳述幾則發生在我與家人的真實事，足以證明老天爺的好生之德及慈悲為懷。

一九六八年戊申猴年五月初，北方越共再次對南越全境發動進攻，共軍游擊隊打到華埠堤岸城，也就是如今改稱胡志明市的前南越首都。由於美軍與國家軍反擊越共，雙方日夜交戰、槍聲炮聲不絕於耳，全市實施戒嚴。戒嚴時間由下午四時到天亮八時，除了軍隊警察外，市民都禁止外出。內子婉冰的預產期就在五月，不巧在十三日晚上陣痛發作，父母告知要趕快送去留產院。

由於戒嚴、我不能駕車載太太去，唯有到後街叫一輛人力三輪車，這位車夫是經常接載我母親的熟人，他即刻趕到店中來、將婉冰載去永福留產院。沒有家人相伴，即將臨盆的孕婦、只好徬徨地獨自己乘坐人力車前往留產院。

翌日我趕去探望、三兒子明哲平安順利誕生了。母親當時建議讓婉冰在留產院住一個月，等孫兒滿月後才能回家。我們都沒意見，因為店內已無佣人，在留產院有護士服侍兩母子。我每天定時去探望，幾天後早上再去，內子抓著我的手腕不放，苦苦哀求為她辦理出院手術、她要回家。我當然不同意、怕母親不高興，有違孝道。

沒想到她竟然哭了、哭到好悽慘，跟著才誕生幾天的兒子也號啕大喊，母子好像約定似的爭相哭喊，令我手足無措，不知如何是好？後來實在不忍心，生氣的答應去結賬，向院長再三求情，自然是多給了些住院費，才將她母子接載回家。

母親很不高興，黑著臉責備我，為何不聽話？居然不到一星期就回家？我們不敢申辯，自知理虧也只好任由母親發發牢騷了。回家當晚、越共游擊隊竟然攻打到自由太平洋學校，永福留產院就在附件，也受無情炮火災殃。

第二天解除戒嚴後，我去送貨順路探望住在留產院後街的同學家人，伯母對我說，幸好婉冰出院了，那些產婦們半夜奔逃，情況極狼狽。產院開門，我去探望院長，她帶我到婉冰母子所住的房間，對我說午夜美軍直升機射火箭炮彈，正好射進產院內那間內子所住之房，但見房間屋頂射穿了一個大洞，床椅狼藉不堪，滿地彈片。院長說婉冰母子逃過大難，如沒有提早出院必被炸死。

回家後我轉告父母與婉冰，本來不高興的母親，趕緊在祖宗靈位前燒香叩拜，感恩祖宗們及眾菩薩庇佑，孫兒與媳婦兩母子才能逃過大劫難。事後多次問內子，她那天為何會哭？因何要提早出院？她一臉茫然，說當時很恐懼、感到在產房好辛苦好擔心，也不知為何會害怕？冥冥之中像有股不為人知的無形力量驅動著她，令她深感難受與不安、讓她萬分恐懼、也讓我變得心軟。老天爺及菩薩們、黃家歷代祖靈均對婉冰母子慈悲垂憐，她母子才能從本來的「死路」中獲救。

一九七八年八月我們全家乘漁船逃離共區，第二晚在海上遭遇七級狂風吹襲，漁船被大浪拋上丟下，大家吐到黃膽水都噴出口，折磨到天將亮才風平浪靜。船長相告，如加強一級風浪，必定沉船。

怒海航行十三日後登岸，天亮時才知道已淪落在印尼丹容比娜荒島上，在無人荒島過了十七天，等到印尼派軍艦來接載了。七千噸級的海軍軍艦好高，我們要爬繩梯上去。我五位兒女從四歲到十三歲，都要拜託一位難友老張分五次背上去。又是三兒明哲，當年才十歲、他昏船浪，雙手將背他的張伯伯頸椎握到太緊，張伯爬到半途呼吸困難而叫他放鬆、沒想到他聽不清楚竟將雙手都放開了，人即刻就往下跌落。

千鈞一髮之際，小艇上兩位印尼海軍將他接住了。如果接不到就落海，小船與軍艦被海水湧動時、有節奏的相撞。人跌下後必被軍艦與小艇相撞時壓成肉漿。

有一年他帶領同事們去印尼一個海島渡假，幾天後心血來潮提前回新加坡，同事們因為上司不在，幾位年輕人改變計畫不玩水而轉去爬山。當午竟發生大海嘯，死了近二十萬人，他的同事們都因上山而活命。海嘯發生後我們極為擔心，即刻打電話找兒子，電話接通大喜、原來他早一天已回新加坡了。不但自己逃過災劫，也間接救了所有去渡假的同事們。

三兒明哲命硬，一生逢凶化吉；小小年紀已經很孝順父母，十二歲時天未亮就去派報紙賺零用錢。墨爾本大學畢業後在雪梨工作，半工讀完成工商管理碩士學位ＭＢＡ，如今在新加坡一家美國電腦大公司當主管，負責亞洲地區業務。

我初中畢業、十七歲時即繼承父業，買賣生熟咖啡豆；每半月要前往西寧市推銷貨品並收回欠賬。一九七四年初、再去距離堤岸一百公里的西寧市；我三弟的岳父搭順風車去賣布，途上有老伯相伴傾談、可免駕長途車時的無聊。

三十公里外的古芝市轉瞬即到、路兩邊停滿大巴士、客車與軍車；見一號國道暢通無阻、心中歡喜即加油前進。誰知幾分鐘後聽到密集槍炮聲，左方稻田上到處是美軍與政府軍、右方樹林內不斷射出火花、子彈炮彈呼嘯而過。

姻伯本能將頭縮低，我握緊駕駛盤踩盡油門、以一百三十公里時速在左右雙方激戰中的公路飛馳。也忘了過了多久、大約駕駛十餘公里路程後，公路前方被封鎖，只得停車。共和軍拉開鐵絲閘，我的汽車即時被包圍，軍隊與市民都向我查問是否越共已敗退了？當時我生氣的責問軍警為何公路沒有封鎖？他們說可能守軍去喝咖啡一時大意、忘了拉上鐵閘。總算逃過了死亡大劫，命不該絕時、老天爺必定庇佑。如果我當時停車轉頭、那將必死無疑。車停時即成了樹林內越共目標、膽敢在戰火線上公路駕駛汽車，越共認定必是軍官或指揮將領的座車，豈能不射擊？

一九七八年八月我一家投奔怒海，大難不死；根據聯合國難民總署的統計，當年印支海上難民乘漁船逃亡的超過一百萬人，實在到達東南亞各國難民營的約七十萬眾，也就是說估計有三十餘萬人葬身汪洋，等於逃奔怒海總數的三分之一犧牲了。我們萬幸的是那三分之二成功到達者，包括後來我的雙親與兩位弟弟的家庭，都安全抵達馬來西亞，如今二弟一家與兒孫們在瑞士生活，三弟一家則在德國北部安居。

天無絕人之路，那些走上絕路者，都是因為個人的業障。我們生而為人，是六道輪迴的上三道，千萬要扮演好自己這難得的肉身。時時存好心做好事，所謂行得正、坐得正，平生不做虧心事，夜半敲門也不驚。我們一旦面臨絕境，諸天菩薩或神佛在冥冥中必然暗中施予援手，也就是天無絕人之路的本義也。

（後記：此文是應法鼓山墨爾本分會鞠立賢會長之邀、前往該分會結文緣、分享人生點滴，是當天演講的主要內容。）

二〇一六年六月四日於墨邇來本初冬。

夢繞湄公河畔

稚齡時期我是在出生地越南湄公河畔巴川省度過，記憶縹緲如夢幻，那些應有的歡笑淚痕彷彿傾倒了半瓶塗改液通通被抹掉；殘存的是震撼我幼小心靈的死生輪迴，宛若烙印深深燒焦腦細胞，偶爾回想好像仍有淡淡的煙硝自久遠的歲月裡飄蕩。

法蘭西帝國仍然控制著印支半島，以解放國土號召的抗法游擊隊簡稱越盟，要救國搞革命必然是流血的事兒。我家對開不遠處是座軍營城堡，進出的多是威猛高大的紅毛兵，自是法帝國的遠征軍隊。

這座建築在小丘坡地的城寨成為越盟游擊隊攻打的主要目標。月黑風高驟然廝殺狂呼、混著卜卜槍聲劃破沉寂夜空，也往往擾人清夢；朦朧中被雙親拖拉下床，一家人平躺地板待黎明曙光，照明彈好像煙花，只是少了歡愉氣氛，代替的是恐懼憂慮的沉默。

旭日東升後，曦光裡空氣變得靜寂，門外早起的勞動平民已開始奔波，昨夜似乎是我小腦袋的一個夢魘；然而戶前玩耍拾取的銅色彈殼卻又證明槍聲確切破空呼嘯。父母的神色冷冷，無心對稚子解釋，徒然增加了我埋藏心底的徬徨感。那天許多嘈雜的人群尾隨著大隊紅毛兵，押送著數十個猶如乞丐身分的越南人經過門前，瞧熱鬧的追隨者越跟越多；挺著鼓圓大肚的媽媽佇立店鋪邊，傭人許是受不了誘惑，牽著我的小手往人堆裡擠。我遂成為長長隊伍的參與者，沒多遠、便見到濁水洶湧的湄公河了。

那些赤身露體雙手被捆的可憐男女被押向河流，成百上千的群眾鴉雀無聲；好像人人喝了啞藥或被紅毛兵的刺槍點了啞穴般。佣人將我抱起，視線始可觸及河畔一字排開的人，紅毛兵突然舉起步槍，一個兵對準一個被捆綁的人背後；幾十條長槍整齊劃一，幾乎同時扣機，子彈呼嘯的震波仍在空氣中迴旋。

那班男女背後腦袋開花東歪西倒伏身沙灘，紅毛兵在吆喝聲中收隊。圍觀的群眾向前奔跑，議論聲紛紛響起，那些被槍斃的是法殖民帝國眼中的死囚，越南人民的民族英雄。他們暗殺或者偷襲法軍失敗被捕，刑場就在湄公河畔。

就義的越盟同志們的屍體不知橫臥多久，我看到的是鮮紅的血和一具具伏躺不動的人身。死亡張牙舞爪，活生生的人驟然卜的一聲被子彈射入，血流如泉，命便結束了。那年我六歲，死亡像隻怪獸過早的前來，深深的困擾著我稚嫩的心靈。午夜夢迴，那些汩汩的血漿塗染著屍體像幻燈片，明滅閃爍不時映現，成了我幼小腦袋揮之不去的夢魘。

幾天後，店鋪早已按著軌道買賣，那班橫臥沙灘的幾十具屍體想也被拖走，一切正常到彷若只是我的幻想？我將心中疑慮向比我小兩歲的弟弟講，他茫然難解；同伴沒人見到，也不肯相信那些超越他們年齡的可怕而醜陋的事情。成人們各忙各的，無人肯花費時間關心一個幼童的問題，夢魘遂成為我孤獨咀嚼的祕密，輾轉襲擊對我糾纏不清。

挺著圓圓鼓脹肚子的媽媽完全將我們兄弟倆交給傭人，她經常撫著肚皮喃喃自語。愉快時候也偶然拉起我的小手按在她隔著衣服的大肚外，告訴我裡邊是個妹妹，很快會來和我們玩耍。似懂非懂的點著頭，靜下時也自個兒理不出個結論，想不通的是媽媽肚子裡如何能藏著個妹妹？

那天店鋪裡特別忙亂，人進人出，媽媽卻不見露臉？傭人不肯給我進房，說小孩子不能進去，因為媽媽在生妹妹，我頗難明白的是為什麼媽媽生妹妹時，爸爸可以走進去走出？我卻要待在房門外。自然也想像不出媽媽是如何能生妹妹？

再問時、傭人嘟起嘴，呼喝著要我別多話。爸爸的樣子好凶似的，更不能去纏他，只好將串串難懂的問題吞嚥進肚內。

媽媽的呻吟聲驟然傳出房外，聲音漸漸張揚，混雜幾位從沒見過的阿姨、姨婆什麼的那些人的說話聲。爸爸進進出出像好忙碌，其實他什麼也沒有做，只是不安的進出，想來當時他也不清楚自己為何要如此？

後來、也難再記憶是過了多久之後？媽媽比我更頑皮的大吵大叫，她又尖又刺耳的音波蓋過房內一切聲浪，如洶湧的大海浪濤滾滾向前，把前邊那些細微的波濤全吞噬了，只餘下她嘶聲喊叫，海浪翻騰震耳驚懼。

佣人將我兄弟拉到大廳裡，但全屋空間均被媽媽的聲浪掩沒，弟弟哭了，我感到害怕，張開口連連呼叫媽媽不要生妹妹了，不要生妹妹了……。

我細微的聲響引不起任何反應，突然、一聲清脆的啼哭破空亮起，媽媽的恐怖嘶喊已止息。那聲波像魔術師的戲法，哇哇連綿，人人喜形於色，奔走相告，傭人將我緊緊摟抱，笑著告訴我，媽媽生了胖弟弟。

奇怪，明明說要生妹妹，臨時又改成了弟弟？不多細想，我已可以和弟弟一起奔入房內，見到新弟弟沒穿衣服，裹著毛巾閉緊雙眼，好難看的樣子。我很失望，已經有了弟弟，又是另一個弟弟；媽媽一心想要生個女兒正如我盼望妹妹的心情相同，當年媽媽必定也很失望？

三弟誕生後，戰爭並沒停止，越南人民抗法爭取獨立的革命如火如荼，天天有不少越盟被拉去河畔處死。我們遷離巴川省，搬到南越首都附近的堤岸華埠躲避戰火。

離開出生地巴川省後，湄公河滔滔奔流的濁水仍然日夜不停的湧動，流走了歲月。抗法戰爭終於在一九五四年「奠邊府之役」大捷而把紅毛兵趕走。不幸越南又分隔南北，引爆長達二十一年之久的二十世紀著名的「越戰」。

兵燹連綿中成長，及至戰爭結束，舉家逃奔怒海，湄公河越離越遠，兄弟分散澳洲、瑞士與德國三處洋域，父母也埋骨歐洲杜鵑花城小鎮。

悠悠水聲，刺耳槍聲和初生弟弟哇哇啼哭混雜的幻夢偶而被勾起，再無緣重逢的湄公河景象歷歷在目……。

二〇一四年七月仲冬於墨爾本。

不知老之將至

向來都是我在火車上讓座給銀髮族，養成習慣後就頗難更改，也真沒想到要放棄這種文明行為？那次在擠滿的車廂中抓緊扶手，身旁座椅上的乘客竟起身讓位給我。感謝後竟有點不知所措，心想我真有那麼老嗎？

那年從職場退休未久，竟然收到了州長一封恭賀我加入銀髮族的信，信封內同時附上一張高齡卡；憑此卡可享受許許多多的優惠折扣、同時週末乘任何公交車都免費，那倒真是實惠之事喲！墨爾本被譽為人間天堂，可世人並不知道這兒還是高齡人士的幸福樂園呢！

早已另築愛巢的兒女們、初始對於退休後的雙親是有點擔心，經常熱心推薦不同的旅遊團，還找來大堆觀光廣告，深怕父母孤寂無聊吧？去年父親節小兒子明仁更送一部歐洲轎車，要我多載老伴到處玩，說可以打發時間？他忙、我也忙到天昏地暗似的，彼此幾乎都忘了有那麼回事？子女們還真不清楚已退休的老爹在窮忙些什麼？

經常去開會、週末教中文電腦，有時辦新書發佈會；幾年前邀請陳若曦教授蒞臨墨爾本與雪梨市演講，歡迎從夏威夷遠道來、為其祖父 孫中山先生銅像揭幕的孫穗芳博士，忙進忙出一段時日，又為日本來的荒井茂夫教授當導遊等等。此外為了要擔任幾個正信佛教團體的文宣，這些佛寺或道場有活動，幾乎收到邀請，事前事後又要敲鍵將訊息再廣傳十餘份日報、週報和網站。

今年三月底，率領「世界華文作家交流協會」、分布十個國家十四個地區的十六位文友們到臺灣采風一週；回家後開始組稿、編稿，如今忙著校對，「臺灣閃爍——世界華文作家看臺灣」的文選就可在明年元月出版了。

兒女們要為雙親辦金婚酒會，孝心可嘉；就和老妻相約每人出版一冊著作，在金婚禮堂辦發佈會，下月中的慶典算是「別開生面的金婚禮」啦。同時、所有邀函、排位等雜務全落在老朽身上，每天在書房呆上六、七個小時，實在忙到不亦樂乎！

籌備慶金婚還沒忙完，尋找大陸贊助商、明年四月邀請二十餘位文友到閩南采風一週，竟然有好消息了；又得趕緊從「世華交流協會」作家名單中挑選邀請，真有點忙不過來吃不消之感慨呢。

在我案頭牆壁上貼著一張紅色揮春、是證嚴法師的靜思語，早已成了我的座右銘：「**懂得運用時間**、**利益人群就是幸福**」！到達新鄉後，為了回饋澳洲人道收容我們這家海上難民，與內子數十年如一日，全心全意投入社團工作，忙中自得其樂，歲月彷彿不奈我何？總覺得時間不夠用的我，那來閒情無病呻吟，為老去而慨嘆？如能擁有一顆不老的心，積極去當義工、除了頂上飄霜標誌著已成銀髮族外，不知老之將至，歲月在笑聲中脹滿幸福呢！

二〇一四年十月廿六日墨爾本。

喜相逢鬢如霜

越戰熾烈槍炮聲中的一九六一年底，筆者在南越華埠名校福建中學、參加了第十九屆初中畢業典禮後，與同學們依依惜別，勞燕紛飛各奔前程。

幸運者遠赴臺灣與香港繼續升學、家境好的未能出國也能轉到鳴遠高中或太平洋英專深造。餘下來的如筆者及部分校友們，或當學徒或工作的提前到「社會大學」醬缸中混生活。

我因是家中長子、要繼承父業經營咖啡豆生意、唯有心不甘情不願的、隨著店中資深職員學習當售貨員。也就是初中畢業那年、不知深淺的竟然立志將來要當作家？

戰禍為患中本來不知愁滋味的少年郎、膽大妄為的追求芳鄰純真高貴的千金小姐，那位喜愛閱讀文學著作仿似古典玉女的芳鄰，最終被情詩、情信攻破芳心而共譜鴛盟。結婚生子後於一九七五年國破河山變色。在苛政統治下幾年、攜眷奔向怒海。幸老天爺慈悲，老朽闔府始能逢凶化吉、怒海驚魂荒島餘生、平安來到人間淨土墨爾本過著幸福美滿的新生活。

時光流逝、在新鄉安靜無憂的悠悠歲月中，筆者未忘早年初衷；利用週末、晚上堅持筆耕不輟。雖然因工傷害及右臂肌肉，依然忍痛將生活點滴化為文字與各地讀者分享。

午夜夢迴偶而念及初中校友們，才猛醒起那段日子、竟是最難忘的青春美麗歲月；來到新鄉不久、即歡喜萬分的遇到了我們的班長陳作餘、然後是張耀民與馬光等三位初中同學。也得知吳通明兄在雪梨；朱淑琼、江振謙在昆士蘭定居，同在澳洲可惜至今仍無緣再相見。

廿餘年前在墨爾本「新海潮報」任編輯時，我在每週定期專欄中，撰過一篇：「尋找金蘭」的短文，目的是希望透過報紙的傳播，也許能聯繫到那位秀外慧中的學姐。可惜、文章發表後、茫茫人海裡依然渺無芳踪。

拜科技之賜，有了電腦後、也不知那年那月，已忘了初始緣由，被我尋找的任金蘭同學出現了。她在遙遠的紐約安居，夫唱婦隨、經常與名聞美國華裔藝壇的丈夫朱雲嵐書畫家出雙入對，辦書畫展覽及傳授畫藝。

十餘年前某天清晨、在史賓威市經營「麗都餐館」的陳作餘班長忽然來電話、相約乘火車到墨市中心，說澳門的陳英同學大駕光臨，務必前往相見。事業有成的大忙人來去匆匆，清晨雅拉河畔哥兒們散步話舊。今朝陳英學兄已成中國政協委員，看來他沒白忙呢。

那年陳作餘新翁之喜，在洛杉磯的佟政、香港的陳素蘭、加拿大的林金洲等同學專程蒞臨墨爾本，相逢歡喜盈溢仿如夢中。賦歸後未久傳來噩耗、陳素蘭同學意外辭世，真是無常人生、天不假年啊？

在巴黎的黃東霞學妹依然活潑、風韻猶存的美麗姿影，猶若飛燕到處觀光；那次不經意就飛臨墨市。同學們在史賓威金輝酒樓設宴歡迎，把酒話舊，老朽幾乎醉倒餐席，而好酒量的學妹卻臉不改容酒來杯乾，不愧是生活在法國酒都者。

十年前定居洛杉磯的鄭國芳學妹與夫婿到澳觀光，班長通知自然歡欣參加接待；有此因緣、此次駕車親到洛杉磯機場接載愚夫婦的就是國芳同學。

過去十餘載，前往舊金山探親多次，竟沒有再去洛杉磯？十月初陪內子婉冰去參加內侄葉東輝大婚，心血來潮預訂了五天時間去洛省。當地同學林愛華熱心代訂酒店，消息傳出，紐約的任金蘭及夫婿也專程同日飛臨，舊金山的歐漢文同學與夫人陳世珍學妹也趕到。我們都在同一家酒店住宿，方便校友接載。

當然、此行除了探訪老同學們外，聞名華文詩壇的「風笛零疆界詩社」的眾文朋詩友們，在風笛網總編輯荷野兄通知安排下；於十月十八日中午假座希爾頓大酒店餐廳盛情設宴款待，與近三十位新老文朋詩友們相見歡。在芝加哥的荷野總編當午出現與老朽相擁，被他的熱情感動至深。笛妹姚茵博士也從馬里蘭州飛來參加，潮聲文兄專程從舊金山趕至，都令大家興奮。風笛公關梁柳英笛姐功不可沒，她被文友們公認為最佳公關，實至名歸也。

十月十五日中午、遠來的同學們分別被接到林肯酒店辦理入住手續，在大廳見到了朱雲嵐與任金蘭，分別四十餘載，大畫家往昔青春年華的風采已無影踪，金蘭學姐風韻仍存，可能經常電郵往返，互傳生活相片，因而全無陌生感。

陳理國學兄最早去了香港，林愛華、溫健民、陳建國、韓豪定等同學也是在一九六一年後就沒再聚首，闊別五十四年後重逢，溫健民、陳理國與林愛華、輪廓變化不大，男士們頂上皆已鬢飄霜，早歲青春少年郎全都成了白頭翁啦！

重逢相認時、老同學們彼此熱情擁抱，猶若想將流走的青春抱回來？明知無情歲月一去不復返，同窗情誼深厚，咱們好像從來都沒有分開過呢？兩天半的相聚、共遊同食齊歡笑。十八日又依依揮手，從此天涯各一方，離情侵襲難捨，大家心知別後重逢未有期？五十餘年分開再相見，我們難道還會有另一次半世紀之約嗎？

二〇一五年十一月一日於墨爾本。

寺廟警世楹聯

逆婦奸臣縱是焚香難庇佑
孝兒烈女須無叩拜亦扶持

在儒家思想的現世價值觀，佛教超脫生死輪迴的空靈境界，道家成仙得道的夢寐以求探索追求中；兩種宗教信仰與中國哲學思想大碰撞的結果，將儒、釋、道融合而成就了幾千年來的中華文化。

海內外華族民間信仰中的供奉儀式，一些寺廟實難分清是道家或佛教？儒家非宗教，其中心思想的「仁愛」、卻在年深歲月中不知不覺與佛教的慈悲水乳交融。尤其在各地寺廟道觀所雕刻、所懸掛的楹聯中，表現得淋漓盡致。

華族民間信仰除了各大正信宗教外，不少廟宇殿上被供奉的偶像，不少是歷史上的英雄人物被神化了。以訛傳訛的造神運動後，都成了被賄賂的「神」或「泥菩薩」了。

到寺廟的善信們點燃香燭，那些繚繞的「神香」煙霧、一如吸煙者噴出的輕煙會致癌，對人體極為有害。因此、明智的正信宗教管理層或住持們，早已提倡點燃「心香」。也就是不再燃點實體香燭，只要面向所供奉的神、佛或菩薩，誠心禱告然後三鞠躬便是。

老朽每次觀訪各地寺廟，從不燒香點燭。最大興趣是抄錄廟宇內外的楹聯。發明了新式相機後，不必再手抄、改為拍攝到相機內記憶卡，回家後再轉入電腦硬體存檔。

各地區的大小廟宇、佛寺、道觀所雕刻或懸掛的對聯，都是出自飽讀詩書的儒生們墨寶或高僧大德的手跡。這些人幾乎是早已頓悟佛理者，因而能在開悟後撰下充滿禪機的楹聯，或警世或捧喝，聯語往往發人深省，有的讀後讓人莞爾。

吾友信仰某教派，虔誠的每日定時在家中神龕前、跪拜祈求財神爺庇佑；至今多年仍未見對中六合彩首獎？特錄取財神廟內以下楹聯送給老友：

只有幾文錢，你也求，他也求，給誰是好？
不做半點事，朝也拜，夕也拜，教我為難。

觀音廟各地皆有，忘了在那座廟堂內抄錄的聯句如下：

音即是觀，觀我觀人觀世界；
士何稱大，大經大法大慈悲。

大慈大悲觀世音菩薩聞聲救苦救難，亦被稱作「觀音大士」，這楹聯道出「觀音大士」稱謂的真義所在。

建築久遠的古老寺院、匾額或楹聯相對較多，有的聯語與寺廟供奉的神佛無關，卻是將深奧佛經經文點破，如下聯：

風聲水聲鐘鼓聲，聲聲入妙；
月色山色煙霞色，色色皆空。

經文金句：「色即是空、空即是色」，印證了金剛經文：「凡所有相、皆是虛妄，若見諸相非相，即見如來」。在頓悟禪機者眼中，月色山色煙霞色、這些景色其實都是「空相」也。耳中所聞的水聲風聲鐘聲鼓聲，這些音聲莫非幻覺，入耳隨即杳無可覓也。

城隍廟外的木楹聯，淺白而生動，妙語如珠，彷彿殿上城隍爺發怒斥責：

站著！你背地做些什麼？好大膽還來瞞我！
想下！俺這裡輕饒哪個？快回頭莫去害人。

在杭州同樣是城隍廟，對聯卻沒了怒氣，而是深含哲理：

夫婦是前緣，善緣惡緣，無緣不合。
兒女原宿債，討債還債，有債方來。

樂山淩雲寺的對聯頗長，對仗工整外，淺白字意卻蘊藏極佳義理：

笑古笑今，笑東笑西笑南笑北，笑來笑去，笑自己原來無知無識。
觀事觀物，觀天觀地觀日觀月，觀上觀下，觀他人總是有高有低。

以下這兩首楹聯，忘了是何地區何寺院所擁有？想必也是出自高手所撰：

白鳥忘饑，任林間雲去雲來，雲來雲去；
青山無語，看世上花開花落，花落花開。

另一對聯，用「覺」對「空」，作者自然深明佛經的真意，聯語如下：

齋魚敲落碧湖月，覺覺覺覺，先覺後覺，無非覺覺；
法鐘撞破麓峰雲，空空空空，色空相空，總是空空。

世間上到處有無數凡夫俗子，因迷信心態誤以為「拜得神多神庇佑？」，以下這首楹聯如當頭捧喝般，讓那些迷信者明白，若為非作歹，如逆婦如奸臣者，拜再多菩薩、焚香再多也難獲神恩庇佑啊！

逆婦奸臣縱是焚香難庇佑
孝兒烈女須無叩拜亦扶持

身為兒女只要能事親孝順者，縱然沒有叩拜菩薩或跪求神佛，這些神佛或菩薩們都有神通，知道凡間的「孝兒烈女」們，也自然給予扶持庇佑啊！以上這楹聯說明，作奸犯科之人，到寺廟或各種道場焚香跪拜、祈禱求神佛，都沒有用啊。

想要禱求寺院、廟宇內的神明菩薩保佑，善信們首先不能為非作歹；不然信仰那類宗教，祈求何種神明都是白求呢。

二〇一四年五月七日、先父十七週年忌辰。

日久新鄉猶吾鄉

在印尼「丹容比娜」難民營和內子帶領著五位未成年子女、接受澳洲移民官審查訪談時，那位嚴肅的洋大人透過傳譯問我，為何要選擇去澳洲定居？

我有點緊張的指著身旁兒女、堅定的回答，是為了讓他們到澳洲接受最好的教育，將來做澳洲的好公民。傳譯轉達了我的話後，洋大人頭也不抬的在公文上快速書寫；然後站起來伸手與我相握，恭喜我一家被接納前往澳洲了。

剎那間我手足無措，極難相信終能如願以償，那麼簡單的一句回答，便能過關？上天真待我們不薄啊，其實、是澳洲移民官仁慈，我們才能順利前往一無所知的那塊廣袤新天地重生。

兩個月後、我們被安排轉到雅加達，再過十天的一個晚上；大巴士來到臨居中心將我們百多位難民載去機場，登上了澳航飛機。翌日微曦初露，便安全降落在墨爾本機場了。

那天恰巧是星期日、在冷風拂面寒氣迫人的三月初秋時節，大巴士駛在無人公路上；兒女們好奇的東張西望，都在尋找袋鼠。見到如此荒涼的地方、難禁驚慌，滿以為剛逃脫了被越共極權奴役、慶幸終於脫險來到自由民主的國土，竟然是要被送去農村開墾？

一路心驚膽跳胡思亂想的也不知過了多久，大巴士來到了史賓威市的移民接待中心；在可容千人的大食堂，先享受了生平最美的一頓西式午餐。然後被分配到三房一廳的宿舍，接下來的日子，總彷彿是在做美夢般恍惚。

孩子都有專車接送去學校，成人就在接待中心學習英語。兩週後、使我們驚喜萬分的是抵達當日、由社工指示開設零存款銀行戶口，竟說存下了一百餘元？是已扣除了住食開支後的盈餘，獲告知那是「福利金」，也可說是失業津貼。

我到中心內銀行支取了二十元，即往市區超市，買回了久違的香蕉、葡萄、蘋果和餅乾。看到孩子們狼吞虎嚥的食相，真是百感交集啊！才被越共統治幾年，原居地已百業凋零，市面肅條，貨物奇缺。所謂人民當家作主，我們這些真正的蟻民，竟連蘋果、葡萄等水果也再難品嚐。如此「當家作主」，人民無非都成了變相奴隸。

真正的社會主義天堂，竟然是澳洲這塊和平寧靜的新天地；沒有鬥爭沒有壓迫、人民豐衣足食，平等、和諧共處，生命財產都有法律保障。不會動不動就扣上帽子，被送去美其名為「新經濟區」接受所謂新生活，實際是勞動改造。

我們誤打誤闖，怒海餘生，竟然來到了人間天堂。那晚、孩子們睡著時臉上都掛著幸福的笑意，我自己甚至在夢中也開心的笑個不停。一切的苦難都過去了，我們來到了極樂淨土，這個新鄉的人民及政府如此厚待我們，此恩此德，怎生回報呢？

完成六週基本英語課程後，我即時和一班同學前往尋工；沒幾天便被一家汽車零件工廠聘為流水線的機器操作員，太太不久也找到了私人養老院的工作。子女按年齡被分配到不同的班級就讀，一家人開始了真正的新生活。

上面這段回顧，轉瞬已是多年前的往事了；今年三月十五日，是我們到達澳洲三十週年的難忘日子。十年前、參加小兒子明仁大學畢業典禮後，我撰寫了一篇「諾言」的散文，告訴當年在印尼難民營審核我們的澳洲移民官；當初我接受訪談隨口而出的許諾：「要讓兒女們到澳洲接受最好的教育」，我完全實現了這個諾言啦！可惜再無緣見到那位仁慈的官員當面向他衷心說一聲謝謝。

老大考到了大專會計師資格、三子是墨大的電腦榮譽學士、再考取了雪梨大學的工商碩士學位（MBA）、四女商專畢業。（長女美詩遠嫁到舊金山，婚前考取了加州大學語言學碩士學位。）

除長女外、四兄妹完全是澳洲培訓出來的優秀人才，各自在工、商界展抱負，成為澳洲的良好公民。難得的是，他們都以澳洲人自居，以做澳洲人為榮。當然、他們身上不像我、肯負了「中華文化」的大包袱，因而如魚得水般的很快就融入了主流社會。

幾年前，小兒子帶著新婚的太太前往廣東佛山大學，應聘成為英語老師。那口澳洲口音地地道道，留學英國的大學校長說、在電談中根本不知道所聘者是華裔。回澳後、兒子講起廣東話也較前流暢，連普通話也略識丁點了。談起話來，都是我們澳洲如何如何，看來新鄉早已是他們的故鄉了。

深受中華文化薰陶的我，雖一時三刻未能如孩子們那麼快速的融入澳洲。幾十年來也以禿筆（七、八年前改以敲鍵盤了。）撰述關心居留地社會，積極參政及批評極權苛政的文章。也大力呼籲應慶祝澳洲國慶、而不是本末倒置的為兩岸的十月慶典大事張羅？對不論來此居住已多久的部分華裔及僑領們，還年年在盛夏二月去慶祝「春節」？在明媚的九月仲春時節卻在舉行「中秋聯歡」？對如此無視居留國季節時序者大聲鞭笞。

這些點滴，無非是為回饋澳洲人道收容之大恩。我們呼吸著新鄉的清鮮空氣、飲用著澳洲優質自來水；享受著美好社會的公共措施，子女們受著新鄉的培訓成才。我們的子子孫孫，也將在這新天地綿延下去，不但生於斯也將死於斯。來此定居，冒險投奔怒海到此尋求自由、民主的新生活，新鄉居住日久，自自然然就成為了我們的故鄉啦！

澳洲的好處，不必多說，只看澳洲人的寬容、公民素質優良，社會安寧、幼有所養老有所終，人人平等、享受自由，擁有民主政制，真正的當家作主。生命、財產有保障，博愛之心及於所有飛禽走獸。這些就夠迷人了，書上所描寫的「桃花源」，佛經上所講的「淨土」，澳洲這塊美麗的大地便是了。

澳洲不但是我們的新鄉，也是我們的故鄉；與這片美麗的新天地接觸後，立被深深的吸引，也深情的愛上了她。良禽擇木而棲，好木就是良禽的家；日久新鄉猶吾鄉，其實、新鄉如好，就是我們永遠的故鄉了啊！

澳洲讓每位前來觀光的遊客迷戀，每年引誘著一百五十萬世界各國人民伸請移民（移民配額每年只限十五萬人左右）。有幸能定居在這片新天地，我一家人早已視之為故鄉了；愛鄉愛澳洲之情時時自然流露，無非慶幸，無非感恩。新鄉即故鄉，故鄉與新鄉早沒了界線，也早融而為一了。

二〇〇九年三月二十三日於墨爾本。

此心安處是吾鄉

前晚到皇冠賭場二樓金碧輝煌的大禮堂、參加婚宴；我受邀致詞，三十一歲的新郎朱陳龍只會英語和閩南話、來自香港的新娘林潔欣自然聽懂粵語、頻頻向講臺頷首。主婚人指定我用廣東話、本來男家祖籍福建，理應用閩南話。可為了尊重女方，我那位不善詞令的表弟新翁、還是選擇了在場華裔親朋都能明白的粵語。

這種場合的講話，當然是善禱善頌了；我講了「萬句」祝詞、其實只是十三句、從一到萬，最後四句是：「十全十美、百年好合、千歲牽手、萬壽無疆。」

一對新人致謝詞時，朗朗上口的英語已和洋人無異了；溫馨的西式婚宴、舞池上舞姿翩翩，幾位歌手唱著英語流行曲，氣氛令人沉醉。來自五湖四海的異鄉人，共聚一堂，為這對金童玉女見證幸福人生的開始。

回程時、順道送林偉華伉儷回家，途中彼此追憶當年同船投奔怒海的往事；悠悠歲月無情，轉眼離鄉竟已是三十年啦？自是不勝唏噓，想起我等在「南極星座」舊貨輪、怒海飄流十三天、淪落印尼荒島十七日後餘生的陳年舊史，莫不慶幸逃過大命的劫難。

新鄉歲月之所以匆匆，無非生活安定美好，更無憂無愁；子女們接受了洋文化，男婚女嫁、五個內外孫們，也早已被西方社會同化，滿口英語。大環境是英語的社會，學校職場，莫不是全用英語溝通，要兒孫輩保存中華傳統文化語言及風俗，真是談何容易啊。

身為華裔父母，初來乍到，通常最感苦惱的就是擔心子女將來變成「黃皮香蕉」，被洋化而丟棄了本來面目。我也一樣，當年迫著兒女們週末假日學中文，在家不讓講英語。

如今看到子女輩融入主流社會，在職場上打拼，事業有成；講起英語時如魚得水的流暢，生活幸福無慮，自是老懷安慰。他們都保存了講粵語的能力，粵語並非我家鄉音，無非聊以自慰，後代還會講中國方言？那是海外華僑不知不覺的執著，也是海外華人對母國傳統文化風俗習慣的堅持。

這種執著和堅持，勉強可以讓後代保留了固有的華人風貌；可對當事人來講，求學中的兒孫輩不多不少會造成極大的壓力。

有者反抗，有者消極或逃避。華人父母在教育下代的心態，莫不希望兒女們都成龍成鳳？那份苦真非外族人所能理解。

人生如過客，幾十寒暑如夢幻泡影；活得太累太苦，那又何必呢？不少家庭引起了嚴重的代溝，或家庭革命，鬧到父母子女間無法共享天倫之樂，實在是移民新鄉後最大的不幸啊。難道都忘了為何要不遠萬里而移居這美麗淨土？

看到那對溢瀉著幸福的新人，以極其流暢的英語表達對父母家人友好的感恩；那份快樂就像九月墨爾本初春的甘甜空氣，瀰漫著宴會大廳。想起剛才我所發音的粵語，令新郎及部分洋來賓無法明白，對新郎或我來講，廣東話都非我們的鄉音，那與英語並非鄉音還不是一樣嗎？

地球村已經形成，全球一體化也進入了倒數時刻；海外老華裔們，依然執著的為保存祖家的文化語言和傳統而掙扎。我也曾經如此的強迫著女兒們，在他們樂而無憂的童稚期，給他們活潑成長中留下了不愉快的記憶，唉！真的悔之已晚。

原鄉與異鄉，故鄉與新鄉，分別在那裡？原鄉的東西一定美好嗎？果如此、為什麼那麼多人要棄之而去呢？良禽擇木而棲，新鄉必定有吸引人處，對故土充滿情意的華人，才會棄故鄉而覓新鄉。

日久他鄉猶吾鄉，待久了、適應了，生活平安美滿，居住所在能令我們身心皆安寧，管它什麼文化什麼語言，這個尋尋覓覓的新鄉、使我們心安的地方就是故鄉。也應了這句借來打題的古詩「此心安處是吾鄉」啦。

二〇〇八年九月八日於墨爾本無相齋。

福山福水故鄉情

童稚四歲時我被雙親帶回家鄉，在那段幼稚無憂無慮的歲月裡，每日與鄉里玩伴嬉戲而學會了閩南話。國共內戰的烽煙燃燒著南移，槍炮聲裡舉家再度流浪，貧窮的家園故土從此又再相隔萬水千山。

鄉愁遂成了父母的一個難圓的夢，成長中、唐山的風土人情生活習俗被刻意美化，滲入了父母思念故國濃濃的感情。那塊海棠葉南端，古海港泉州轄下的同安縣，有我童年遺落的歡笑聲，有我至親的長輩及兒時玩伴。

那兒的明山秀水，歷史文物建築，在父親口中述說，都鮮明似畫。建自唐代的開元古剎，遙相展顏的東西塔，美麗的洛陽橋，蒼翠鬱綠的武夷山，清音流瀉仿如仙景的鼓浪嶼，清源山上含笑的老君像，哀戚感人的姑嫂塔，獨特演藝的高甲戲，繞樑悅耳有如仙樂的南音。這些閩南勝地古蹟傳統劇藝音樂，自幼深印腦海心靈，卻遙不可及。

不忘根源的慈親嚴父未能埋骨故土、含恨以歿，生前遺願要我昆仲務必回「唐山」祭祖。其實縱然沒有先父的那份心願，我遲早也會前往觀光、尋根探親；早年經常收到幾位堂弟妹的來信，細說老家的變遷和種種進步，自然不忘邀我早日回鄉。

歲月蹉跎、錯過好些機會，自父親往生極樂世界後，先父生前遺願彷彿千斤擔般驟然壓到身上。念念難忘那片隔斷半世紀的山山水水、和曾經見面早已忘卻影像的長輩至親們；以及從未謀面的同輩堂弟妹們，他們的期盼呼喚好似電流跨越時空擊入我奔騰的血管，時時震撼著我的心靈。不如歸去的細細聲響竟日夕糾纏，每次踏入客廳，雙親遺照猶若怒目瞪視……。

對家鄉的堂弟妹們多次的許諾總令他們一次次失望；終能成行，唯有低調處理，只敢通知堂弟添福接機。去到同安添福府上後，抓起電話把驚喜傳過去，親人們爭相接待，二位堂弟奕獻與添福的闊綽，讓我宛如成了「澳燦」般的自嘲著。故鄉的山水、美景、族人沒有輕視落拓天涯外回來的遊子，處處洋溢著熱情溫馨。叔父母喜悅的眼神，姨母慈祥的叨唸，堂弟妹溢著真情的淚水，感動著我每一根神經。

有太多美妙無比的鄉音要聆聽，有不少從不相識的同輩與晚輩們湧現，突然冒出許多理不清的親族關係，讓我頗感開心也迷茫。十來日沈浸在閩南話的世界裡，我終於明白「如魚得水」的真意，正是我這段旅程最好的寫照。舌尖靈活無比趕快吐出深埋心底的母語，耳朵舒適的接收妙樂似的閩南鄉音，蚵煎、麵線、香餅、吉紅糕等等家鄉零食美味，每日滋潤著我的五臟。

往昔對於雙親纏結心頭的鄉愁及落葉歸根的思想，總不太理解？等到置身廈門同安區時（現已劃分為同安與翔安兩區），在故鄉土地上往來的日子裡，驟然如盲者開眼看清了世界的色彩，剎那明瞭了父母生前的心結，我驚訝於自己深埋腦海內、那份對故鄉濃烈如火的感情。

海外五千餘萬華裔族群中，有近一千萬祖籍福建人士；這千萬閩僑族裔對家鄉改革開放後的投資建設，做出了不少貢獻。福建不愧是福山福水，如詩畫的河山洋溢著鄉情親情，日夜招喚著定居海外遠方遊子們，能被鄉音鄉情圍繞著的人，是多麼幸福啊！

傳承了雙親生前的望鄉情結，數次往返家鄉後，不知不覺中，血管內自然流竄著的鄉情，午夜夢迴時往往頓湧；猶如先父母的囑咐，有朝一日必要帶兒孫們前去，讓那塊福山福水的鄉土、如詩似畫的美麗印入子孫們心靈……

二〇一四年八月深冬於墨爾本。

不教白髮催人老

前晚與剛從家鄉福建翔安移民來的堂弟添福夫婦話家常，並找出我接受電視臺專訪的磁碟播放，這輯「老金茶話」是由金翼先生主持的專題，為紐約新唐人電視臺一個頗受歡迎的節目。主要訪談有關我當年從越南投奔怒海的前因後果，這些經歷都深印腦內，況且早已撰作長篇小說《怒海驚魂》一書，故不必準備而能侃侃而談。

鏡頭內我仍滿頭烏絲，受訪時間是我創辦「維州華文作家協會」出任首屆會長時，轉眼已過了七、八年。如今兩鬢飄霜、雪花似的白髮躲藏在黑髮叢中，總想突擊般出其不意的往外冒，好將我老化才甘心。

堂弟卻說我與實際年齡有距離，看不出有多大改變？明知是安慰的客氣話，人那能不隨歲月馳騁而漸漸由成長、精壯而衰老呢，那是自然也是人生的宿命，無可扭轉的殘酷事實。

白髮催人老既是人生規律，也是避無可避之事；一旦發現頂上冒出幾根幾點白絲時，其實並非世界末日。如能處之泰然，任由它愛什麼時候點綴都無所謂，那就心安理得，生活將不會因那幾根白髮有所變化。

有些人趕緊去染黑它，也只不過一時自以為得逞罷了？染髮者從此要日日對鏡了，只要見到白霜飄揚，必定想方設法硬將它拔除或再塗黑方休。好處是造就了理髮院有更多收入、染髮水出產商財源廣進。壞處就要自己承擔了，縱不會招惹到莫明其妙的皮膚癌、至少令人整日心情恍惚，經常照鏡，心驚膽顫要與「老」抗爭。

與其整天耿耿於懷的去問歲月，不如全心全意投入生活；如已退休、可參加各種各類的義工行列，繼續服務社會，讓充實忙碌的日子，令人生更豐盛和飽滿。幸福快樂也隨之而至，那就無暇無心去自傷自憐，如此盡情盡興的參與，就不知老之將至。

懂得安排和規劃晚晴生活，就不會攬鏡自悲自憐，也不會見到幾根白絲就恐慌無告。心境的調適最為重要，首先明白歲月縱無情，可人間盈滿愛；身邊有兒孫、老伴、老友、詩、文同好。訂下每週的時間表，那一天去弄孫、那一日去學習：諸如學電腦、學書法繪畫唱歌等等；何時茶聚何月參加郊遊。此外更要訂下每天的作息表，散步、游泳、讀書報、看電視影集或逛超市。

堂弟問我退休後如何打發日子？我說我忙到時間不夠用呢，那還有閒日子讓我「打發」去？也因為忙，不但日子過得快也過得樂；根本沒時間去細察頭頂何時多出幾根變色毛髮？更不會為了生命必然的過程而傷感。

白髮之所以能催人老，並非白髮有何神功；而是我們自己敵不過自己的心魔，人其實不會老，老的是自己的心態。樂觀愉快忙碌如我者，從來就沒想到頂上那些飄浮的白絲能給我

「老」的改變？當然、體力再無法與年輕小伙子相較，太激烈的運動再無法參與，但能適合個人體力、興趣的活動多得很呢，何必去逞強不可？

多姿多彩的人生是由一個個不同階段形成，每個階段都有其獨特的內涵；退休後的人擁有滿頭銀霜，不但自然且是光耀之標誌，因為這頭白絲代表的是智慧、福份。並非人人都能享高壽，也就是說並非人人都能活到銀髮飄滿頭。因而、對於代表福份的頂上白髮，何懼之有呢？

偶然讀到了一對對聯、上聯是「不教白髮催人老」，感覺宛若是我的寫照；而下聯是「更喜春風滿面生」，真是頗佳境界。活得自在、自信的人，不管有無白髮，歲月如何無情，也不奈我何。日子忙碌充實、積極投入生活，擁有快樂心境，也就會滿面春風生啦！

二〇〇九年二月廿六日於無相齋。

中國文字博物館

九月十八日下午小劉載我與婉冰到了安陽市人民大道東段目的地後，拿出黃總預先準備的兩張參觀券，讓我們下車就趕回公司上班。驟然映眼的龐然巨大淺黃色雄偉建築物，令我們深感意外；河南省內小小一個安陽，國家級別的「博物館」竟然座落於此，真不可思議啊。

這座去年才開館的後現代派建築群，是由字坊、廣場、主體館、倉頡館、科普館、研究中心、交流中心等建築組成，總共佔地一四三畝，總建築面積三四五〇〇平方公尺。[1]

經過驗查門券的大牌樓旁、步完長長通道的廣場始拾級而上，那才是主體館正門入口。從安全門跨入主體館的序廳，四座浮雕映入眼簾。背對大門的是掛著比電影院更高更闊大的銀幕，不斷播放介紹館藏片段。單觀看影片、那份震懾已經先聲奪人、令觀者目瞪口呆。

從來只知博物館的展出，必然是各種各類歷史文物，珍貴古董；實不知道「文字」也能成為「展品」？（書法展另當別論，書法裝裱後是一幅幅如掛畫般、算是藝術品）。來了後都會令觀眾「大開眼界」，同時令我有「孤陋寡聞」之感。

[1] 本文部分展館介紹、引自該館門券及宣傳網站。

館內展出了歷代中國文字樣本精華，圖解講述古漢字的特徵和演變歷程。同時，以古漢字元號為獨特視角，反映東方華夏文明與中國語言文字的研究成果。最妙的構思是讓觀眾在觀賞時，還能有參與的趣味和互動。

幾層展廳內、是由眾多文物經過精心構思設計後才陳列著，由聲與光配合電視技術、電腦科技充分運用，讓這部宛若活動的「百科全書」就變得極吸引及有趣極了。

走進「鍾鼎千秋」廳，無數貴重的鎮館之寶數不勝數，令人目不暇接，徘徊觀賞不想離去。其中有四幅畫面是來源於青銅器上銘文記載的內容。

另一處展廳，壁上有不同字體的詩文令人眼花繚亂，形成了一個大的「字牆」，不少人將「字牆」當成背景，紛紛拍照存影留念。

二樓右側展廳是放著不少「書桌」，其實竟是一臺又一臺暗藏桌內的電腦，真名叫做「**觸摸感應數位板**」，每臺大約要四萬元人民幣。要想在這張桌子上學習，需使用電子筆輕輕觸碰螢光幕；由觀眾自己選擇毛筆、字體、紙張，進行書法練習。同時、不想學書法者，也可改換畫面，去玩看圖猜成語。

「私塾教室」居然還安放了「黑板」，「黑板」是一塊環形大螢光幕。觀眾們的作品都可以投影到「黑板」上，實現互動趣味遊戲。這就是互動廳與影像廳中最受歡迎的遊戲。

電子書是一部一公尺正方的一部「大書」，只要通過光電感應，空中揮手即可翻動書頁。可以瞭解「甲骨文」、「金文」、「小篆」以及現代簡體字的特點及發展歷史，匠心的設計真讓人佩服啊。

此外另個展廳中還有「刻板與拓印」、「名片設計」等多類互動遊戲，利用多媒體技術虛擬、新穎等特點，將歷史、藝術、科技、趣味融於一體，令參觀者興趣大增。不少青少年們留連忘返，同是電子遊樂，這類有益身心的電子教育遊戲真該在學校大力提倡啊。

文物珍品均被鎖在玻璃展櫃中，只能遠觀，可用一個手指觸動觸摸屏，通過放大、縮小、平移、翻轉等；青銅器等珍貴展品便如同在掌中把玩，輕鬆看到器物內的每一個角落的紋飾、銘文，賞玩自如。

3D電影早已看過，但4D就沒試過；好奇心起，排隊購票，花三十元人民幣觀看了一場不到二十分鐘的「鬼片」。戴上膠眼鏡，環形銀幕中立體鬼影顯現，婉冰自是「花容失色」，與其餘女觀眾一起大呼小叫。忽然座椅從底部搖晃震動，水滴噴面；腳下像有怪蛇纏繞，嚇到膽小的人驚叫連連。

離開4D小電影院後，已近五時、是閉館時間到了；依依離去，戶外黃昏餘暉斜照，在冷風中行到大牌樓下等待小劉前來接載。如此值得參觀的博物館，鮮少遇到國外遊客？回程時對小劉說，返澳後必將撰文廣為介紹，希望將來有更多國際人士都到安陽觀光。

二〇一〇年十月十五日於墨爾本。

中國文字博物館前婉冰留倩影。

寫稿是心靈活動

「海韻」網站裡、在作家個人專頁上，讀到新疆楊菊清文友以下這段文字：「以前電腦和網路還沒有現在這麼普遍和神速，我是依靠郵局發信與外部聯繫。記得那時才開始業餘創作的我曾經請教黃玉液（心水）先生有關寫作的訣竅。過了幾個月後，收到他從澳洲寄出的信件，他答到：「**寫稿是心靈活動，明瞭通順，言之有物即可**」。寥寥數語，可謂是說透了作文的「要領」，受益至今。

「板凳要坐十年冷，文章莫寫半句空」前賢如此說。寫稿因為是心靈活動，故需要戒浮躁、戒妄語、戒虛佞，當惜墨如金。用通俗說法講作文者先要博覽群書掌握知識，做好鋪墊然後再著千鈞之筆，在寫作中應該實事求是，擯棄假大空話，不寫無實際意義之文，心水之說可謂與其意旨神合。由此見在文學道路上，有時間對後學的鼓勵與鞭策無須長篇大論，畫龍點睛之語足也。

其實，我早已忘了曾經對這位遠在天山腳下牧場工作的羊毛專家、在信中寫過以上的話題。難得這位有志於文學創作的後起之秀，謙虛的一直將我有關寫作話題的簡單回函內容放在心上，讀來令我感動。經過多年來的努力，楊菊清的文名不但在新疆、甚至遠到澳洲和泰國的華文文壇也早為人知。

文學創作並非如一般人想像中那麼難，老生常談的自然是多讀多寫，當然、創作的首要條件是對文字的掌握，有了基本的文字修養功夫，運用時才會得心應手。

進一步是對「詞彙」的認識，初學者不免引出些「陳詞濫調」的成語或俗語，但這是所有學寫作者必經之途，慢慢在學習過程中改進，隨著稿齡的增加，進步是必然之事。

曾經在多次演講中，對聽眾朋友們說，只要提起筆來寫作，（當時還沒學會電腦打字，創作仍然用筆書寫。）就能成為〈作家〉；因為「萬里之行，始於足下」；任何作家，若無第一次提筆書寫，永遠不可能成功。

回到主題，作家的作品，實在是創作者的「心靈活動」，也可說是作家個人的「自言自語」。以前、是對著原稿紙一格一字的塗寫，如今、則改成面向螢光幕、敲打鍵盤輸入文字。在敲打過程中自得其樂，打完後的篇章、經過修改再傳出去發表。大部分的作品在讀者閱完後便拋諸腦後，鮮有回應。因而、作家是很孤獨的行業，要有好作品，作家就要甘於寂寞。

寂寞和孤獨，對於大多數人是難奈的一種生活，故此、作家行列從來不是多數。一旦成名後的名作家，往往身價百倍，可說名成利就，被世人包圍，有了光環後的大作家，往往再也創作不出傳世之作了。因為、應酬繁忙、不再孤單，在熱鬧中的作家，再難靜下心靈去思考，心靈無法如往昔般的自由活動，好作品自然創作不出了。

作家需要不斷充實自己，充電最好的方法莫過於讀書，開卷有益，從瀚澔的書海裡，選取與本身經常創作有關的文體著作閱讀，當可吸收養份。一個不讀書的作家，絕不會有進步，寫來寫去，再無新意。因為、不讀書的作家，無法吸取與時俱進的新知識與社會動態，成了閉門造車者，作品蒼白或無病呻吟。

初學創作文章的人，除非是天才，不然、是不該先創作長篇小說；若是年輕人，先打日記或週記，把所見所聞所思所想，打成篇章，自己閱讀，只要通順，能表達自己想要的內容就可。這段過程是練習文字的運用，並可測知懂得的詞彙有多少？

然後、就可創作散文了，散文是所有文體中最自由輕鬆的一種，真正是自己心靈對話。不作假不虛偽不胡言不妄語，真心誠意把見聞思想如實打下來。打完後勿要急於投寄發表，存留幾天幾週，多讀幾次，在朗讀中學習修改，把錯別字和不通順處改正，不連貫處接駁，等到自己滿意，才傳給報刊。也可先傳給前輩作家和比自己有學問的朋友過目，從中獲得意見，都是創作進步的方法。謙遜的求教，必有大成。自滿自傲之人，或自我感覺是名作家大作家者，無非是「井底之蛙」。

最近開班教電腦「大新倉頡中文輸入法」，學生多為中老年人士，在開學首日，我必鼓勵這些有志終生學習的朋友，學會中文電腦打字後，再來就可學習成為「作家」了。大家以為我在開玩笑，其實、我講的是真心話。掌握了打中文技巧後，創作文章比用筆快速，因為這套「大新倉頡輸入法」軟體中收錄了無數詞彙，在遣詞用字時，給予更大的協助。對初學創作的人來說，比用筆寫作可少了思考的時間，又能正確選用文句。故此、學會中文打字，再學作文，事半功倍，持之以恆，自然會當作家了。

偶然讀到新疆楊菊清文友以上的這段有關文學創作話題，有感而打下這篇章，與有心從事文學創作或立志做作家的朋友們共勉。也讓讀者們知道，「作家」並不神祕，無非是個人的「心靈活動」而已。

二〇〇六年八月二十六日於墨爾本。

人到無求品自高

求字只有七筆，很淺很易寫；用電腦只要敲戈和十這兩個鍵就顯現了。收錄在「求」的詞句中有多達五十餘個，先列出與品格無關的十幾類：

求學、求職、求診、求生、求知、求救、求親、求偶、求教、求婚、求仁、求雨、求才、求死、求助、求援、求證、求同。

從以上求字所組成的詞語，可見人不能完全無求；如上述十八類的「求」，學問、職業、婚姻、診病、知識等等是非求不可之事。尚有最高境界的「求仁」者，亦要存心始可求得。故本文題目所涉「求」與「品」的轇輵，是與上述所提無關。

餘下種種所求，皆會影響人品高低，如求償、求售、求取、求得、求情、求見、求全、求子、求神、求和、求饒、求籤、求刑、求成、求告、求見、求戰、求榮、求福、求壽、求財、求乞、求人、求官、求賢、求愛、求借。此外還有尋求、請求、需求、苛求、不忮不求、求田問舍、求菩薩、求阿拉真主、求上帝等等。

有求就會患得患失，因而「有求必苦」是至理名言；在佛經中所說的人生八苦，其中一苦就是「求不得」。心有所求，尤其是非份之求，總想如願似償，求而能得。但世事往往非如人意，一旦心機用盡，求來求去卻一無所得，代之而來自然就是失望、惆悵、不甘、痛苦。也就是希望越大、失落時痛苦越多的成正比。

只要留心，總會見到某些有求者的嘴臉，必然唯唯諾諾、誠惶誠恐，深怕無法達到想求之事。更見那些卑躬屈膝者，不惜底聲下氣，小心奕奕，表現出一副奴顏，無非祈能「有求必應」？

商家「求售」貨品時，必然笑臉迎人，不敢開罪顧客。有事「求人」、在「求見」前心中忐忑不安；不但外表衣著、言語聲音，都格外注重小心，望能給對方好印象。「求財」者必然極之和氣，因為浮躁粗魯，怕錢財擦身而過，「和氣生財」是必然的經驗。「求官」者心中所思所想皆是當官後「大權在握」的美妙前景，再無暇念及做人尊嚴及品格高下了。只要如願，一時的低聲下氣、取媚賄賂又算得什麼？

為了達到所求，有者不惜誹謗、諂媚，讒言中傷，施盡渾身解數，打擊對手而往上爬。為達目的，什麼卑鄙手段都在所不惜。這種「求」早已喪失了做人應有的格調，人品自然蕩然無存。

在非份「求」的過程中，自會衍生出種種喪德敗行之事，雖然大都是暗中進行，表面無人得見。可這些做著沒有品格之事的人，往往忽略了「欲要人不知、除非己莫為」這句名言。其實這句話也蘊含了「人在做、天在看」的寓意；沒有人格者，或品格低下之人，所謀事不論成敗，總會露餡。事件始末，只要浮出水面，必讓人輕視，自然貶低了人品。

見過這對聯：「花遇春風香漸濃、人到無求品自高」；後一句知之甚久，大家都能朗朗上口，但要切身力行，真的就不容易啊！

花的濃香是要借春風的助力，才能將其芳郁傳送；人品高尚、助力源自本身，能放下，對非份之事之物，要做到「無求」，自然顯出讓人敬仰的高品德。

不該要的「需求」與「貪念」和人心中無止盡的「慾望」有關；世事很微妙，求得多並非都能得到多，經文才會有「求不得之苦」告誡信眾。

各地亂現，皆因太多非份之求而至，如錢權交易，以權某色，公器私用，貪瀆官僚橫行。社會要和諧，應普及人心教育，人人循正當合理的要求，提升了做人品格，國家自然成為盛世之始。

許許多多的「求」，尤其是求神、求菩薩、求阿拉、求上帝和求人，妄求通常是苦不堪言。而且、妄求還是邪道呢，金剛經內世尊所說謁言：「以音聲求我、是人行邪道」，不可不慎啊！

不論求神求菩薩求真主求上帝或求人，最好還是「求己」。讓自己放下，學習無求，自然品格高尚，受人敬重；且心情快樂，必定諸事如意。

二〇〇九年十一月廿六日於無相齋。

品嚐家鄉的貢糖

出席三月二日梁靖文會長壽宴當晚，在賓客如雲的富臨門酒樓，喜氣盈溢的熱鬧中；忽見鄰桌「維省潮州會館」的會長馬世源先生、堆滿歡笑地離席向我行來。趕緊起立相迎，馬會長手上拿著一小包正方形、紅紙裹著的東西，交給我時說：「這是家鄉的貢糖，帶來請你品嚐。」

日前午茶時、打開紅紙包，內有四小塊貢糖（又稱花生酥），拿起一塊放入嘴內，清香美味即時散布嘴內，酥爽鬆化的口感極佳。與我祖籍廈門同安餅店出售的貢糖，並無太大區分。

對家鄉早已印象模糊不清，因越南軍民抗法國殖民的戰爭，出生地南越蓄臻市經常受炮火肆虐；童齡七歲時即隨雙親移居首都華埠堤岸，到投奔怒海至今就沒有機會再回去。

來自家鄉的貢糖，品嚐時宛若將那份迷茫的鄉愁一併吞噬；相對於墨爾本著名大僑領馬世源會長對家鄉的貢獻，真令我這位百無一用的書生深感慚愧。

其實認識這位老鄉已頗久，只知他是潮州大兄，我又祖籍閩南，那會想到和這位成功大商家是同鄉？直到兩年前不約而同的參加旅遊團，去上海世搏會後再順道遊黃山。那天在黃山上看完日出，與馬會長閒談時，始知我們都是在南方魚米之鄉蓄臻市出生的同鄉（蓄臻市離南越堤岸華埠約兩百餘公里）；兩位老鄉高興到就在黃山上合照存念。

不善宣揚的這位老鄉，以為他只在墨爾本熱心公益；僑界大小活動的新聞，經常讀到馬會長慷慨解囊。如日前在梁靖文會長的壽宴上，他也花了一千澳元購買下維州州長簽名的一瓶紅酒，為慈善捐款盡心意。

去年三月收到胡志明市年輕作家楊迪生寄贈的新著「橋」一書，這冊主題為「慶祝越中建交六十週年」的新聞文集，翻閱時讀到第二六五頁，驟然見到了馬世源會長的半身彩照。另一張大相片是蓄臻市新建的三層大廈「育英學校」，外形美觀巍峨屹立的新校舍。

原來是該校建成後、於二〇〇九年舉行的落成典禮，邀請了馬先生剪綵。如無馬會長十餘年前回鄉，率先捐出十萬美元作為建校經費，家鄉是不會有今天這座美輪美奐的新學校。

根據該篇的報導文字，馬會長除了該筆捐獻建校經費外；每年還為家鄉困苦的學童，捐出為數約兩萬澳元的助學金。這位鄉親的義舉讓我深受感動，去年讀後就湧起了要將馬先生為家鄉所做的善舉，廣為介紹以彰其德。可惜事忙蹉跎，放下書冊後竟將靈感拋諸腦後。

品嚐來自家鄉的貢糖，感念這位老鄉對我的盛情，當餅香仍留口腔之際，隨即記起那部南越年輕作家致贈的文集，趕緊打開電腦，撰作拙文。不然、恐怕過後又會將此事拋到雲霄了。

去年中墨爾本潮州會順利改選，馬世源先生眾望所歸、蟬聯了第九屆會長，可說是深慶得人。馬先生出錢出力任勞任怨為同鄉會效勞多年，「維省潮州會館」在澳洲各華族社團中，算得上是極有成就的團體。除擁有會館會址外，更建立了遠近聞名、香火鼎盛的「關聖帝廟」。

連去年遠從夏威夷蒞臨、主持墨爾本市中心國父銅像揭幕典禮的孫穗芳博士（國父孫中山先生的嫡孫女、即孫科先生的千金），也於抵達墨市的翌日，專程前往墨爾本東南區、史賓威鎮上這座莊嚴的「關聖帝廟」上香，並即席揮毫墨寶致贈「潮州會館」紀念。

世間上確實有不少為富不仁者，身家千萬億萬，可是卻生就鐵石心腸，對於國家、社會、族人、鄉親從來就不肯捐獻分文。但也有著如早歲南洋陳嘉庚先生在廈門興建「集美大學」，香港的李嘉誠在家鄉建立「汕頭大學」、中國的陳光標、美國的微軟公司董事長蓋茨，為慈善事業、建學校醫院、賑災作出無私和偉大的貢獻。

馬先生屬於富而仁者、不但在墨爾本貢獻良多，善行也惠及家鄉，率先慷慨解囊建校、年年捐出助學金澤惠無數窮困學童。這種無私的美德，應該廣為宣傳，希望眾多富裕家族、社團領導們，能向馬世源會長看齊，多做事多捐獻而少說話。

維省墨爾本的「潮洲會館」有幸，該會會眾始能選上如此之領導人；為鄉親為寺廟及為會務枵腹從公外，更慷慨無比，出錢唯恐人後，大方大德，其人其名必令社區永誌不忘。

感謝馬會長送我家鄉特產、品嚐美味香酥貢糖後感慨良多；遙遠而美麗的魚米之鄉蓄臻啊，別後倏忽一甲子，還無緣再回去。見到家鄉新建「育英學校」宏偉巍峨大廈的相片，對馬世源會長恩澤故鄉的功德，感念之餘特為文以記。

二〇一三年三月九日於墨爾本無相齋。

大夫第門前古井

我稚齡四歲時與兩歲大的玉湖二弟，隨著雙親從出生地越南巴川省回歸故鄉；當時只懂得講潮州話的我，被家鄉童伴們視為「番仔」？成了他們嘲笑對象。在住下來的兩年中我終於完全掌握了閩南鄉音，再變回道地的家鄉人了。

由於先父是南洋回歸的資產階級，在中國即將全部飄揚五星紅旗的初期、即攜帶妻兒再次拋鄉棄國，重返南越。鄉情濃厚的父母，閒談中經常對我兄弟描述福建新墟農村古宅大路的故居；每說起唐山，雙親總有講不完的話題。其實我們早已不復記憶，只能從父母侃侃而談中得知那棟名聞遐邇的「大夫第」豪宅。

故居門前有一個水井，水井對著正門廣場，夏天晚飯後、各房住客的童伴們都會在空地上嬉戲。尤其是繞著水井奔跑，幸好那口圓井的高度有一公尺左右，兒童們才不會發生墜井的意外。

先曾祖留下七房兒孫，我們家是第五房，也是唯一移居海外的一房人；第二房的繼承者奕獻堂弟去歲末離世，他的兒孫們早在同安區居住。第七房的黃加自叔父高齡已近九十，（添福堂弟的父親）其長孫女舒婷遠嫁歐洲，兒媳移民墨爾本，總算多一房兒孫到海外開枝散葉。如今尚有第六房的後代在守著那棟破落的大夫第。

先母當年從南越回鄉後不久，大半年時光身染疾病幾至無法料理家務，先父安頓我們後又隻身返南越謀生。幸得七房的紅花嬸母（也就是重振家聲的廈門新墟名人黃添福的母親。）不辭辛苦每日照顧我兩兄弟，在古井邊為我兄弟洗滌衣服、煮飯燒菜及代做家務的操勞，其大恩德令先父母終身難忘。每每憶及家鄉往事時，都必定再次對我兄弟提起。

亦由於這份恩情、在改革開放後，先父回鄉探親，返歐洲後將添福弟地址告知，我倆堂兄弟就開始了魚雁往返。極其遺憾的是天不假年、重視親情的紅花嬸母早已辭世，令我回鄉探親時亦無緣向其叩謝。

每次回到家鄉，前往探望加自叔父時，徘徊在大夫第古厝前；面對那口古井，總是不勝唏噓，遙念一甲子多以前那段無復記憶童稚生活。念及那位紅花嬸嬸蹲在古井邊為我兄弟浣洗衣服的操勞，厚恩又無以為報，心中真個感慨萬千。每回相見、加自叔父敦厚的大手握緊我，總是說：「要常回來喲……」

五年前回鄉面對那口古井，返澳後撰了一首題為〈古井〉的詩作如下：

水色土黃混濁，那張倒影
是流浪了一甲子的容顏
徘徊破敗斑駁的井旁

聽聞慈親浣洗搗衣時的言笑

我頑皮的正和童伴嬉鬧
倦極催眠，醒時夢已老
回鄉時，笑呵呵的歲月
讓冷寂的祖厝，和那口
漸漸衰老的古井
訴說我走後六十餘年的風霜

井邊陳迹已渺
冷風、夕照、孤影
我細細追覓，宛若雲端
母親呼喚的聲音
和我童稚啼哭吵叫
遙遙傳至，如真似幻
深深凝望井底，濁水影滅

古井依依相送
祖厝庭前父老鄉親揮手
遊子含淚再走天涯

（後記：家鄉祖厝大夫第門前古井、藏我童年歡笑，返鄉尋根、井在人事非，徘徊憑吊有感。二千年元月十九日撰於墨爾本。）

得讓讀者們了解，座落福建省翔安區新墟古宅大路、那棟百年「大夫第」老屋的緣起如下：清朝末期、先曾祖父黃公希鰲，隻身前往安南華埠堤岸創業，先後經營穀米、蔗糖、布料貿易和魚乾等多項，未多久遂成為當地有名的富豪。獲得法國殖民政府頒授「法屬第一商家」匾額的殊榮，還被清朝官府冊封為「大夫」官銜。

先曾祖父黃公榮歸故里，回鄉建築了一棟千餘平方公尺的大四合院；這座深深庭院是古色古香的「三落雙邊厝」，總共擁有三十九間住房，四合院命名為「大夫第」。至今門楣上還保存著〈大夫第〉這三個鎏金牌匾，在閩南貧困農村中成為百餘年來新墟鎮的一則眾人皆知的傳奇。

為了祖厝這則美麗傳奇能讓海外更多讀者知曉，於是獲得堂弟黃添福的傾力支持，終於順利籌組了「世界華文作家交流協會」廈門采風團。在四月十三日由名譽團長黃添福董事長帶領下，來自四大洲六個國家十三個地區的十六位資深華文作家們，不遠萬里奔波蒞臨閩南農村。先參觀了重振家聲後、黃添福在大夫第古宅附近新建起的巍峨豪宅「福園」，文友們參觀後莫不被這座德國式三層豪華巨宅所震撼。

再移步至幾近破落的「大夫第」四合院，仍在故居住宿的六房宗姐親切迎接我們；來自德國的倪娜文友和幾位作家，陪我找到童年的睡房，房內堆滿雜物，倪娜不斷按快門，拍了不少張相片，笑說那是一位海外資深作家稚齡期的住所，值得介紹呢。

三進的老宅真個是庭園深深，迴旋走廊頗多呢；若非六房那位宗姐引領，在三十九間房子裡、還真不易尋覓到我住過的睡房啊。後進大堂正中、供奉著黃家歷代祖先的牌位，我趕緊立正、恭敬虔誠地向先曾祖父母及祖輩們行三鞠躬禮。

步出戶外、明媚陽光中，望向那口古井，真有隔世之慨嘆呢！井在人事非，再揮手真不知這一別，又將是何年何月才能再來呵？行返「福園」、向加自叔叔告辭，老人的手緊緊相握，力透我掌心，感受到叔叔依依不捨的離情。

坐上添福弟那輛「勞斯來斯」名貴房車，回望雖已破落的「大夫第」，陪襯其旁卻是那棟巍峨屹立的歐式豪宅，黃家家聲早已名揚海內外，先曾祖父黃希黨公有知，必定含笑九泉了。

（補誌：欣聞堂弟添福已斥資數百萬人民幣、維修翻新了大夫第這座古宅，先曾祖有知，必含笑九泉。）

二〇一五年四月廿九日於墨爾本。

叔父與婉冰合影於黃添福堂弟在家鄉所建豪宅前。

大夫第古厝前婉冰與阿秀（左）和鄉親合影。

天地無根笑此生

江湖有夢追前事、天地無根笑此生。

——宋，林景熙

幾年前開始計畫退休後要如何度日？移居新鄉三十一年，足足當了二十八年社團義工，花了不少光陰在各類應酬上；雖然執著業餘創作，沒荒廢了對文學的愛好，可畢竟人的精力有限，無法面面俱圓。為了在社團服務，多少是要犧牲了讀書的時間。因而、決心淡出社交圈，任期屆滿的社團職守，婉拒不再連任；包括不少名譽銜頭，那些虛銜越多，酬酢相對增加，就無法達到撤離社團的初衷了。

被人問起何故不再參加團體活動？說想多點時間讀書；問者往往顯露難以置信的神色，想著你是作家了還要讀什麼書？只有心知、相對天地萬物自己縱非井底之蛙，在許許多多知識層面上所識所懂實在有限得很呢！更有些完全是門外漢，作家不一定是博學之士，尤其不再讀書的作家，靈感肯定很快乾枯，再難有新題材創作。

假若不是植物學家，隨便問人世上有多少類植物？這個問題真會令許多人一頭霧水。偶然讀到才能回答地球上有四十餘萬種植物之多，其中居然是有三十餘萬種草類。到植物園去，無論佔地再大的植物園，也無法展示幾十萬種植物啊！何況、單單草類竟有三十餘萬種之多，能不敬佩植物學家們嗎？

都知道豬龍草會吃動物，那裡會曉得竟然有五佰多種吃動物的植物呢！豬龍草無非是佔吃動物的五佰餘份之一的植物而已。

喜歡青翠的竹子，看畫面上或影片中的竹林，只覺得有些竹子好高，但最高的竹是高達三十五公尺、生長在斯里蘭卡。中國的共有一百五十餘種竹類，其中最高的是二十公尺的毛竹。

舍弟以前定居在北德杜鵑花城，往昔多次到歐洲深親，清晨漫步，家家戶戶的圍牆全是用各色杜鵑花築成，真是名副其實的杜鵑花城。每天徜徉在花海裡，但絕沒想到全球竟有八百餘種杜鵑花，中國就擁有六百五十餘種。

誰都清楚每年有三百六十五天，除了天文學家外又有多少人會知道一個宇宙年是多久呢？根據書籍記載、原來太陽環繞銀河星系中心的周期＝二二五億年，也恰恰是等於一個宇宙年。天上一日人間千年這句古早話，證之天文學實在有道理，古人的智慧真了不起啊。

夜觀天象，總難想像浩瀚天宇究竟有多大？讀了些天文學的書本，知道我們的銀河系就有一千億顆恆星。美國宇宙科學院在一九九六年宣布，通過對宇宙的分片深測觀察，推算出宇宙中約有五百億個銀河系。那麼宇宙總共的星星就是一千億乘以五百億。我的小腦袋無法計算五字後方二十餘個零究竟是多少？只能以無限大當答案了。

地球上的萬事萬物、人類的歷史、動植物學，醫藥學、海洋學、天文地理以及數之不盡的新科技新發明，任何一項專門學問都要花費畢生精力去學習研究，才會在該專業上有所成就。作家要博覽群書，始能增強各類知識，古人早有「吾生有涯」的感嘆啦。我們以有涯之生去窮究無涯的學海，所知所識自然有限，若不再多讀書，胸中點墨就更少，如何能有佳作面世呢？

頂多是百年的人生、在整個宇宙天長地久的無盡歲月中，無非剎那；地球在天空中所佔位置，好像沙灘上的一顆小得不能再小的沙粒而已。每想到那些爭名奪利的人，以及大動干戈的國家，面對天地時空，能不覺得可笑嗎？

讀到宋代林景熙先生的對聯：「**江湖有夢追前事**、**天地無根笑此生**。」下聯恰恰可以借用為拙文之題目。珍惜此生至要懂得惜分惜時，不能讓寶貴的光陰虛擲；我們更要堅持活到老學到老，能做到無悔無憾，也就不枉此生啦！

二〇一〇年三月十七日於無相齋。

天涯錦書不可寄

觀賞《新楚留香》片集，小李飛刀絕技出神入化；關閉電視機後，小李飛刀繚繞腦際，小李之名飄盪心中。那張國字型英俊的臉龐彷彿又現眼前，他當然不是有名的大俠李尋歡……

海浪翻騰風聲呼嘯，幾條漁船靠近那艘殘舊的「南極星座」貨輪，擠滿著逃難者的男女老幼爭先恐後搶爬上去。我們一家十口站在小漁船舺板上手足無措，在顛簸的風浪湧動中，我無法把身邊的五個幼齡子女抱上貨輪。正自徬徨驚慌、倏然一隻粗獷有力的手臂伸下來，我不及細瞧，趕緊將兒女一個個像拋球似的輕輕舉上給那隻大手拉接，連我最後登上貨輪也由他拉扯一把，匆促中向他道謝並請問高姓大名，他爽朗的說：「叫我小李好了。」

暈船沉睡了整天，醒後發現子女饑渴難當；唯有四處覓糧尋水，搖晃行至船頭、想找船長理論交涉。室門開處竟見那青年，小李好眼力也還認得我，再次感謝他協助，傾談中原來彼此皆是閩南人；改用鄉音溝通，他知我一家老少十口欠缺糧食，把我帶去廚房介紹予另一老鄉「老李」，這位五十多歲的廚子性情暴躁，沒人喜歡他。但因是同鄉又是小李推薦，對我倒也照顧。此時才知能說鄉音在逃命途中的重要，碰巧芬蘭籍船長娶了新加坡閩籍妻子學會一口福建話，因能和我交談而委予重任，使我成為「南極星座輪」的難民代表。

小李在新加坡出生，中學畢業後考不上大學，求職任文員，後來東主老鄭改行搞海運公司；一九七八年印支難民潮時期，靈機一動而藉貨運為名暗中接載越南難民到東南亞各國，首次航行我們就相遇也算有緣。

他工作辛勤、每天十幾小時在貨輪上奔波，十分受輪船上難民們的喜歡；事無大小只要找到他，他必定相幫，或轉予其他船員代解決。老李正好相反，經常罵人，向他討水討飯的幾乎都給他大聲咒過，因此大家對老李是敢怒不敢言。

由於未婚、難民中不乏青春女孩對他芳心暗許；但他告訴我居無定所，暫無成家的意念。老闆打算租大輪船再偷運幾次難民就洗手不幹了，他到時有了一筆可觀的金錢，安定後才成親。

小李會講國語、英文、閩南話、印尼語和不大流暢的廣東話，由於熱心助人、故人緣極好，在輪船上行至那兒都有人找他搭訕。一身的肌膚條紋結實，個子適中壯碩，說話聲音清爽，外表給人誠懇的感覺。

我們淪落印尼一個小荒島十七天，雖然生死未卜，那段蓆天幕地棲身海灘的淒涼日子卻也有刻骨銘心的回憶；和小李及船長在半夜烤魚，叫醒子女共啖海鮮，真個「今晚燒魚先享受，明朝無糧天亮愁」；既然生死有定數，憂臉愁眉也無濟于事，苦中取樂，反可為大家打打氣，何樂而不為？

小李知我決心帶了妻兒尋求澳洲作為避秦地，他也非常羨慕；希望脫難後將來還可再聯繫，在荒島時寫下了新加坡的地址給我。其實我們當時並不知道是否能得救？生性達觀的我，凡事都向好的去想，積極的人生觀倒省去了許多無謂的悲愁苦惱。喜歡自尋煩惱的人，終日坐困愁城，是很難明白這點淺道理。

聯合國難民總署交涉後，印尼海軍用七千頓的軍艦到荒島把我們接去新加坡對海的「丹容比娜」島，安置我們在樹膠園內臨時難民營；小李、老李和船長一班人則在數日前由一經過的印尼小漁船載他們回去新加坡。和小李依依揮手，相約將來重逢。

人生難料，萍水相遇；有緣認識，緣滅就散。我半年後移居澳洲，按址去信，小李卻無回覆，錦書不可寄，聯絡也從此中斷了。

一九八二年中、先父母從德國到墨爾本探望兒孫，母子爺孫婆媳分離四載恍若隔世；閒話家常時提起各自逃難經歷，驚訝於先父母對我在貨輪上及無人島嶼境況知之甚詳，原來是聽小李提及。

無巧不成書，並非作書人故意安排，人生際遇有時卻是如此；小李果然在和我分手後未久，再出航遠赴南中國海，此次大貨輪名「海鴻」號。家人接我平安電報後，父母親和二位弟弟兩家共十二人傾巢而出，成為「海鴻」號二千五百多位集體逃亡者中的一份子。

船上擠滿了難民，爭執吵鬧難免；性情平和的二弟極少與人發生糾紛，在出到公海的翌日，不知為了何故，二弟竟與貨輪的某職員爭論到面紅耳赤。幾乎要動武對打的剎那，突然對方叫暫停，大聲發問：「你是不是姓黃？」二弟疑惑反問如何知悉他姓黃？

「你很像我的朋友黃玉液，他在「南極星座輪」做難民總代表，你和他是什麼關係？」

「他是我大哥。」二弟莫明其妙的瞧著面前的大隻佬，沒想到此君忽然間戾氣全消，滿口道歉；二弟問因由後也化干戈連聲對不起，二人竟成朋友。這位二弟口中的「大隻佬」就是小李，亦因此「奇遇」，他在航途中給予我雙親及弟弟家庭諸多方便。我與二弟的外貌輪廓近似，經常被人錯認，想不到也因而得福呢。

一九八五年我初赴德國探親，兄弟談心，小李自然是我們的話題。「海鴻」號停泊馬來西亞港口其間，軍警上貨輪緝拿「偷運人蛇」份子，蛇頭老鄭、水手及老李均被拘捕；小李因人好受到難民們的保護，假冒難民成功，逃過劫數，後來伸請定居澳洲被拒，結果去了加拿大。

難怪我按址寄信、如石沉大海，好人有好報，誠不虛也。

悠悠時光飛逝、記憶中的小李還是三十上下的青年，離別二十多載後，縱使相逢應不識。看戲無心憶故人，天涯各一方，鴻雁無從寄，唯有默禱小李事事如意，生活幸福。

二〇〇二年九月二十八日孔聖誕於墨爾本。

大峽谷玻璃廊橋

幾年前在電視上看到美國大峽谷新建了座玻璃廊橋，橋身伸出崖外，虛懸距谷底千餘公尺，遊人可從高空往下俯瞰。當時心想膽小的人豈不嚇死才怪呢？離墨爾本那麼遠的景點，也許今生無緣去測試膽量了？

世事難料，也因其未知數、人生才會有無窮無盡的樂趣使生活更添激情。此次長女美詩安排「黃石國家公園」七日遊，居然在近尾聲的六月二日前往名聞遐邇的大峽谷，當胡導遊要團友們登記去南谷或西谷時，父女不約而同的選了西峽谷，皆因那座U型玻璃橋是建在西峽谷呢！

女兒懼高、目的是讓我兩公孫見識見識，婉冰向來膽小、為免在橋上貽笑大方，自然退避三舍。到達迎賓站後，急不及待的轉乘印地安人經營的大巴前往第二景區。十餘分鐘後到達，我們爭取時間先用午餐。

不遠處、玻璃廊橋映眼，那道透明的U型橋身真個懸空垂吊在山崖外，橋上人影綽綽約約的移動，有段距離而看不清楚。

與外孫李強找到入口處，出示門券，職員驗明並代掛上手腕，就在長長隊伍後耐心等待，隨著人潮左轉右移。長廊壁上溫馨提示注意事項外，也沿途介紹該橋細節，如懸空U型橋寬三公尺，最遠距谷壁二十一公尺，超過半個足球場的長度等等。

想不通那位來自上海、定居拉斯維加斯的企業家金鵰先生，居然豪擲三千餘萬美元投資建這座玻璃橋？從外觀賞真難看出要那麼昂貴的建築費啊？讀那些壁上英文，才知此橋可承受一六〇公里強風，廊橋還加上三個大避震器，每個重量一五〇〇公斤；耐得住芮氏八級地震，能支撐七十公噸重量，可容納七百成人，但為安全每次只限一百二十人人進入，難怪要那麼多金錢打造啊。

等橋上男女全離開後，再讓第二批一百二十人跨入。遊客得先將隨身物品、相機、錄影機等寄存，每人自選小鐵櫃，上鎖後抽出櫃匙，但要記住編號，不然到時就無法找到寄存物件了。

接著是人人在通道旁大箱上選取一對特別鞋套，自己套上鞋面；是為防止橋面玻璃被擦損。不讓帶相機，真令觀光客大失所望呢。

輪到我們了，才一踏上去，即見前方一位華婦幾乎被嚇到半蹲著身體，她丈夫在前好言鼓勵，可她幾乎快要崩潰般，似要哭出來的就是不敢再移動腳步，讓我公孫相視莞爾。傳說有人嚇到爬著往前挪，見到這位女士，才信所傳不虛。

有兩位專業攝影師在邀人拍照，每位四十美元；原來不讓帶相機竟是經營者的另類財源。三位年輕洋人在攝影師擺佈下，或躺或蹲做出種種受驚嚇的模樣入鏡頭。

忍不住向下望，剎那中、我雙腿發料，幾有寸步難行的恐慌感。立在巨大的馬蹄型平臺上，只要不俯瞰，還能鎮定自如。但向谷底一瞧，奇形怪狀嶙峋山石彷似山精要拉扯我下去？

虛懸谷底高度一二〇〇百公尺，等於四百五十層高樓，是當今世上最高建築物，比全球最高摩天樓還要高出兩陪多呢，心不跳才怪啊！自我安慰後便強攝心神，作深呼吸，慢動作移步觀賞腳底風光。先前那驚怕已無存，代之而起的是萬分訝異於大峽谷的宏偉神奇。該是天地神靈那雙無形的萬能之手，始能雕琢出如此精美的風貌啊！

橋底科羅拉多河如蛇形映眼，可惜水流極慢，不覺雄偉。舉目遠眺四方的奇特山石，那是一千七百萬年前地殼變動，從海底浮升而顯現的啊！悠悠歲月奔走了千萬年之久，才引來了全球觀光客；而人類始祖「元謀人」至今才不過一百七十萬年；中華文化號稱五千年，與之相比，真是太也渺小啦。心中被這一千七百萬年前宏偉奇景震撼，思潮起伏直到外孫叫喚始回過神來。

這座位於大峽谷老鷹崖的玻璃廊橋，英文名稱：skywalk，即「天空步行」。工程完成於二〇〇七年三月，觀參門票三十二美元，還要花費六十九元進入西大峽谷，其中包括印地安族裔經營者的往返三個景點間的大巴士費用，及贈送中式或西式午餐一份。

隨著眾人離開，脫掉鞋套後，再取回鐵櫃內存放物件，前往約定地點與妻女會合。心情極為歡愉，意外能前來號稱世界七大奇景之一的大峽谷，又能高空漫步，在玻璃廊橋上走一回，可說不虛此行啊。

二〇一一年六月八日於舊金山近郊Millbrae鎮。

向證嚴法師敬禮：重讀《千手佛心》有感

多年前加州暴動，在報上讀到一則不起眼的小新聞，一部駛入加油站的汽車被手持刀棍利器的黑人包圍，車內那對驚惶失措的亞裔男女被迫問是日本人、韓國人或中國人？他們坦認是中國人。黑人再問是臺灣人嗎？他們肯定了，想不到那班暴徒竟說臺灣慈濟人是好人，不但不為難他們，且自動圍起來保護他們。放下報紙，繚繞我心中的是「慈濟人」這個前所未聞的名稱究竟是何方神聖？其「無邊法力」竟可令遙遠的美國那些暴徒刮目相待？

十四年前代表澳洲出席「世界華文作家協會」創會典禮，在圓山大飯店內與百山、雲菁這對異國情鴛結緣，能認識雲菁這位心儀頗久的大作家，是我此行最大的收穫。閉幕後並隨團往花蓮觀光，大巴士經過一處環境幽美的現代化建築物，導遊介紹那是由「證嚴法師」興建的醫院。她是一位比丘尼，並問大家是否聽過「慈濟功德會」？車上的作家們都來自海外，人人搖頭，我在腦內立即記起那段曾令我感到震撼的有關「慈濟人」的相關聯想。而這位「證嚴法師」大概就是領導那個有「無邊法力」的團體吧？可惜當時並非安排作家觀訪慈濟總部的所在地，令我錯過了解慈濟會的這個因緣。

十二年前雲菁女士來信告訴我，她受邀寫一部證嚴法師的傳記，因此要前往花蓮謁見證嚴法師，她是用英文創作，好讓世界上英語讀者都能了解這位大慈大悲的法師。心中不無遺憾的想著，對英文讀本一知半解的我，又錯失機會去欣賞雲菁大作的機會了。也無緣對當世這位傳奇人物「證嚴法師」進一步的認識。

沒想到一九九六年三月中，當我收到郵包打開時，竟是雲菁女士簽名贈送給我夫婦的中文版**《千手佛心——證嚴法師》**這本三百五十頁的大作，真是喜出望外。瞧著封面法師微笑的彩照及封底法師合十的莊嚴法相，心中已肅然起敬，就是這位如此清瘦的法師，其「法力」竟能令美國暴徒「知難而退」？心中始終存疑。

捧讀時，也在書頁上用彩筆劃下佳句及法師的金句，本來是要寫讀後感，事忙而丟下，一幌間竟過了七個春秋。月前從加州蒞澳觀光的內弟伯誠，話題竟不離「慈濟」，這位本來沒有宗教信仰的人，如今已是「慈濟人」了。是什麼力量讓他去追隨「慈濟功德會」這個充滿神奇的世界性組織呢？

這些年來在報上也經常讀到有關「慈濟功德會」在全球行大布施的種種訊息，尤其那年前往大陸賑濟，被臺灣短視的人士扣上「接濟敵方」的大帽子？我對法師「眾生平等」的理念，眼中只有受災受苦的難民，而不存在任何意識形態，不管外界的嗡嗡雜音，勇往直前的堅持去大陸救災，真是現世「救苦救難」的觀世音菩薩啊。對這位大師的敬仰更深值心內了。

近日重讀《千手佛心》，這本出自名作家雲菁手筆的傳記作品，果然不同凡響；文字典雅外，全書一氣呵成，娓娓道來彷如閒話家常，親切感人中，把一代大師的生平及心路歷程，清楚詳述。沒有誇張，沒有虛構，寫實文字中令人對書中主角王錦雲，從一個愛家孝親的少女立志出家修行的艱辛之途，那份堅韌不屈的意志真非一搬世人所能想像。

以為這本書必會道出多數宗教吸引大量信眾的「**神通**」，如是想必大失所望。書中提到主角為求母病早癒，要求減壽，其孝心也許感動了觀音菩薩？幾次夢中接自「貴婦人」之藥粉，餵其母飲用，她的媽媽所患的胃潰瘍竟然不藥而癒。最不可思議的是後來花蓮的許老居士帶她到了秀林鄉一座剛建好的普明寺，她居然說曾到過此寺廟。許居士一再強調普明寺是新建好的，這位從未蒞臨秀林鄉的比丘尼絕不可能「來過」？可是在寺外，她卻一一道出寺內結構布置，真是神蹟。

以上所舉是全書提到的不可思議之事，那是菩薩報夢，由王老夫人（證嚴法師之母）講出，也許後來證嚴法師行的菩薩道，可能她就是**觀音大士**的化身吧？

沒有神通，沒有法術，究竟法師如何令信眾追隨？這位每日只睡四五小時的法師，奉行「**一日不作一日不食**」的宗旨，身體力行。以其大慈大悲的愛心，去感化世人，她把大乘佛教積極的人生觀發揮到最高的境界，宏揚正信正道，喚醒根本存在人心中的佛性。

書中最感人的章節是佔全書一百一十五頁的「**慈母的回憶**」，也是自一位慈母的口中所講所述，令讀者知道證嚴法師出家修行過程的千辛萬苦，若非佛緣深厚，以當年代父管理七家戲院的**王錦雲**，可說是一位極能幹的千金小姐，如何能忍受在「鹿野」那處窮鄉小廟飢寒交迫的折磨？被母親追蹤尋回後，再入紅塵，心志不堅者早就放棄再出家的念頭。可是她克服了俗世的一切困擾，最終感動了家人而完成修行心願。

法師那些開示，彷彿隨口而出，卻是真理，也是不可多得的金句。這本書中引用極多，也證明法師的智慧並非凡夫俗人可比，顯淺的理由，經由法師演繹出，就成了極感人的道理。隨手翻閱舉例如下：

「願有多大力有多大。因此人應該自求多福，而不是求佛陀保佑。」（43頁）

「人若發揮出良知與大愛，他的真性也就如明鏡或澄湖般，顯現出來。」（142頁）

「一個作家必須心懷誠意，客觀的報導人生。」（181頁）

「作家不僅於寫作，更要人如其文，不能互有矛盾；筆下所寫，必須與其言行相合。」（181頁）

「良知猶如夏日穿透雲層所透出的陽光，一旦覺醒，便能驅逐不良影響的外力。」（141頁）

「智慧是一種良能，能明辨善惡與是非。」（157頁）

「當一個人能為了大我而忘卻小我時，他就會有超人的力量，勇往直前。」（167頁）

這句話正是**證嚴法師**自已的寫照啊！雲菁女士訪問法師時，忠實記錄下這些對話，處處可見，讀者若用心去消化證嚴法師的金石良言，必受益無窮。

慈濟人的清規戒律中的第一條竟是「**孝順父母**」，這和法師對父母的孝行是不可分開的，如果連對自已的父母都不孝之人，怎可指望這種人去布施呢？因此，先前叛逆雙親或不奉不養者，若一旦成為慈濟人後，必定已改過自新了。那些有兒女參加慈濟功德會的父母有福了，至少家中從此多了一個孝順的子女。

證嚴法師開創了慈濟功德會，興學、辦醫院、行大布施，宛若大慈大悲的觀世音菩薩普渡眾生，以千手佛心宏揚正信佛教。和**星雲大師**的人間佛法互相影輝，這一僧一尼兩位同門大師，成就及開創了佛教的大業，不但名揚全球，也使世人對佛教改觀，功德無量是必然之事，在佛教史上也必名垂千古，應毋庸議。

重讀完《千手佛心》這本傳記文學，對證嚴法師的偉大事蹟及慈濟功德會這個宗教慈善機構有了正面的了解，謹撰粗淺的讀後感，藉此向證嚴法師致以衷心的敬禮，並祈求證嚴法師福體安康，繼續帶領慈濟人行大布施，使其大善行影響世道人心，希望世界人民都來加入慈濟功德會成為慈濟人，把正信佛教發揚光大。

撰於二〇〇三年九月二十八日無相齋；二〇〇六年九月三日父親節重修。

心中無事一床寬

現代人對於醫治失眠的方法多不勝數，各種各類偏方往往令失眠者趨之若鶩；當然、最直截了當不外吞顆安眠藥。一旦要靠藥片治療，將會有無窮後患，也就是所謂的「後遺症」，這無疑是飲鴆止渴。

最為人知的方法是數羊，但未必有效。以下是一則有名的數羊故事，不妨記下讓大家笑笑。某君多年來為失眠所苦，對能醫治此症的方法都儘量去試。他終於聽到「數羊」這則洋人妙法，當晚躺臥床上後，便開始認真細數。一隻羊、兩隻羊、三隻羊、十隻羊、百隻羊、千隻羊一直數下去；到了萬隻羊時，竟然高興到睡意全消。想到每隻羊值一百澳元的話，豈非有了百萬元財產？有了百萬元之後，開始想要如何運用這筆錢了……。

漫漫長夜輾轉難眠，左翻右動，越急越難入睡；那份不堪言的苦，真個如人飲水冷暖自知了。從事勞力者，因為整天勞動，全身早已疲倦不堪，往往上床就打呼嚕。被失眠折騰的大多數是勞心者與有閒階級，自然還有少數是因體康原因，如血氣過虛，或得亢奮症。

有宗教信仰的人，越虔誠的信眾，越不會失眠，那是宗教的無形力量。這些信眾把今生來世、個人運程，死活等大小事都交託予菩薩、滿天神佛或天主、上帝或阿拉真主。因而、凡事較樂觀，至於信者是否真能永生？不勞外人掛心也。

信者絕對相信都能被其崇拜對象所庇佑，心安理得，少了種種擔憂，自然能安然尋夢了。

打坐是佛教一種靈修，最大目的就是收斂野馬之心；將心安於身內，將心定於一處。若心能安，也就能靜，自然易入夢境。當然、這個方法必要有師傅指點，才不會「走火入魔」，傷及身心。

天主教教友們，可試頌念玫瑰經；佛教教眾默頌心經或「阿彌陀佛」佛號；心誠則靈，必然會在聆聽自己的念經聲中沉沉入睡。

受失眠之苦者，有些老生常談的守則是該相信的：如黃昏後就不要喝濃茶、咖啡等含有咖啡因的飲料，我每日午後三時開始，這類飲品就不沾唇了。持之以恆、多年來成了習慣，絕對有助安眠。

常失眠、除了因體康問題外，最大原因都是大腦被刺激，腦神經細胞每分每時都在工作；如喝濃茶飲咖啡、加強咖啡因在腦內作祟，遇到高興或悲傷的事，大喜大憂情緒起伏不定，都直接影響腦部而難安枕。

「心經」內有四句經文：「心無掛礙、無掛礙故、無有恐怖、遠離顛倒夢想。」真是佛經中的「金句」；也是「心經」的精華所在。人如能做到或修到「心無掛礙」這種境界，腦中自無雜念，腦神經平靜無波，心安心定心靜心寧，那會失眠呢？

讀過借用上聯引為本文題目的對聯如下：

心中無事一床寬、眼內有塵三界窄

如能「心中無事」也就與心經經文「心無掛礙」同理了；沒任何事情放在心上，將一切雜事雜念都拋到雲霄。躺在床上，必然感覺眠床又大又寬又舒適，保管輕鬆自如的很快尋夢去了。只要明白世間本無事，庸人自擾之；做人千萬不要自尋煩惱，放下執著，拋開一切，心就會自在，了無牽掛，躺到床上必然安睡甘甜如蜜。

生活起居，作息時間要有規律；人的生理時鐘運行得極準，不要擾亂了它。旅行發生的時差，之會令人失眠，作怪者正是人體生理時鐘。每晚定時上床，寢室不要太亮或太暗，睡前喝半杯牛奶或食兩個奇異果，有助安眠。

不要讓雜念老在腦中糾纏，上床後、將所有日間的事務、未完工作、尤其是人際間的是非恩怨都拋之腦後。天大的事都可以留待明天解決，堅定的相信，天下沒有什麼大不了的事。凡事一笑置之，心中自然無事，豈會失眠呢？

千萬不要倚靠安眠藥，一旦上了癮，對肝臟的危害將會後患無窮。只要學習「心無掛礙」，上床前養成「心中無事」，將胡思亂想種種念頭和自尋的煩惱全拋掉。放下一切，閉上眼睛，包能好夢如蜜芬芳、甘睡到天亮。

二〇〇九年十二月廿九日於無相齋。

忍把浮名換一笑

上星期撰作了一篇述及與泰華作協資深作家們結緣的散文，投稿《泰華文學》雙月刊，用「一笑白首問蒼穹」為題。事隔一週，今日創作竟也用上了含有「一笑」的題目在內，也覺得巧合。

定居美國科羅拉多州的欽廉才子、作家兼詩人吳懷楚兄的書齋就叫「一笑齋」，心中一直好奇，明知與「一笑置之」有關，但還是忍不住去信請教。翌日就接到回函，懷楚兄大扎節錄如下：

關於「一笑齋」其中的含義，其實很簡單，我這個人從來都不喜歡跟人家爭勝鬥強、不愛出風頭；凡事對與錯、成與敗、得與失，我都不會把它當作一回事而放在心上，因之很多時候，我都是「一笑置之」。

還有一個原因，我之所以用「一笑」這兩個字，是因為早些時候，我得到住在北京的一位名篆刻家孫竹老先生刻了兩方石章送給我。其中一方石章就引用了蘇東坡的兩個句子：「酒醉還醒醒還醉／一笑人間古今！」

這位篆刻家著有《印魔集》，他有送一本給我，好多年我都沒有跟他聯繫了。

懷楚，二〇〇九年十二月十一日於一笑齋。

原來我的猜想只對了一半，另半是篆刻家贈送石章中引用了蘇東波名句，總算解我迷惑。凡事都能「一笑置之」，真是談何容易啊？不知要讀了多少書，在人生旅途上經歷了多少風雨，遇到無數挫敗折騰，才能在歲月流逝中磨練出來的處世哲學。

過了耳順之齡後，也漸漸領悟到「笑對人生」的態度。若可衝破「名關利鎖」的困擾，自會活得更加悠然洒脫；也會少些煩惱，不爭不求不搶不乞，不但心安、且人品更加高尚。

往昔常將寶貴時間浪費在無聊的文字爭論上，縱然贏了，無非自我陶醉一番。何況、天下事沒有絕對，歪理或真理？要看出自那種角度那類信仰而定？

遇到對方是君子還好，以理服人；可碰到「文痞」、「不學無術」的流氓，被糾纏不清，更會引來一堆牛鬼蛇神大搞「文革」式鬥爭，非要將你鬥臭鬥敗不可。惹來氣憤、不平或失眠，真是何苦呢？

尤其是虛名害人，最常見的是團體中為了排「名」而反目者比比皆是；某些社團領導為了「雞掌鴨掌」名銜而尸位素餐者也不少呢。

四年前開班教電腦中文輸入法、遇某大領僑竟稱我「黃教授」？令我臉紅羞愧難當，連連搖手，鄭重拜託勿用此不當稱謂，才改稱「黃老師」。「教授」也者，千萬要名符其實，南澳大作家徐家禎先生畢生在大學授課直至退休，名片只印上了「講師」，令我起敬。不像某些教繪畫、教書法、教氣功、教唱歌的「老師」飄飄然的喜歡被稱「教授」。

三年前、北京「中國文化管理學會」為了搭起中外文化交流的橋樑、連接海峽兩岸情誼的紐帶、展示中華民族風采的舞臺及弘揚傳統美德等宗旨；而編印二〇〇六年中華文化對外交流大型系列叢書《中華頌》。

我意外收到來函、大意說「……因歷年閣下對海外華文文化的積極弘揚及貢獻，而獲得多位中國學者、教授及海外華文作家們的推薦，經本編委審核後，鄭重邀請閣下參加，以將先生傳奇人生收入此巨著叢書中。」

不免驚喜，思量後回電話婉拒了。心想大概找錯人了吧？不論「黃玉液」或「心水」，無非是一個姓名，一個筆名而已。不過是地球上人類姓名六十餘億份之一，刊出來對己對人又有何影響呢？

去歲五月，電腦郵箱收到「中國世紀大采風活動組委會」來函，說「為了彰顯改革人物驕人風采、紀錄改革開放輝煌歷程」；請我傳去相片及以資料，以備發行一輯郵票，定名為「中國改革人物紀念郵票」。逾期沒回覆，多次從北京來電話誠邀。我婉拒好意、回答「本人對中國改革開放並無寸功，愧不敢當呢。」

令來電話者大惑不解，說「可以光宗耀祖」啊！為何推辭？

月初又接到北京「世界華人創業協會」電郵，長達四份的附件，定名為「復興之路——

『**共和國建國六十年周年、海內外六十位華人楷模**』珍藏郵冊活動通知」。

我是六十位被選上將肖像印上面值人民幣一元或二元郵票者之一，由中國郵政總局於二〇一〇年元月下旬面向全球定向發行。

讀完全部附件，隨即回函婉拒這份好意了。寄信人縱然買了印有我肖像的那張郵票，還不是匆匆貼上投郵？收信人除非是愛好集郵，才會細看和剪下存放。除此、還會冒著郵票相片被用者沾上口水，有我「肖像」的信封被扔掉與垃圾為伍呢。

翌日接到北京電話：「黃先生、希望您不要錯過這個令許多人垂涎的大好機會啊！」我很禮貌和誠懇的請問是何人錯愛推薦？說為了隱私而不能相告。微笑收線後，才醒起忘了告知她，我的書齋叫「無相齋」啊。概已明白金剛經大義，自不會「著相」呢？

人生如朝露、虛名亦如浮雲。歷經苦難、退休後能活得自在輕鬆，將生活規劃到「退而不休」，讓餘生繼續發光發熱。做自己喜歡的事、定時散步、創作、上網、讀書、蒔花，偶而享受弄孫樂，不亦快哉！

想起讀過「忍把浮名換一笑」這句詩、貼切一如我心情；借用為題，盼能與有緣讀者共勉。

二〇〇九年十二月十八日於無相齋。

悠悠夢裡無尋處：悼念何堪義兄

墨爾本的冬雨竟夜纏綿、淅瀝有聲，如泣如訴，輾轉難眠，本想在夢中可以像六妹般的夢境，能與故人相見；可越想進入夢鄉越無法達成願望，正似我們一別幾十載，絕沒想到今生就重逢無期了？

幾天前在舊金山的陳國樑襟弟哽咽著通知我，您已經在七月五日走了。明明醫生說好還有半年時光，居然快到令我無法置信；大驚而恍惚，唏噓感慨萬千，一時語塞。惆悵掛上電話，知道再撥加拿大相同的號碼，接聽的人永遠不再是大哥您了。

唉！為什麼？為什麼會那樣忍心，四月我在加州，打電約您蒞澳觀光，您滿口應允？那時若知道您會瀟洒的如此離開，一定從舊金山前往探望，哥兒倆便可共剪西窗燭。

連您也不能預知胃中的腫瘤以極惡毒的速度膨脹，醫生束手無策讓您回家。我知悉後，心中猶若被重搥所擊，痛在體內擴散，但還是抱滿希望，世間總有奇蹟和曙光。

國樑與您在越南芽莊共同為韓軍部隊當翻譯官，袍澤情深，他在您惡疾纏身時，經常通話，不少有關您的病況都是他熱心轉達。

月前致電問候您，接通時、是大嫂悲慟的聲音，她定然心知不妙，鰜鰈情濃，難禁悲傷。

電話傾談時您還是那麼自信，講病況宛如在談他人之事，娓娓道來，平靜而安詳。聽到您熟悉的聲音，心中一熱，時光恍惚倒流……

十幾歲升初中，投考福建中學，被錄取而有緣與您同班，那段無憂的青春歲月，是人生鮮有的幸福時光。後來兵荒馬亂、戰火蔓延而被迫各奔前程，幾個少年郎臭味相投而學習桃園結義，您果然是老大，而我成了老五，唯一的妹妹自然是老六。

老二遠走他鄉，成家立業；一九七五年後舉家成了紅高棉的槍下冤魂，才過而立未久，天何不仁啊，讓此惡魔橫行，強殺我義兄。

那年我也到了芽莊這個美麗的城市，閒時兄弟共聚，您與國樑一身韓軍戎裝，不開口絕沒想到二位不是高麗士官；乘座您的吉普車在海灘迎風馳騁，其樂無比。

在韓軍駐紮營區內，多次一起享用士官級的午餐；內妹與內子先後在韓軍軍醫院內治療，也全都是您與國樑的安排，您不但是我的大哥，也是內子內妹的貴人呢。

前兩天致電，果然不再是您的聲音，陌生人是素未謀面的侄兒女；對他們說我是當年為您迎親駕花車之人，令您的兒女大感驚訝，大姪女竟已三十五歲啦，算算「當年」也已是三十六、七年前之事了。

投奔汪洋淪落印尼荒島餘生，匆匆三十年，我們整整分離了三十載，總沒想到今生再無重逢之期？老大、我們竟然都老得那麼快，而您要來澳洲的許諾居然再難實現，天何殘酷啊，為何要如此作弄我們呢？

兩次的電話，大嫂都不在，分由侄兒、姪女接聽，也好、可免大嫂聽到遙遠故人話語而飲泣淚下，真不知該如何安慰這位賢慧的嫂嫂啊。

相距萬里遙，再幾天就是您的葬禮，恕我無法前往送別，也無法親至靈堂弔唁致哀。唯有敲打鍵盤，將我的哀思注入螢光幕，再化為文字。您生前是我的讀者，走後、請讓我也以一個個方塊字為您送行。老大、您的戰鬥最終勝利了，所有的癌菌全被您帶走了，相信您將心無掛礙的離去。

這幾日、我所能做的就是打電話，將您遠離的訊息告知老同學們，遠在馬來西亞的六妹培焜，知道後哀傷的給我回了易妙。在越南的老三要再過幾日接到我的信後才知噩耗。

今早為您撰打生平簡介，使能在靈堂致祭時宣讀。往事歷歷，一幕幕宛如影集劇情，如煙的歲月，一去不再回頭；而您竟匆匆的連一聲告別也沒有，就悄悄的安靜的走了，留下的是讓我咀嚼當年無數歡樂嘻笑的片段。

大哥！今生相會無期，悠悠夢裡，尋尋覓覓，竟也東碰西撞而再難重聚？您好走吧，幽冥若是四維時空，兄弟總能再聚；不然只好待來生有緣再拾舊誼了。

安息吧、敬愛的老大！

二〇〇八年七月十一日於墨爾本。

一笑白首問蒼穹

前週收到許均銓文友的電郵，通知我明年亞細安文藝營將由「泰華作協」主辦，這位熱心的澳門知名作家，並向泰國主辦單位建議，今屆應特邀澳、紐兩國作家出席盛會。同時告知越南及緬甸將首次派出代表，日本的荒井茂夫教授、香港作家都會參加，亦將聯繫人楊玲文友的電子郵址一併傳給我。

想起一九九〇年六月二十四日，澳大利亞首次有華文作家代表團、受邀前往曼谷出席「第四屆亞洲華文作家會議」的國際大會；我有幸成為四位作家代表之一，帶了幾本僅有的拙著：首部長篇小說《沉城驚夢》前往參加生平首次的大型文學會議，心中興奮實難形容。

相隔六年又有緣再度蒞臨曼谷，那次是出席「第二屆世界華文微型小說研討會」，兩次都蒙泰華資深作家陳博文親自接機，因而與陳老結下了深厚文緣。同時熟悉的是司馬攻會長、老羊、曾心、子帆、黎毅和夢莉等當地知名作家。

往後便與陳老魚雁往返、並長期收到《泰華文學》季刊；因而經常能讀到泰華文友們的作品。時空間隔，卻透過文字傳達了友情。

當年膽敢與這班前輩「稱兄道弟」，是中年的我，感覺到陳老、司馬攻、老羊及黎毅諸君頂多比我略大吧？而萝莉雍容華貴姿態輕盈，更無法猜知芳齡了。唯一比我年輕的應是天不假年的子帆兄及後來認識的夢凌了。

八年前開始被電腦俘虜了後，便極少提筆寫信；和陳老的往還書函也因此中斷。偶而透過陳小民文友的電郵投稿時，託他代我致候。

去歲泰國紅杉軍動亂，心中記掛著老友們的安危，找到陳老的電話，接通後讓他意外驚喜了一陣子呢。

有感於許均銓的盛情，躊躇再三；幾天前還是冒昧給楊玲女士去函，目的查問明年亞細安文藝營舉辦的日期？因為大洋洲、香港、武漢、廈門先後召開的會議時間大致已定，若相差不遠，往泰國是值得考慮。真正目的是和久別的泰華文友們重聚話舊，我非學者專家，出席此類國際性會議、無非聆聽前輩作家及學者們的教益吧了。此外最大收穫當然是廣結文緣，可與世界各地文朋詩友們交流。

楊玲女士即時回電郵，令我意外的是，她竟然是老羊文友的千金；虎父無犬女，父女不但同是作家，且都是報社主編，真是泰華文壇的佳話呢。老羊有女繼承父志，老懷安慰不在話下。趕緊回「易妙」託楊玲代我向其令尊翁問安，一別十餘載，在家安享晚年的老羊，居然沒忘記了我這「後生」晚輩，真是很高興。

昨日黃昏，心血來潮就給陳博文掛電話，陳老以為我到了曼谷？他爽朗的聲音如昔，由普通話再變成潮語傾談。長期擔任泰華作協副會長的陳老，熱情相邀，請我與婉冰明年前去曼谷參加盛會。詢及其體康，高興的說還好呢！並告知已經行年八十三啦！再過半月就八十四了；提起老羊，說已八十六、已少出門了；司馬攻會長也將近八十了。

陳老口中這幾個年歲數字真的嚇我一跳，曾幾何時，這班熱心創作的資深作家們，竟都已垂垂老矣？而令我汗顏不已的是，這麼多年來，竟膽敢與這班前輩「稱兄道弟」？可說狂妄自大，實在抱歉呢。可能、從他們多產的作品中，以及當年初識時，主觀認定不外大我幾歲吧了？

至今出版了五十二期的《泰華文學》，見證了這班前輩們對宏揚中華文化的執著和努力；陳博文的作品系列共結集了二十四部，有近半數在我書齋中典藏。泰華前輩們創作之勤，作品之豐，在在令我敬佩萬分，也是我學習的好榜樣呢。

每週日，泰華作家們都定期前往曼谷作協會址歡聚交流；在商業潮流中，如司馬攻、嶺南人、夢莉等儒商作家、詩人們，及老羊、陳博文、黎毅、曾心、鄭若瑟及洪林等健筆，始終如一對文學創作的熱情與傳承，為海外華文文學作出了極大的貢獻，必將在海外華文文學史上留芳。

月前接到維州州長寄來專函，祝賀我已退休；洋州長對任何已屆退休人士都會寄上賀信及福利優惠卡，以表對高齡公民的關懷。對鏡兩鬢已經飄霜，但比之泰華前輩們，我只能算是晚輩吧了，豈能輕言已老？更無資格倚老賣老呢！

歲月不居，我在安定美麗的澳洲淨土生活，日子飛逝剎那而過。一九九六年第二次到曼谷，會議落幕當日，受司馬攻會長之託，要我為告別聯歡晚會充當司儀，歡笑聲歷歷在目，轉瞬竟已十三年半啦！

戶外青天白雲飄浮如昔，仰首輕問永恆的蒼穹，人間為何一笑變白首呢？風在拂、雲在遊，蒼穹無語，我忍不住的展顏，歲月啊歲月……。

二〇〇九年十二月十一日於墨爾本。

〈四海作家雲南采風錄〉之一：滇西友誼之旅

中國雲南省、我只知有昆明、大理、麗江等觀光城市，餘者全是陌生地；在我旅遊規劃中，對一無所知的滇西，絕沒想到會有機會前往。

多年前受北京作家白舒榮女史託付，代為其主編的雜誌組稿；並蒙委以該雜誌澳洲地區編委之銜，神交多載並未謀面。直到三年前始在汶萊舉行的「世界華文微型小說研討會」上相遇，才算真正結上了文緣。

二月底忽接到白舒榮主編發來的邀函，廣邀四海作家到雲南參加潑水節及采風觀光。時間是四月六日至二十二日，長達十七天之久；並說明不能轉邀其他作家，因限於名額也要求勿張揚。主辦單位是「雲南鵬立愛心文化工作室」，與官方無關，並要求我們四天內決定是否受邀？

本已購了機票定於四月二十日啟程、前往歐洲為先父母掃墓；時間衝突，看來無法應邀了。婉冰對雲南早已嚮往多時，心動不已；躊躇一番後，終於致電航空公司、花了一百五十元更改赴歐洲的機期，趕在截止日前回函白舒榮應邀赴會。

心中好奇、想知道其餘受邀的作家是誰？可惜無從打探，大家守口如瓶；唯一知悉者是紐西蘭的林爽。未幾、白主編傳來主辦單位成員之一趙立志先生的電郵，說她功成身退，今後有關前往雲南事宜請和趙先生直接聯繫。

行程表中有一天是在盈江參加「刀安仁先生思想學術研討會」，對這位傣族烈士生平一無所知；時間緊迫、一大堆雜事尚待處理，也就無從上網細查資料，論述唯有從缺了。

趙先生在電郵中很客氣，有問必答，有關雲南天氣、潑水節情況等等，均耐心回覆，讓我們大為安心。啟程前盡責的家庭醫生，要我們打防疫針，喝預防瘧疾葯水。婉冰怕蚊蟲，購備了防蚊水防蚊手鐲及防蚊膏、以及各類藥油以備用。

四月二日我們先到香港，素未謀面的飄雪文友母女親到機場接機；婉冰在機場受大風熱情吹襲，到港後即感冒；每日都陪她食粥，幾乎將旺角區數家粥店的各類粥食都嘗遍了，真擔心要打道回澳洲，取消雲南之行呢。

六日下午准時到達了昆明機場，歡迎隊中有人獻上了玫瑰花束；主辦單位的陳志鵬老先生與年輕的趙立志親自迎接，才知道「雲南鵬立愛心文化工作室」就是取用他二位名字中的一個字而成立。

同機到達的還有舊金山的吳玲瑤女士，這位著名的幽默作家十餘年前已相識，多年不見、風韻猶存，她自嘲為「資深美女」，此後十餘天有她同車，讓大家笑聲不絕，不愧為搞笑高手。

機場前往市區、途上大塞車，花了個多小時才抵達楚雄大酒店；是夕歡迎酒會上，終於揭開了蒞臨參加的四海作家們的廬山真面目了。

曾經在不同國家出席文學會議而相識的作家、有來自臺灣的陳若曦、美國吳玲瑤、簡宛、王性初、王克難，印尼的袁霓、汶萊的孫德安、德國的譚綠屏、麥勝梅、馬來西亞的李憶莙、紐西蘭的林爽以及兩天後才趕到的雪梨莊偉傑等十二位，大家歡喜無限的聚首話舊，都為能再次重逢而感恩不已。

新識者有「四海作家雲南采風團」團長、中國作家協會榮譽副主席鄧友梅、副團長陳志鵬，新華社高級記者韓舞燕（鄧友梅夫人），美國亞省時報總編輯少君、拉斯維加斯華文作協會長尹浩鏐和夫人尹淑英、名作家盧新華、紐約的王威、楊芳芷、黃怡、生物科技專家石家興教授（簡宛夫婿）。加拿大的林楠、新加坡的尤今、林日勝工程師（尤今夫婿）、香港的張詩劍、陳娟博士、林耕、荷蘭的丘彥明、馬來西亞葉歡玲、雲南作家張承源、張昆華、彭鴿子、記者鄭千山等二十三位。

最令大家失望的是召集人、副團長白舒榮女史臨行前身體微恙，未能前來，是此行美中不足之憾事。

全程陪同的主要工作人員包括電郵上神交的趙立志、趙曉傑、攝影家鄒平、郭紅雲醫生、傅雯藝女警官、簡鳴中校、畫家楊樹友、彭再麗和兩位駕大巴士的彭師傅等。

根據行程，采風團將走遍滇西大城小鎮，包括翌日車行整日到首站的騰衝、過高黎貢山、瞻仰國殤墓園、和順僑鄉、第一鄉村圖書館采風團作家們贈書儀式、參觀艾思奇故居、抗戰博物館；到德宏、觀李根源故址、緬甸土司府、阿露窩廣場。去盈江縣出席刀安仁思想學術研討會、瞻仰刀安仁墓及故居、中國第一棵橡膠母樹、觀賞盈江廣場綜藝晚會，芒允抗日紀念碑。允燕山佛塔風景區，報國寺。

赴隴川縣、沿途觀看戶撒阿昌族民居、阿昌刀市；去廣山、參觀拉影抗日紀念碑、景頗生態園、參與目腦縱歌、上山參加採花節、即潑水節序幕。往瑞麗市、遊瑞麗珠寶街、姐告中緬貿易區；莫量生態園。

去畹町生態園、孔雀園、獨樹成林、姐勒金塔、中緬友誼橋、南洋華僑機工紀念碑、三臺山允欠德昂族示範村寨；到芒市參觀廣場、中緬友誼館、樹包塔、菩提寺、芒市抗戰紀念亭、大金塔、孟巴娜西珍奇園。

再往施甸縣、出席由旺中學會報、木老元哈寨。保山市博物館、隆陽太保公園易羅池、出席文學講座。往楚雄彝人古鎮、博物館、太陽曆文化廣場、祿豐恐龍谷、姚安遊龍華寺、德峰寺、看梅葛文化表演。到元謀、中途參觀永仁苴卻硯作坊、土林、元謀人博物館、元謀人遺址；去武定、遊獅子山、體驗酒歌，返昆明、遊大觀園。

十多天遊遍了滇西各州、縣、市、鄉，景點之多之豐塞滿腦袋，是生平一次過旅程吸收到如此豐盛的山河美景、歷史人物、地方掌故及各族民情。美酒佳肴笑聲歌聲一路伴隨，濃厚的友誼友情充斥，令所有參與采風的世界各地華文作家們畢生難忘。

好事要與讀者分享，將就記憶所及，撰作此行觀感、分題刊發；希望抛磚引玉，使各地讀者朋友組團前往觀訪，可見證滇西的奇風異俗及感受少數民族們的熱情友好，亦不負主辨單位諄諄寄望。

二〇〇九年四月二十六日於墨爾本。

滇西友誼之旅，心水攝於中緬國界。

滇西友誼之旅，心水攝於滇西。

〈四海作家雲南采風錄〉之二：國殤墓園祭烈士

六十餘年前對日本抗戰八年，是中國近代史上最慘烈的一場保家衛國的戰爭，八年裡發生了數不清可歌可泣的事。但對於六十五歲以下的人，並無切膚之痛，彷彿是好遙遠好飄渺又事不關己的記錄。

童稚期就從父母口中知道、因為日本侵略、故國民生凋敝而令父母遠走異國他鄉；每提起倭寇在南京大屠殺，先父必咬牙切齒令我印象深刻。小心靈竟莫明敬佩那班抗暴英雄，為國為民奮不顧身的拋頭顱洒熱血，常興起餘生也晚之慨、不然也可仿效諸先烈投戎殺寇。

南越華埠平泰義祠有抗日十七烈士墓，每參加送殯至該義祠，必向烈士墓碑鞠躬行禮，以表敬意。離開南越三十載，往事早如煙塵飛散無蹤了。新鄉澳洲只有追思越戰陣亡戰士，與中國抗日絲毫無關。

沒想到「四海作家雲南采風團」四月八日清早從騰衝住宿酒店出發，首站竟然是到離城西側的「國殤墓園」，向當年收復騰衝英勇殉國的三千餘烈士致祭。

鄧友梅團長與陳志鵬副團長帶領下，由簡鳴中校與傅雯藝警官扶著大花圈代表國內作家、簡宛與尤金持著另一個大花圈代表四海作家團前往祭臺「忠烈祠」獻禮。全團數十人眾列隊步上石級，到達山頂大殿正門前，四位代表將花圈恭敬獻上，大家向烈士們行三鞠躬禮，儀式莊嚴隆重，禮成後各自到墓園瞻仰。

這個墓園佔地近八十畝，除了安葬三千餘位中國遠征軍抗日陣亡將士外，還埋葬了十九位盟軍官兵。在一處不起眼的山地，居然還有個墓穴、碑石刻著「倭冢」，想是將倭寇屍骸集體埋葬了，可見中國人的寬宏大量，並沒有將凶殘敵人暴屍荒山野嶺。

忠烈祠堂上正中，高懸國父孫中山先生遺像、兩旁竟掛著「青天白日滿地紅」旗和國民黨黨旗，真令海外華文作家們大感意外。地方政府尊重歷史事實，因為這座墓園是一九四五年抗戰勝利後、國民政府在當地人民大力支持下，花巨資為烈士們修建了這永遠安息墓地。

更不可思議的是文革期，「忠烈祠」居然沒被那班無法無天的小鬼們破壞，可見烈士英魂有靈，庇佑了祂們安息之地；加上地方政權開明，實事求是，不以意識形態強分「敵我」，才能在孫中山先生遺照兩旁分掛那二面旗幟。騰衝有如此開明領導人，應予宣揚表彰；今日海峽兩岸融冰，意識形態已淡化，能彼此尊重，更可增加互信及合作。

墓地分布山陵四方、排列整齊，墓碑是姓名和軍階，尉級以上軍官們埋在同一山丘，士官及士兵則分布其餘山陵。我瞻仰著這些烈士們一個個簡陋的冢穴，默默向英魂致以最崇高的敬禮，表達一位海外炎黃子孫對抗暴烈士的尊崇。

讀到石刻文字「答田島書」，是騰衝淪陷後，進入高黎貢山組成戰時縣政府的張問德縣長所撰，這篇傳世文書是回應佔領騰衝的日軍行政首長田島的勸降信，文氣大義昭顯，其中如：

……騰衝人民死於槍刺之下，暴露屍骨於荒野者已逾三千人，房屋毀於兵火者已逾五萬棟，……而尤使余不忍言者，則為婦女遭受侮辱之事。凡此均屬騰衝人民之痛苦，余願坦誠向閣下說明，此種痛苦，均係閣下及同僚所賜予，均屬罪行。……**由於余之責任與良心**，對於閣下將提出之任何計畫均無考慮之必要與可能。……

讀來盪氣迴腸，是一篇正義檄文上上佳作。

這位年逾花甲才請纓擔任抗戰時騰衝縣長的**張問德先生**，在抗戰勝利後甘於淡薄，即辭官歸隱直至瞌然離世。他不但是抗日淪陷區縣官的楷模，也是中國讀書人的好榜樣。我站在石刻文章前，邊讀邊遙念這位民族英雄的崇高氣節，敬仰之情難掩，唯有向碑文鞠躬敬禮。

離開國殤墓園後，轉道參觀和順「滇緬抗戰博物館」；這座博物館在二〇〇五年七月七日才開館。展出五千件文物及圖片竟都是**段生馗館長**的私人收藏，他花費了二十餘年歲月收集倭寇罪行罪證，目的就是不想讓這段日軍侵略滇緬的惡行被歲月沖淡。參觀者莫不被帶回當年抗戰那沈痛的史實所震撼、為日軍暴行所激憤。

騰衝先賢有張問德先生如此大義的縣長，當代有段生馗先生這般熱心維護史實的館長，都值得我們學習與尊敬。難怪作家們紛紛要求與段館長合影，樸實無華的段先生笑吟吟的來者不拒，一一滿足了四海作家們的願望，才親送大家離去。

有機會到保山觀光，切記要去騰衝「國殤墓園」憑弔先烈，也勿忘去和順「滇緬抗戰博物館」看看那五千件展品，包管看後對一甲子以前在中國邊陲雲南、我們同胞與美麗家園被倭寇侵凌的血淚史實有深入的認識了解。

保山離昆明四九八公里，乘公車六小時；空中距離只有三六〇公里，飛機航行四十五分鐘。保山有班機飛昆明、廣州。從保山乘出租的士到騰衝城區起價只要五元人民幣。昆明每日均有直達騰衝縣的班車，陸、交通非常方便，去雲南觀光，千萬勿要錯過前往上文所介紹的點景。

二〇〇九年四月廿十八日於墨爾本。

〈四海作家雲南采風錄〉之三：潑水送吉祥

地球有四分之三面積被水包圍著，水是孕育萬物的甘泉，沒有水的話，這個宇宙中最美麗的圓球也將如太空內萬千顆星星般，再無生命存活。

廣東話裡，水等於錢，有錢人叫做「踏水佬」、「踏」含有重疊極多之意；手頭緊時要去「撲水」、錢袋空空時就說「荷包冇水」；可見水對人的重要性。

早已知道泰國每年都有一個狂歡節日名為「潑水節」，往往在電視上見到大堆男女用各式各樣的盛水器互向對方潑水，弄得一身濕淋淋，彼此卻嘻嘻哈哈不以為意。但總不了解「潑水節」的意義何在？

接到白舒榮主編從北京發來邀請函時，內容中就點明要參加雲南潑水節，還溫馨提示我們要多帶幾件衣服和拖鞋，才可在弄濕身時替換。啟程前，心中一直耿耿，怕水的婉冰更儘量多拿了幾套內外衣褲；留香港時竟還買了雨衣雨傘，真個有備無患呢。

四月十日四海作家團到達了德宏州西南部的隴川縣，受到該縣各級領導熱烈歡迎；當日在廣山生態園參觀時、一起學習跳刀舞。晚餐更品嚐了生平首回的「綠葉宴」，所有佳肴全包裹在青翠的葉子內，別有一番風味。

隴川地處中國西南與緬甸毗鄰的邊陲小縣，擁有近十八萬人口。其中佔了全國近三分之一的景頗族定居在此、阿昌族的半數人口也在此落戶。此外、還有傣族、德昂族和傈僳族等少數民族聚居。難怪每年四月的潑水節會成為該地方的盛大狂歡假期，我們適逢其會，才有緣共度「潑水」慶典的美好時光。

十一日上午九時許「作家采風團」大巴士、從宏運酒店出發到達縣政府大樓前廣場集合。該縣各領導與來自鄰近機構的成員們，早已在等待；廣場上停著幾十部開蓬貨車，車廂上擠滿了歡天喜地的各族同胞，人人手上持著大小不一的膠桶和盛水器，看到如此陣勢，我們這班文弱書生不禁憂上眉頭，看來變成落湯雞是難免了？

浩浩蕩蕩的車隊開往縣城章鳳附近的山上，未幾抵達山腳；下車步行前往。領隊的小姐手持紅旗，一再告戒千萬勿走失；手持相機的作家們忽然見到如蟻人潮湧動，莫不將領隊小姐的話當成耳邊風，爭著找焦點攝入鏡頭。

正當大家興高彩烈隨隊挪移時，驟而水珠如雨淋。這一驚真個魂飛天外，幾位「資深美人」如吳玲瑤、尤今、陳若曦、婉冰等更是「花容變色」；嬌軀東閃西避，可也難逃濕身之苦。先前領隊還一再安慰我們，今天只是潑水節前奏，是上山「採花」，翌晨始是正式的潑水節？可山道兩旁擠立著笑吟吟的年輕男女們，有者見到我們穿著有別，想知是「游客」，手下留情。僅將楊枝蘸水洒在我們肩膀上，雖是洒上甘泉幾滴，可經不起成千上萬的樹葉蘸水拂身，肩膀也早已水漬透身了。

何況、年輕男女狂歡時，有的一時興起，才不管來人是誰呢？本來潑向行伍對方的水柱，失手時、清水就淋到我們身上了。因而、不時聽聞文友們驚呼大叫，未被淋著者，仍然嘻嘻哈哈有說有笑，可幸災樂禍時刻沒維持多久，水珠水花水柱忽而從天降，「水」的祝福、人人有份絕對公平。

山路兩邊男女，大部分是敲鑼打鼓，隨著音樂擺動身軀，以悠美舞姿迎賓。這些傣族、德昂族同胞的服飾色彩艷麗繽紛；尤其是女青年，更是花枝招展，婀娜健美。她們一點也不在乎美如孔雀羽屏的衣裙被水淋濕，原來、如沒有被水潑上身者，也就是說沒有得到異性的垂青和祝福。水潑到身上越多，代表越受歡迎呢。

終於到山頂了，橫掛兩樹間的是大紅布條印著：「隴川各族人民隆重慶祝潑水節」。崎嶇山地被樹林繚繞著，中央幾百男女手拉手圍成大圈圈，搖晃著身體跳舞唱歌。鬧著的人，手持楊柳枝、葉片醮滿水，到處向遇到的異性洒上水珠，彼此嬉鬧追逐。

滿山的人聲歌聲笑聲話語聲，吵嚷混雜充滿了節日歡樂。我們安靜的或站或坐，免不了競相拍照。可水滴水珠水花水柱時不時迎面潑至，或從天而落或在背後被倒進衣襟內，弄到背心水漬片片。大家趕緊收起相機，以防被水淋壞。

午餐是飯盒，人人將就享用；還要應付來來往往手持枝葉或水桶的男女，真個是防不勝防。這些純樸可愛的青年們全沒惡意，潑水或蘸水是最大的敬禮。等於千言萬語的祝福，也是將吉祥送給對方。我們這班「陳年俊男和資深美女」本應向他們回禮才是；可大家一沒準備，二真怕如他們般變成「混戰」，必將內外身體全濕才能罷休。因而均含笑求免、或退或避或合十為禮，祈能逃過濕身的狼狽。

用餐後大家都躲到樹林裡為滿山的樹木或野草施肥，如此自然之事，可苦了女士們啦，尤其來自世界各國的女作家們。未久、我們均採了樹葉先下山交差（滿山已不見花影、唯有採葉替代鮮花），盡興而歸，沿途仍被熱情如火的傣族、德昂族男女蘸水潑水洒水。

接連幾天，所到各地均見滿街男女狂歡潑水為樂、彼此嬉戲互相祝福；我們大巴士也經常被駕機車馳過的小伙子將大桶清水潑淋，然後在歡笑聲中絕塵而去。幸好在各地正式歡迎宴會，傣族美女俊男們只將楊枝葉醮少許清水象徵性送祝福給我們。

部分女作家們備好的雨衣雨傘最終都不敢拿出來，若潑水節穿戴防水設備，不但會被譏笑而且是拒絕了當地人民盛情祝福呢。那晚、帶著歡樂心情入夢，夢境盈溢著笑聲歌聲和水聲、溫馨又香甜。

二〇〇九年四月三十日於無相齋。

潑水送吉祥，心水伉儷與陳若曦教授（右）合影於雲南潑水節日。

〈四海作家雲南采風錄〉之四：邊塞偉男民族魂

邊塞偉男辛亥舉義冠遇春
中華精英癸丑同慟悲屈子

——孫中山

德宏州盈江縣在雲南西南部，與緬甸接壤，距省會昆明八六四公里，離州府芒市一五一公里；為古代南方絲綢之路的重要通道，是內地連接南亞、東南亞和印巴次大陸的黃金口岸通道。全縣人口近三十萬、農民佔了二十五萬二千人；傣族、景頗與傈僳等二十五種少數民族人口十七萬。此次「作家采風團」於四月九日早上、參加由雲南省傣學會主辦的首屆「刀安仁思想學術研討會」，就是在盈江縣城舉行。

刀安仁先生是盈江新城傣族人士，字沛生，又名郗安仁；生於清同治十一年（一八七二），是德宏干崖宣撫使刀盈廷的嫡長子。十九歲的刀安仁承襲了土司職成為干崖第二十四任宣撫使。

為抗拒英軍入侵我神聖領土鐵壁、虎踞等地，年輕的刀安仁領軍浴血苦戰八年，戰果纍纍。竟被無能的官員劉萬勝聽任洋人擺布，將鐵壁、虎踞、天馬及漢龍四關割讓。

面對清廷腐敗、刀先生憂國憂民，苦思救國富民良策；出遊印度、緬甸期間，接受了推翻帝制的革命思想，回國後籌組滇西起義。在南京被捕，經孫中山先生、黃興及宋教仁合力營救出獄，不幸於一九一三年病逝北京，歿年才四十一，可謂英年早逝。被追封為上將軍銜。

孫中山先生驚聞噩訊後，即撰輓聯悼念這位同盟會會員、傣族愛國領袖、滇西國民軍都督刀安仁上將，輓聯如下：

邊塞偉男辛亥舉義冠遇春；中華精英癸丑同慟悲屈子

研討會群賢聚集，由俄呑縣長主持，會後全體大合照留念；是晚更假盈江大廣場隆重演出「邊塞偉男民族魂」大型綜藝晚會娛賓。

廣場離下榻酒店不遠，晚飯後作家們分由趙家培（州人大巡視員）、趙立志等人陪同步行前往。抵達時始知廣場極大，早已圍滿了數千觀眾；由於我們是貴賓、由現場警衛帶作家團順利至第三排起的預留位置上就坐。

八時正、晚會拉開了序幕，三位主持人趙虹、楊武和方月放分用普通話和傣語、妙語如珠掀起了高潮。首邀沙政成副縣長致歡迎詞，表達了盈江人民熱烈歡迎來自四海的作家們大駕蒞臨，並祝福大家采風行順利平安。

鑼鼓聲中主持人同時宣布綜藝晚會首幕演出傣族舞蹈：「雲海、林海、花海」，比室內舞臺大好幾倍的露天舞臺強光大亮，舞服鮮艷彩繪動人的演員們，在優美音樂聲中魚貫旋舞而出。先聲奪人的這幕陣容浩大的表演，立即將幾千觀眾的眼睛吸住了。尤其令四海作家們震撼，想不到這麼小小邊塞縣城，有此精湛的表演。墨爾本大都會主流群體及華人社區，至今仍無法有如此陣容的舞蹈及綜藝節目。

女聲小合唱「有一個美麗的地方」，聲音悠美感人，頌揚了德宏州如仙境的風光，人在這塊美麗的地方，真個感受良深。

第三幕是傣劇「鐵壁抗英」，這幕歌劇選自大型傣劇第一場「刀安仁」；用傣語演出，兩旁打出中文字幕，讓不懂傣語的觀眾明白對話內容。這幕傣劇貼合了日間學術研討會的主題，讓海外作家們進一步瞭解刀安仁先生當年的英勇抗英史跡。

繼續啟幕的是詩朗誦「邊塞偉男」，朗誦者發音清晰、鏗鏘響亮，感人至深。

第五幕傣族舞蹈「嘎光的小卜少」，風趣幽默，全場笑聲如潮。

特有的傣族器樂合奏「傣鄉情」，讓人耳目一新，有別西方及中國傳統的樂器；各個民族都有其傲人的文化，真是令我們大開眼界。

景頗歌舞小品「綠葉信」，以信傳情的男女，讓觀眾有蕩氣迴腸之感；「橡膠樹之歌」女聲獨唱，歌音繞樑，聲韻之美，一聽就知是受過嚴格聲樂訓練的歌手。

此外、一場接一場令觀眾目不暇給的節目還有孔雀結合「潑水歡歌」，將潑水節青年男女狂歡演繹到淋漓盡致。德昂族舞蹈「藤圈舞」，介紹了該族獨特的藤圈求愛典故。傣劇「思念」是選自大型傣劇「南西拉」第四場，哀怨纏綿的愛情，讓觀眾有強烈感動，從雷響般的掌聲可知。

男聲獨唱《打刀歌》和音樂快板《三十年滄海變桑田》，前者唱出少數族裔的民風，後者歌頌了改革三十年的成就。

壓軸好戲歌伴舞「邊塞偉男民族魂」，點題外更是百餘位男女演員盡出場，在色彩繽紛的服飾及嘹亮的歌聲、美妙的舞姿中謝幕，全場幾千觀眾起立全力鼓掌，掌聲歷久不散。

驟然夜空大放光明、無數七彩繽紛的煙花焰火、接連以各種美麗構圖呈現高空，再次讓觀眾及鄰近盈江人民共賞歡樂慶典。

十四場歌舞幕幕精彩，近二小時的演出過程絕無冷場，真是一場令人難忘的大型綜藝表演。我忍不住要趙立志先生陪我向沙政成副縣長祝賀，並要求他能將錄影帶相贈，好帶回墨爾本給「澳亞民族電視臺」播放，讓墨爾本的觀眾能觀到如此高水準的節目。

演出單位是德宏州傣劇團、德宏州民族歌舞團，邊塞小縣，有此精湛歌舞歌劇團隊，實在令人驚訝和萬分敬佩呢。徒步返回酒店時、文友們都嘖嘖稱奇，大家均覺得單單欣賞到這場綜藝晚會，蒞雲南參加民族文化采風已經不虛此行啦。

二〇〇九年五月一日於墨爾本。

〈四海作家雲南采風錄〉之五：恐龍等我兩億年

四月七日從昆明啟程前往滇西騰衝，路經楚雄時，沿途上見到極之誘惑的大橫額：「等你兩億年相聚恐龍谷」，大家心裡莫不對這處能與恐龍相聚的地方充滿了期待。可惜大巴飛馳，擦身而過；心想與恐龍約會的時間還沒到達吧？悠悠兩億年時光都能等了，有緣的話、今生總能見面呢！

對於三疊紀、侏羅紀、白堊紀這些史前年代地球所發生的歷史，只是一知半解；早年看過電影《侏羅紀公園》，銀幕上的史前巨獸，明知是特技效果，和真正的恐龍肯定有所差異。

後來在墨爾本博物館參觀了「恐龍」展，三隻架起的恐龍骸骨以及播放的簡介說明，已讓觀眾們大為顛倒驚嘆了。那次觀賞後，再也沒想到有個美麗的地方，恐龍老家祿豐，恐龍痴痴的等著我，天長地久的等了兩億年，無非想讓我溫柔的眼眸看上一眼。

恐龍與我相約的時間終於到了，四月十八日，我們興奮無比的到了祿豐「世界恐龍谷」，恰恰是這個名揚世界的恐龍大遺址景點開幕一週年的紀念日。

世界恐龍谷位於昆明與楚雄之間，僅距離昆明六十公里；從高速公路專用出口直達，立被停車場內無數的旅遊車及汽車陣所震撼，居然已有那麼多人比我們來得更早啊。

作家們幾乎都先拿出相機拍攝廣場的「一代霸主」巨大雕塑，再來是「龍柱擎天」、柱上竟有二四〇條恐龍浮雕，真個先聲奪人啊。

點算人數進了驗票閘，走上了「侏羅紀棧道」，道旁「等你兩億年」的紅旗招展，人人心中一熱，我幾乎想高喊：「我終於來了！」，耳際水聲風聲交融，原來石橋下是清泉流湧，先洗滌了耳根和心靈。

棧道盡頭，是檔眼的「侏羅紀城堡」，巨大城牆將現代與史前遠古隔離了；恐龍既然約見，又痴痴等待了兩億年，吾等豈甘就此折返？直過通道，竟是「時空長廊」。眾人急不及待的衝上太空列車，進入了時間神祕的另度空間，不到五分鐘，我們已到了大遺址廣場。

先後進入了「祿豐恐龍大遺址」及「恐龍大本營」的兩棟大型建築物內；在大遺址展示廳內，放眼全是大大小小的裝架恐龍，有長達二十七公尺的素食龍，也有較短的肉食恐龍。行行看看，無意望到腳底，竟是厚厚的透明玻璃；映現的就是當年發掘恐龍化石之地，也就是恐龍埋骨處。

一九三八年、中國古生物學家、恐龍研究之父**楊鍾鍵先生**就在祿豐縣發掘出中國第一條恐龍骨骼化石，標本定名「許氏祿豐龍」，首在重慶裝架展出，一時名聞遐邇，使祿豐成為「中國恐龍原鄉」。

到一九九五年在祿豐川街阿納恐龍山，即如今的「世界恐龍谷」所在，發現了極廣的恐龍大遺址；經中、美兩國古生物學科學家歷時三年的勘察發掘，有四百多具恐龍化石埋藏於此地，被確定是迄今為止世界上最大的一處侏羅紀晚期的恐龍大墳場，祿豐更被冠為「世界恐龍之鄉」。

觀眾同時能從二樓高處下望，見到幾位專家忙著為恐龍化石裝架的細緻工作，讓大家親身體驗到發掘的氣氛。學生及小朋友們都湧到恐龍科普學堂或知識展示區，了解更多有關史前巨獸的學問。

震撼世界的恐龍大遺址，也讓世人留下五大千古奧秘：

一、是何原因竟有那麼多的恐龍集中到祿豐？

二、跨越時空之謎、同一山坡裡同時埋著三疊紀、侏羅紀、白堊紀三時期，從二億四千萬年到六千五百萬年不等的植食龍和肉食龍？

三、祿豐發現了那麼多的恐龍化石，至今仍沒有發現一枚恐龍蛋？

四、恐龍雄霸地球長達二億年之後，於六千五百萬年前忽然神祕集體滅絕，罪魁禍首是誰？

五、迄今為止所有在祿豐發掘出的恐龍化石，頭部全朝向東方，當時東方究竟發生了什麼事？

以上這些謎團至今科學家仍無法破解，因而更增其神祕性。

世界恐龍谷景區的全名是「中國雲南祿豐恐龍國家地質公園」，是按國家五個「A」旅遊區標準而建，集遺址保護、科普科考、觀光遊覽和休閒娛樂於一體的超大規模旅遊景區。這景區去年才開幕，是由「浙江金時代投資控股集團有限公司」總投資十六億元人民幣建設，首期工程已投入了五億元，已經給人宏偉震撼的感覺了。

在這個「世界恐龍谷」內，共分四大游覽景區；除上述所撰地方外，尚有侏羅紀布瀑、驚險刺激的「時空飛船」，魚龍湖、恐龍騎士、阿納湖、翼龍翱翔、侏羅紀嘉年華龍捲風暴、飛龍千秋、波浪翻滾和魚龍激水、幸運走廊及阿納風情街等。

此外、少不了飲食場所，在景區出口就有可容三百人同時就餐的大型團隊餐廳，供應快速優質的餐飲。位於阿納湖畔依山傍水的彝族農家小院，花木扶疏，幽雅別緻，可享用高檔的農家風味餐。

離開時、回眸悄悄在心中向等了我二億年的恐龍們說聲再見，只為等待我的前來，這幾百隻當年橫行地球的巨龍們，竟痴痴的仰望苦苦的等待那麼天長地久。除了我之外，其實還在等待與恐龍相約的有緣人，來吧，如若不見，必定會抱憾今生啊！

（讀者可上網先參觀，世界恐龍谷網站：www.konglonggu.com）

二〇〇九年五月三日於墨爾本。

等你两亿年
欢聚恐龙谷
Waiting for you 200 million years, and meeting you in

心水拍於恐龍谷廣場前。

〈四海作家雲南采風錄〉之六：祖靈的招引

求學時期就被教導我們是「炎黃子孫」，中華民族已經有了五千年文化的悠久歷史，並以此為榮！也從來沒有懷疑，因為這不但是史實，也是我們尊敬的老師們在課堂所傳受，怎會有問題呢？

及長、有了獨立思考後，曾經想過，吾等祖先是炎帝和黃帝，那麼這兩位皇帝的父親、祖父、曾祖、高祖又是何人呢？我們的先祖肯定不止只有幾千年之久吧？那麼、始祖又是誰？離開今天有多久遠呢？

困擾著我心靈的中華民族始祖，究竟要追溯到那個遠久的年代？終因學識有限，無法找到正確答案，久而久之也就淡忘了。後來、得知科學家已在北京周口店發現了七十萬年前的人類祖先，被定名為「北京猿人」的化石，肯定是我們偉大的中華民族之始祖了？這個定論起碼讓我找到了一直困惑著的吾族祖先起源的回答，總算使我安心啦！

參加「四海作家雲南民族文化采風團」，在行程接近尾聲的四月二十日，也是我們將要離開元謀縣去武定的當天早上，主辦者安排我們到了「元謀人博物館」參觀。大巴士抵達市區那座陳舊的展館外，我們下車步入林蔭大道，在葉影扶疏中隨著導遊上樓。

映眼就是於元謀縣被發掘的「直立人元謀亞種」的雕塑立體像，也就是被稱為「元謀人」的東方人類始祖。展館面積不太大，有當年發掘現場的圖片及說明，有各式各類被崛起的簡陋石器、牙齒化石；自然也展出了畫家們對先祖們生活的寫照，包括生動的狩獵圖。我立在這幾幅生活畫面前，見到始祖們赤身裸體圍坐在土丘上；與現代人比較、看來是較為像猿人，那可是一百七十萬年前的時光啊。

緣起於一九六五年五月一日，也就是惡名遠播的「文革」前一年；中國地質科學院地質力學研究所**錢方先生**，在元謀縣上那蚌村西北山坡上，發現兩顆門牙牙齒化石，經中科院古脊椎所研究確認，定學名為「直立人元謀亞種」，簡稱「元謀人」，用古地磁學方法測定元謀人化石的生存年代**距今一百七十萬年**。

此一重大發現，將中國人類歷史發展年代向前推進了整整一百多萬年；元謀終於變成了東方人類的發祥地。除此外、人類舊石器時代中晚期、細石器、新石器、青銅時代的文化遺址遺物，也在元謀縣被大量發掘。

先後在該縣各村鎮發現了先民的房基十五座，窖穴四個、三十七座古墓、生活、生產工具超過千件，也有大量的動物骨胳化石。更在下棋柳和柳樹山等地區發現了新石器時代的遺物。

元謀縣歷史悠久、遺跡極多，在世界各地均屬罕見，因而也被稱為：「原始人類社會的博物館」。

一九八六年又在元謀竹棚首次發現了距今四百萬年前的古猿化石，元謀再次轟動了世界，引起了世人的極大關注。在竹棚、小河和雷老三個古猿化石出在地方，共掘出古猿化石標本二二九六**件**，單枚牙齒化石二二六九**枚**，幼年頭骨化石一具，上下頜骨三十餘件，元謀終於贏得「最多亞洲古猿化石之地」美譽。除此之外，元謀還被譽為**「東方人類故鄉」**及**「人類文明的搖籃」**

站在祖先元謀人立體雕塑像前，我恭敬的行三鞠躬禮；若非祖靈的招引，若非祖靈的呼喚，我如何能在花甲之齡有緣前來瞻仰我們東方先祖的遺跡遺物呢？唏噓感慨之餘也慶幸有此殊勝，更感恩祖靈冥冥之中的安排。

徘徊後再啟程前往元謀人遺址、實地參觀一百七十餘萬年前，東方人類祖先落腳處；大巴士迴旋上山，未久到了一處空曠山坡上。迎面是屹立著有六、七公尺高的深土色大石牌，橫字印著：「**元謀人發現三十週年紀念**」日期：「1995、5、1」。

不遠處斜坡地，又有一座黑色石牌，雙面分印著中英文，中文是：「**元謀人牙齒化石出土地點**」。四週涼風微拂，我浸沉在遙遠思維裡，想像著一百七十萬年前先祖們在這塊土地上艱辛生活的苦況。現代人實在太幸運太享福了啊！歷史長河中，人類代代相傳，那麼長久那麼古遠，一步步的腳印都充滿了血淚的洗滌，我們才能有今天的繁華安樂啊！

忘了告知讀者元謀縣的位置，這個因「元謀人」揚名世界的小小縣城，位於楚雄州北部，東是武定、南接祿豐，西鄰大姚，北連四川理會，西南與牟定接壤，西北與永仁毗鄰。縣城距州府楚雄一四〇公里、離昆明市一七二公里，到四川攀枝花市一三六公里。有一〇八國道、成昆鐵路、昆攀高速公路縱貫全境，交通極為方便。

全縣面積二〇二一平方公里，管轄七鄉三鎮，人口約二十二萬人。境內有彝族、傈僳族、苗族、回族、傣族和白族等二十二個少數民族和諧共處。除以「元謀人」聞名世界外，尚有十三處土林，其中物茂土林、新華浪巴鋪土林和班果土林都令遊人陶醉忘返，已成為楚雄州極吸引的觀光景點。

我們紛紛在山坡兩處石牌前攝影留念後，才告別了元謀人遺址，告別了令人難忘的元謀縣，趕去下一站的武定。

二〇〇九年五月五日於墨爾本。

〈四海作家雲南采風錄〉之七：物茂土林奇觀

作家采風團於四月十九日早上離開姚安縣轉往元謀縣，在此之前；有關「林」的認知，竟以為早就了然於胸啦？無非是「山林」、「森林」、「樹林」、「竹林」、「碑林」、「石林」、「叢林」、自然還有醉生夢死的「酒池肉林」。

可當天到達元謀縣入住樹樹園酒店，午餐後略為休息，即啟程前往離城西三十二公里的物茂景區。山路崎嶇迴旋，約一句鐘大巴士始姍姍爬到。車停空曠廣場前，映眼大石壁雕上「土林」兩個大字，才知道自己真個孤陋寡聞。

「土」在我印象中，無非是土地、土壤、土坑、土質、土音、土法、土匪，或者黃土、泥土、糞土、硬土、土屋、土牆、土氣以及土雞等等詞句。甚至連辭典也沒有「土林」這個詞兒，如今眼前活生生的這兩個大字，仿若棍子無情的敲打我的頭腦，再次證明了讀萬卷書不如行萬里路來得重要了。

在景區遊客服務中心二樓會議室、出席由袁麗娟縣長主持的招待會，由縣委書記普雲作縣情報告。招待會結束後，離開二樓、大夥急不及待的匆匆魚貫進入土林入口通道。每人獲借用草帽防曝，紅日當空，氣溫高達三十餘度，若無草帽可真會吃不消呢。

爬上石級，沒幾分鐘紐西蘭的林爽和婉冰即放棄；嬌軀難承擔烈焰煎熬，為免中暑還是回頭是岸。我接過婉冰手上的水瓶、又是相機又拿花傘，頗為狼狽；後來、幸而那瓶水才不至於因缺水而暈倒呢。

小通道鋪設了石塊，沿石級而上，明明前方已是擋路山石，可轉彎竟又是另有天地，真個有「絕處逢生」之感呢。土林有什麼看頭？若單從字眼想像而「自以為是」的話，那將成為真正的「井底蛙」了。

在場幾十位來自世界的華文作家群，莫不被眼前土林奇觀震撼到目瞪口呆；我讀書不多，欠缺才情，搜索枯腸，實在找不出任何生動文字去形容映眼的景致。

別具一格千姿百態的壁畫、說是鬼斧神功，說是神奇無比，對於沒有到過土林的讀者，無非是一堆空泛的形容而已。這片總面積八平方公里、海拔一千零九十一公尺，依東南西北中分五個遊覽景區；整座土林的大動脈是一條一五五〇公尺的沙溝和三十四條幽谷組成。分布著十個主要景點，小景點多達一百餘處，觀訪者若能走完石塊通道、全長是二〇二八公尺。

千奇百怪的土壁土柱、平均高度十至十五公尺，最高達二十七公尺。有的像大片屏風檔路，有者如古城堡，也有似帘狀。挺拔而起的林柱，氣勢雄偉攝人，如是黑夜，必令人心驚膽顫，疑是魍魎現身。

每一道屏風，都雕塑著見所未見的圖形，似怪鳥如雄獅又像獰笑的人面，此外還有彷若宮殿的建築、也有各式無法定論的圖形，人像或野生動物、飛鳥均如化石，惟肖惟妙。幸而土林內除了偶而的風聲外，再無雜音，不然、真會令膽小的遊客嚇出一身冷汗呢。

這一幕幕粗獷原始而神妙的雕塑，絕非自以為萬能的人類之手所能創造？那是大自然無形的彫刀，歷經幾百萬年時光沖刷而成；這些栩栩如生的雕飾，早已在天地間存留，只是沒被人類發現吧了。

這群土林有單獨傲立，有連壁而成，連壁之林大都渾厚沈實，粗獷豪邁；生動逼真的單體雕塑，高大威猛。兩者分合相結，變幻多端，婉蜒如蛇；曲折險徑讓遊人噤聲，不敢說話恐怕開罪了山魅般。

在險峻迷離而又高低錯落的石道上徘徊，我們儘量拍攝；無論用任何角度按下快門，都是一張至美的相片，都是一張神得不能再神的圖畫。唯有將這一幅幅文字無法描繪出的奇景照入相機，將來回憶時，才可有「相」可尋呢！

熱氣迫人大汗淋漓中、到了半途休息處，遇上部分團友；小憩片刻後、兵分兩路，我選擇了打道出林，實在太熱，清水已喝光了，再撐著深入，怕體力不支呢。

回到閘口，先前借用的草帽歸回查票員；接待大廳內發現有兩座豎立電腦，按下即出現土林各處景點。看完通知婉冰與林爽，她們沒有跟隨入林，望梅也真能止渴呢！終於也能在螢光幕上欣賞了這大片奇觀。

原來元謀幾個土林（全縣總共擁有十三處土林，除了物茂、尚有班果與新華土林等……）早成了電影、影視片集以及攝影家的基地，如電影「無極」、「千里走單騎」、「我的長征」、「鐵色高原」等二十多部影片都是在此取景拍攝。

物茂土林風景區是由昆明萬意企業投資開發，由雲南旅遊經營有限公司全權負責經營。該公司於二〇〇四年十二月底與元謀縣人民政府簽訂五十年的開發及經營權合同。兩年後，物茂土林被評為「中國魅力景區」。二〇〇八年十月被國家旅遊局評定為**國家「AAAA」旅遊景區**。

物茂土林景區尚有沙灘摩托車三十三部、娛樂大廳一座、KTV包房六間、並設有多媒體大會議廳及小會議室及貴賓接待室等。此外開設了窯洞賓館擁有二十五房間，屬四星大酒店級數，為元謀縣目前條件最好的賓館。

土林景區距昆明一八七公里，離四川攀枝花市一四三公里；是滇西北旅遊大環線必經之地。鐵路有成昆線、每天有七班車到達元謀火車站，交通非常方便。

到雲南觀光，千萬勿忘了前往楚雄元謀，不但可到發現我們始祖遺址、及參觀「元謀人」博物館，也可去物茂見識天下大奇觀、精美絕倫的神祕「土林」，那就不枉此生啦！

二〇〇九年五月七日於墨爾本。

心水與婉冰夫婦攝土林景區。

〈四海作家雲南采風錄〉之八：德宏美景如詩畫

我們於四月八日黃昏到了德宏州梁河參觀完了阿昌族的極其宏偉的「阿露窩羅廣場」（意謂節日歡慶）後，饑腸難挨焦慮中蒞臨盈江縣，至到十五日離開的一週裡，都在德宏州這個如詩似畫的美麗地方度過。

拙文采風錄之三及之四所撰背景隴川與盈江，皆屬德宏州轄區。七天內除了出席「刀安仁學術思想研究會」和當晚觀賞綜藝演出，及參加潑水節上山採花的狂歡外；其餘五日每天有如行軍般急速，主辦單位與熱情的地方領導們莫不希望儘量將這個美麗地方所有內涵全被作家們觀賞，始可作為素材廣為介紹予世界各地讀者。

因為所到之景區太多太豐富，充塞腦袋名山勝水、多姿彩的民風民情、詩畫般的田園風光，至今仍無法消化；僅就記憶所及，略為描繪。對於大自然的雕塑及神奇造化形成的景觀，再好的文字也無法詳情記錄；也因此、旅遊才能成為世世代代人們悠閒生活的摯愛。

拙作無非錄下所見所聞的個人感觀，同一物同一景、由於觀賞角度有異，所呈現的美自是各有千秋，真個如人飲水冷暖自知呢。

德宏州的全名是「德宏傣族景頗族自治州」，成立於一九五三年七月；三面與緬甸接壤，國境線長達五〇四公里，有二十八個渡口六十四條通道及九條公路通往緬甸。潞西市、瑞麗市、隴川縣、盈江縣、梁河縣皆是其轄區，總人口一百十七萬，其中有不少傣族、景頗族、阿昌族、德昂族和傈傈族定居於此。

包圍著這個美麗地方的是秀美山川和旖旎風光，田園翠綠得令人心醉，終年瓜果飄香，水清風和，三面環山又被三江四河圍繞，實在是人間仙境的寶地。要介紹德宏州、只用四個字已可蘊含：「邊、寶、綠、民」，「邊」有很長的邊界線、「寶」是寶石翡翠玉的聚集地、「綠」全州有百分六十的錄化環境、「民」是有多元文化多種民族聚居、和諧的民族情。

在瑞麗看了「獨樹成林」榕樹王，原本是一棵樹，因氣根垂下再生纏繞，根生樹、樹又出根，如此糾葛而成林，實在奇妙。這棵樹王已經有五百餘年，樹冠覆蓋面積九畝二，高四十餘公尺，由三百多枝氣根結成。

在芒市見到了「樹包塔」的奇景，世間居然有如此一個十餘公尺高、八角形的石塔，被一株枝葉繁茂的菩薩樹緊緊摟抱包裹著，驟望但見樹生長在塔上，卻又被塔身強頂著，已經難分是樹是塔？又是塔也是樹。塔身建於清朝乾隆五十三年、至今已是二六九年了；而樹齡是二一三年；故是先有塔，後來塔才被樹包裹。

到芒市一定要去瞻仰被稱為南傳上座部佛教第一塔，此塔於文革被破壞再重建，比前更宏偉。高高屹立山頂，塔身金壁輝煌，極為亮麗，分四個大門，四座寶殿分開供奉釋迦牟尼佛、藥師如來、觀音菩薩，地藏王菩薩。香火鼎盛、信眾不少。

十三日前往中緬邊境姐告，這兒被稱為雲南第一國門，是中國通往緬甸、印度等國的關隘，早晚商人、遊客和邊民進出往來，人潮湧動一片繁華熱鬧景象。邊關駐軍通融拉開木閘、讓作家們進入禁區拍照；望過對面緬甸，但見民居破落，與中國這邊的繁華真是天壤之別。

去畹町，這個被譽為萬里邊關第一鎮的地方，有座聞名的「畹町橋」，也是通緬甸的石橋，短短一橋之隔不但分開兩國，也反映了繁榮與落後。

經過戶撒，順道觀訪阿昌刀市，整條小街店鋪，竟全是刀店，售賣各式各類長刀短刀軍刺刀以及廚房用刀，各類市場都見過，唯獨「刀市」聞所未聞，也算開了眼界。不少文友紛紛購買用刀，一時間生意火熱呢。

由臺灣商人承投經營的「莫里生態園」，景點豐富，沿級上山，處處花香鳥語，最後是流瀉瀑布，一時水聲沸騰，清涼帶寒，廁身其中頗能怡情養性。

遊孔雀園，入園立被幾百隻大大小小的孔雀所吸引，趙立志給我一包玉米，隨意撒出，不怕人的孔雀搖擺著前來爭食；難得見到開屏孔雀，作家們樂而趕拍美麗的雀屏。

在廣山景頗族生態園，除了享用鮮甜的枇杷外，大家還一起參加了「目瑙縱歌」，意即一齊唱歌跳舞；人人手持大刀（木製工具）加入舞隊中，隨著音樂舞刀踏步，真個不知人間何世，樂而忘返忘憂更忘形呢。幾圈下來，我們這班「陳年俊男和資深美女」的作家們多已吃不消，唯有悄悄退出圈外，盡情拍攝。

瞻仰華僑抗日技工隊紀念亭，亭前廣場立著「陳嘉庚先生」石像；幼年期即由先父津津樂道的講述中，得知陳嘉庚先生這位知名華僑的豐功偉績。我家鄉「集美大學」就是陳先生出資創建，沒想到抗日時這位大僑領愛國情深，號召了新加坡和馬來西亞的華僑技工回國參與抗日的工程建設。千餘技工犧牲成為烈士，千餘人抗戰勝利後回到原居國，餘下近千人留在雲南生活。我虔誠的向陳嘉庚先生的石像行三鞠躬禮，以表敬意。

自從「有一個美麗的地方」這首旋律優美動人的歌、唱響全中國後，德宏州的知名度已傳揚大陸各地。這次、四海作家采風團蒞臨觀訪後，必將這個世外桃源般的美麗地方向世界推薦。好事美景都該與人分享，記憶所及，撰作上文供讀者方家參考。最好還是親身前往觀訪體驗，必會有意想不到的收穫呢。

二〇〇九年五月九日於墨爾本。

〈四海作家雲南采風錄〉之九：彝人古鎮典雅優美

四月十七日從保山啟程前往楚雄，中午車隊到達州界處，映眼是檢查站路當中橫著醒目的大紅布，印著「熱烈歡迎世界華文作家采風團蒞臨」。並受到「楚雄彝族自治州」的宣傳部長楊正權博士、副部長寧德錦先生與該州委對外宣傳辦公室科長孟孚小姐的親自迎接。除派來了警車開路，並由寧德錦副部長及口才流暢歌聲悠美的孟孚科長隨大巴士輪流充當嚮導，令接下來在楚雄四天的旅程歡樂洋溢。

車隊駛入了通往彝人古鎮的威楚大道，立被迎面的大牌樓吸引，古色古香的建築以及滿街彩旗飄揚，處處顯現了別具一格的古城風貌。腦內即想起「壓軸好戲」這句詞語，主人果然是煞費苦心的安排。將最美最佳的事事物物留待末尾時刻展現，好讓作家們能帶著如詩似畫的夢境離開。

果然如我所想，連接下來的幾天裡，參觀景物真的美到炫目，令我們目不暇給。拙作采風錄之五「恐龍等我兩億年」、之六「祖靈的招引」及之七「物茂土林奇觀」這三篇文字所介紹的景物所在地，皆在楚雄州內轄區。除此外尚參觀了「彝族十月太陽曆文化園」、「姚安龍華千年古剎」、「德峰寺」、「永仁苴卻作坊」（著名中國苴卻硯生產製作工廠）、遊武定獅子山、觀賞梅葛文化表演、參加火溝歌舞會及最後閉幕禮等不勝枚舉。

以上題外話無非想讓讀者知悉單單在楚雄州，逗留幾天實在太匆促了；要是時間充裕的話，至少也該住上半月或十天，始可感受楚雄的優美、恬靜與古雅。

回到主題，當年入住「彝人古鎮大酒店」後，下午即出發去「十月太陽曆文化園」觀訪，在高高的石梯半途、我接受了楚雄電視臺的訪問，說出了我對楚雄州見聞由衷的讚賞話。心中念念還是「彝人古鎮」給我的震撼和喜歡。

晚餐後急不及待的離開酒店，出門就是威楚大道，同行的尚有陳若曦教授、世華女作家協會吳玲瑤會長、印尼作協袁霓會長和婉冰。黃昏早過了，七時許天還亮麗如畫，正好細細觀賞古鎮風貌。

大街小巷兩旁房屋、不論是商店或住宅，是單層或兩層樓宇，其建築式樣和在古裝電影片裡看到的極為相似。刹時間仿若歲月回流，已走入了時間隧道，也許成了前世的古人？恍惚中也以為自己成了明星、正廁身攝影棚，在拍錄歷史故事的影片呢。

建築外形和當代房屋設計大異其趣；全採取了中國古代建築結構，磚瓦顏色也呈土灰和褐色，充滿古樸素拙。屋頂四邊飛簷騰揚，門面均以古式裝飾；遊人錯角都會有如夢似幻之感，也有變成了古人的幻覺出現。

隨意轉向，步入桃花溪，忽見小橋流水，映照江南水鄉的詩情畫意；溪畔是餐廳座位，宮燈輝煌璀璨，亮度柔和，迷離幽雅寧靜，優美處處現，行過走過都渾身舒適，更別說靜坐椅上品茗，樂趣能使人忘情忘憂呢。

不知不覺的談笑中，我們行行重行行；完全沒有目的、就在古鎮內遊逛，夜已悄悄蒞臨。大街的商鋪早已亮起了各式的照明，售賣各類當地食品，茶葉、彝族人彩色斑爛的服裝、男女外套；首飾古玩，玉石、雕像應有盡有，當然少不了以觀光客為對象的各種手工裝飾品。

陳若曦、吳玲瑤、袁霓和婉冰逢店必入，不買也看個夠；我難得逛商店，隨緣陪著這幾位女作家們到處張望，結果她們都滿載而歸，兩手空空的自然是我。

手中大包小袋的走在路上，迎面都是笑容可掬的遊人；經過食物街，香氣誘人，千奇百怪的小食，美味當前，若非怕腸胃難於承受，真想每檔每樣都品嚐呢。

遠處見火光螢螢，圍滿了大堆人群，我們好奇也擠到近處，才知是「火塘舞會」，人人可自由加入，因而圈子越來越大。人多了、由本來的一圈變為兩圈三圈，總之、只要開心，插入隊伍就可以跳個不亦樂乎。我們由於手上都拿了東西，無法共舞，唯有站在外圍感受快樂的氣氛。

不意遇到了我們的團長鄧友梅伉儷、兩老也出來漫步；大家邊逛邊閒談，我置身夜古鎮的熱鬧，一時感慨萬千，對鄧老說，歷史上大唐盛世，人民安和樂利的生活，也不外如此吧！心想「黨」和國家不再搞運動、人民就不必再受苦受難受折騰了啊！

回到酒店已經夜深沉了，還不忍就寢；瞧出窗外，仍見人潮如鯽，好個人間樂土啊。能安居楚雄彝人古鎮的人，真是福澤深厚呢。

翌晨大清早還沒用餐，先出去觀賞古鎮晨曦的美景；在「水源廣場」拍照，沒想到美國的王克難和吳玲瑤比我們更早呢。大家都愛極了這個好地方，可惜當天就要離開，都想多看幾眼，多吸收一些古鎮的靈氣和至美，留存記憶內，將來可以回味回憶。

楚雄州僅距昆明一八四公里，約九十分鐘車程，是雲南滇西黃金旅遊線上的第一站，由昆明前往大理、麗江等地必經之路，交通極為方便。有機會前去雲南旅遊的讀者，記得安排逗留楚雄州，最好就在彝人古鎮內的酒店多留幾天，那才不枉了雲南之行啊！

可查詢楚雄州旅遊局，電話：**86 878 313 2877** 傳真：**86 878 313 5329**

二〇〇九年五月十一日於墨爾本。

〈四海作家雲南采風錄〉之十：莽莽群山笑

我在南越魚米之鄉巴川省出生，那塊富庶的水草平原一望無際都是青蔥稻穗飄搖，和水鄉特有的安詳寧靜，因而童稚期根本不知「山」為何物。

未久因兵燹四起，越南人反抗法國殖民之戰日熾；七歲那年舉家移居首都鄰近華埠堤岸市；這個南方大都會一片繁華熱鬧，生活在紙醉金迷中的百萬華人、根本感染不到當地人民為驅逐法帝國、起義抗戰的絲毫火藥味。華埠連接首都西貢，都是高樓大廈，也沒有任何「山」的蹤影。

上初中後，先父為了讓我能早日承繼家業，有次去外省推銷咖啡時，特意帶了我一起乘搭公車、前往百公里外越南與柬埔寨國境接壤地西寧省。對買賣我一點也沒興趣，進入省會中心鬧市，我立被遠處那座黝黑高山吸引，原來那就是南越國境唯一的名山「**黑婆山**」（Nui Ba Den）。也是我生平首次見到的大山了。

初中畢業後未久、為了逃避充當美軍炮灰而離家、應聘去二百七十公里外的從義市、成為天主教小學教員。每月往返三十餘里去大叻市購物，車行在山路上迴旋，才對「山」真正的有所認識；可那些山海拔並不太高，不外如西寧黑婆山般，比丘陵地挺拔，沒有巍峨矗立的震撼之感。

先父母總愛將鄉愁都傾瀉在對兒子們的言談中，尤其對於「唐山」的描述，早已深植我們兄弟幼小的心靈。想家鄉必然是在「山」的包圍中？因而對「山」的嚮往也從稚齡開始了。

及至十餘年前首次尋根之旅，回到閩南家鄉同安，到古厝和叔父所在的新墟鎮，才真正見到了先父口中的「唐山」真貌。破落的四合院祖厝果然建在山腳下，但靠山並不高崇，瞭望山坡有點荒涼，山勢也不雄偉，讓我好生失望。才明白先父母當年思鄉心切，禿禿的山脈也被賦予無限深情。

四月六日到達昆明，步出機場後，眼眸即被山的影子深深誘惑了；真沒想到雲南熱情迎我，竟是我夢寐也想見到的群山。人在和接機的陳志鵬先生、趙立志先生寒暄，心早飛躍著向遠遠的青山問好。

真真沒料到的是，「四海作家采風團」逗留滇西十七日間，無時無刻無日無夜，我們都在群山的環抱中，都在莽莽青山連綿的糾纏中度過。也是這段如詩似畫的日子裡，我才知道世間竟有如雲南省擁有那麼多山，那兒的城市才真不愧為「山城」、居民名副其實的是「山上人家」，住處可稱為：「山居」。

大巴士從昆明出發，遠行去「騰衝」，千里之途，幾乎近八成的時間，巴士都穿梭在迴旋繚繞高高低低的山路上。要不就是穿過有長有短的隧道、長者幾公里短者幾百公尺。每次座車進入隧道，從光明衝入了黑黝的洞穴中，我必深深的感嘆人定勝天的偉大開山工程。想起古人若被眼前的崇山峻嶺阻檔去路，再也無法可想？「愚公移山」無非是寓言，今人卻真正的做到穿山過海如履平地。

想及雲南公路局的工程花費，必比其他省份要多，動用的人力也更大；那才能遇山開路，見大山闢隧道。那是何其偉大的決心和何其偉大的勞動啊！

單單在保山市、這個與緬甸接壤的邊陲小城，全市面積一九六三七公尺，山區面積就佔了九十二％，餘下的八％才是壩區，也就是四面被群山包圍著的平原地。二百餘萬居民局限在只有八％平地上，要與山爭與山鬥與山共處的生活，有多困難有多艱苦呢？可這些可敬的人民、山民仍然活得快快樂樂，過得幸福滿足。

雲南省有四千餘萬人口，生來就與「山」結下不解緣，終日面對青山群山，因而、雲南人都變得豪爽豪邁大度歡容。也因為對著群山，少數民族們莫不擁有好嗓音，會說話開始就能唱歌，會走路便懂得跳舞。

十七天裡、每日見得最多的就是遠遠近近、高低錯落、連綿不絕的大山小山，每日都被群山熱情的擁著抱著圍著看對。見到山，不由想起我如今人已在天涯山腳，山風山影山地山坡山路山道，山山相接連綿相擁。眼前一山比一山高，一山比一山遠，青翠如嵐如茵，或綠或藍或褐或黑。山不動山無稜，任雲撫任霧飄任風吻任雨打，山總是含笑，莽莽群山呵呵的將笑聲傳出去、傳到天涯傳到我的夢鄉裡……。

回到十里紅塵的墨爾本大都會，與雲南數之不盡的青山暫別，可夢裡多情的雲南山巒卻遙遙呼喚招手，要我勿忘了傣族阿昌族德昂族等山民熱情的歌聲，好客的敬酒，遠山含笑，雲南那大班朋友彷若變成了莽莽群山的姿影，都到夢中來誘我惑我邀我拉我請我，啊！美麗熱熾的雲南莽莽群山展顏，笑著在邀我在約我在盼我在等我⋯⋯。

二〇〇九年五月十五日於墨爾本。

語言文學類　PG1939　秀文學13

福山福水故鄉情

作　　者／心　水
責任編輯／洪仕翰
圖文排版／楊家齊
封面設計／蔡瑋筠

發 行 人／宋政坤
法律顧問／毛國樑　律師
出版發行／秀威資訊科技股份有限公司
114台北市內湖區瑞光路76巷65號1樓
電話：+886-2-2796-3638　傳真：+886-2-2796-1377
http://www.showwe.com.tw
劃撥帳號／19563868　戶名：秀威資訊科技股份有限公司
讀者服務信箱：service@showwe.com.tw
展售門市／國家書店（松江門市）
104台北市中山區松江路209號1樓
電話：+886-2-2518-0207　傳真：+886-2-2518-0778
網路訂購／秀威網路書店：https://store.showwe.tw
國家網路書店：https://www.govbooks.com.tw

2018年3月　BOD一版
定價：400元

國家圖書館出版品預行編目

福山福水故鄉情 / 心水著. -- 一版. -- 臺北市 :
秀威資訊科技, 2018.03
面； 公分. -- (秀文學 ; 13)
BOD版
ISBN 978-986-326-535-1(平裝)

855 107002873

讀者回函卡

感謝您購買本書，為提升服務品質，請填妥以下資料，將讀者回函卡直接寄回或傳真本公司，收到您的寶貴意見後，我們會收藏記錄及檢討，謝謝！如您需要了解本公司最新出版書目、購書優惠或企劃活動，歡迎您上網查詢或下載相關資料：http:// www.showwe.com.tw

您購買的書名：____________________________________

出生日期：________年________月________日

學歷：□高中（含）以下　□大專　□研究所（含）以上

職業：□製造業　□金融業　□資訊業　□軍警　□傳播業　□自由業

□服務業　□公務員　□教職　□學生　□家管　□其它______

購書地點：□網路書店　□實體書店　□書展　□郵購　□贈閱　□其他

您從何得知本書的消息？

□網路書店　□實體書店　□網路搜尋　□電子報　□書訊　□雜誌

□傳播媒體　□親友推薦　□網站推薦　□部落格　□其他__________

您對本書的評價：（請填代號　1.非常滿意　2.滿意　3.尚可　4.再改進）

封面設計____　版面編排____　內容____　文／譯筆____　價格____

讀完書後您覺得：

□很有收穫　□有收穫　□收穫不多　□沒收穫

對我們的建議：____________________________________

____

____

____

請貼
郵票

11466
台北市內湖區瑞光路 76 巷 65 號 1 樓
秀威資訊科技股份有限公司 收
BOD 數位出版事業部

（請沿線對折寄回，謝謝！）

姓　　名：________　年齡：____　性別：□女　□男

郵遞區號：□□□□□

地　　址：________

聯絡電話：(日) ________ (夜) ________

E-mail：________